我家住在《诗经》里

李日芳◎著

江蘇鳳凰教育出版社
Phoenix Education Publishing, Ltd

图书在版编目（CIP）数据

我家住在《诗经》里/李日芳著. —南京：江苏凤凰教育出版社，2017.11

ISBN 978-7-5499-7021-6

Ⅰ.①我… Ⅱ.①李… Ⅲ.①古体诗－诗集－中国－春秋时代 Ⅳ.①I222.2

中国版本图书馆 CIP 数据核字（2017）第 303212 号

书　　名	我家住在《诗经》里
作　　者	李日芳
责任编辑	雷利军　沈倩倩
封面设计	天之赋设计室
出版发行	江苏凤凰教育出版社（南京市湖南路 1 号 A 楼　邮编 210009）
苏教网址	http://www.1088.com.cn
照　　排	北京世纪鸿文制版技术有限公司
印　　刷	三河市九洲财鑫印刷有限公司
厂　　址	河北省三河市灵山大口
开　　本	787 毫米×1092 毫米　1/16
印　　张	16.5
字　　数	305 千字
版　　次	2018 年 3 月第 1 版　2018 年 3 月第 1 次印刷
书　　号	ISBN 978-7-5499-7021-6
定　　价	40.00 元
网店地址	http://jsfhjycbs.tmall.com
邮购电话	025-85406265,85400774　短信　02585420909
E - mail	jsep@vip.163.com
盗版举报	025-83658579

序

家住《诗经》千年美丽

虽然我不曾广读经典名著，但是在我有限的读书世界里还不曾有哪部书让我超过对《诗经》的崇拜。子曰：“诗三百，一言以蔽之，思无邪。”诗，读之，心中澎湃着道德的力量，回味着文化的芬芳，参悟着哲理的真谛。多么圣洁的《诗经》啊！她是华夏文化的母亲河，两千多年来，她以清香芳醇的源头活水滋养了中华文化，使其生生不息、枝繁叶茂。

一次，我与学生分享读《诗经》的感悟，学生被深深吸引了，不约而同地说：“老师，我们能把您带我们走进《诗经》的所见所闻、所思所感写下来吗？”是啊，这是一种多么美妙的读诗方式，也是一次多么有意义的学诗分享！于是，我与学生踏上了读《诗经》、写作文的文化旅行。一路风景，一路陶醉，流连忘返……

一、聆听，王子公主的故事

西方名著中王子与公主的浪漫爱情故事令多少少男少女心醉神迷。《诗经》中的王子与公主也毫不逊色，而且有着更丰厚的内涵和更迷人的魅力。

《关雎》是《诗经》中的第一篇，每每翻开书页，我就会被一条无名的溪流拦住了去路。“关关雎鸠，在河之洲”，清澈的溪水溅湿了我的鞋履，一声声清脆的鸟鸣如婉转的音乐唱得我心飞翔。多么怡人的景致，还有窈窕淑女，皓腕凝脂，纤纤玉手，采摘荇菜。“君子好逑”，谦谦王子翩翩而至，俊美秀逸。良辰美景，一对佳人天造地设。子曰：“《关雎》乐而不淫，哀而不伤。”然而，唐突的王子未能获得公主的芳心，“求之不得，寤寐思服”。你看到王子燃烧的相思了吗？听到他狂热的心跳了吗？这是一份含着淡淡哀伤，却令人回味不尽的美丽相思。“琴瑟友之”，你看到王子执着的追求了吗？美妙的琴音一遍又一遍地撩拨着公主的芳心。精诚所至，金石为开，公主的爱情世界终于敞开温情的怀抱。“钟鼓乐之”，敲锣打鼓，欢天喜地，有情人终成眷属。

诗三百，好像是专门为爱情而歌。三月三日的“溱与洧”，春水新生，“方涣涣兮”，王子与公主踏青而来，笑语盈盈。暮春时节，梅子初红，“其实七兮”，那是青春年少的“情人节”。他们以“梅”做媒，“求我庶士，迨其今兮”，寻找自己最可心的另一半。多么美丽的故事，多么执着的追求啊，王子为了追到“在水一方”的公主，哪怕“道阻且长”，也要“溯洄从之”“溯游从之”，绝不放弃；多么痴情的盼望啊，公主为等到“贻我佩玖”的王子，在碧绿的桑麻地里，在月色如水的麦田里，在落英缤纷的李子树下，一直等待……

二、体验，桃花源里的乡情

诗以境为上。

王国维的《人间词话》开篇即谓：“词以境界为最上。有境界则自成高格，自有名句。”

翻开《诗经》，自有质朴纯净的泥土芳香扑面而来，自有一幅幅青山秀水的画卷缓缓打开。啊，那不就是我们两千多年前的家园吗？“信彼南山，维禹甸之。畇畇原隰，曾孙田之。我疆我理，南东其亩。”（《小雅·信南山》）看到了吗？连绵起伏的终南山下，一片辽阔的田野。这是大禹治水开辟的千顷良田，有平整舒展的原野，也有水草丰美的低洼湿地，阡陌纵横，沟渠交叉，流水潺潺……

在这桃花源般的美丽家园，我们劳动着、收获着、快乐着。

春天，“春日载阳，有鸣仓庚。女执懿筐，遵彼微行，爰求柔桑”。（《豳风·七月》）黄莺在树上快乐地唱着。豆蔻年华的姑娘，背着竹筐，挎着草篮，采桑来了，采蒿来了。穿着花裙的她们一路笑语盈盈，走在开满野花的田间小路上，好像会走动的花儿。

夏日，“既方既皂，既坚既好，不稂不莠。去其螟螣，及其蟊贼，无害我田稚”。（《小雅·大田》）碧绿的田野，庄稼抽穗了，扬花了，大豆也结出了豆荚。农民们顶着烈日除草、施肥。晚上，聪明的乡亲们在田间地头燃起篝火，引诱害虫扑火自尽，不让它们伤害庄稼。

秋天，那是丰收的季节。“曾孙之稼，如茨如梁。曾孙之庾，如坻如京。乃求千斯仓，乃求万斯箱。黍稷稻粱，农夫之庆。”（《小雅·甫田》）每家每户的谷物，都堆到房梁上、屋顶上。而公家的谷物呢，一个个高如山的粮仓都堆得满满当当的。还有大片的黍稷稻粱没有收割，还要赶筑粮仓百座，还要赶围粮囤千个，还要赶造车马万辆，农民们又忙得不亦乐乎。

冬日，落叶飘零，四野静悄悄。田狩开始了，“叔于田，乘乘马。执辔如组，两骖如舞。叔在薮，火烈具举”。（《郑风·大叔于田》）猎场里，烈火熊熊燃烧，英雄的猎手站在马车上，好威风呀！只见他拨动着辔绳，两侧骖马向两翼张开，这一乘马车宛如大雁展翅飞翔。这不，他干脆撒开辔绳，让马儿纵情飞奔……

我们梦回千年，回到桃花源般的家园，一年年重复着春播秋收，重复着夏耕冬狩。住在《诗经》里，会获得一种心醉神迷的体验。

三、致敬，艰苦创业的先民

诗言志。

《诗经》中有不少诗篇记载了远古先民创业的艰辛，讴歌了他们为建设美丽家园百折不挠的坚强意志和天下为公的博大胸怀。读之，在我们面前会展开一幅波澜壮阔的历史画卷，仿佛有浩荡雄风扑面而来，让我们感受到先民的勇敢和智慧。

我家住在《诗经》里，你瞧，他们向我们走来了。

“夜如何其？夜未央。庭燎之光。君子至止，鸾声将将。”（《小雅·庭燎》）夜幕下的王宫肃穆、安详，殿堂上火炬熊熊燃烧，庭燎通明，光影摇曳。那是勤政爱民的周宣王啊，他夜以继日地工作，一边批阅文件，一边等待前来冬祭的各路诸侯。

“有卷者阿，飘风自南。岂弟君子，来游来歌，以矢其音。”（《大雅·卷阿》）万木葱茏，春风拂面，一群德高望重的贤者春游来了。他们望着如画的河山无限自豪，情不自禁歌之舞之，以彰扬他们的德政与风采。

“笃公刘，匪居匪康。迺埸迺疆，迺积迺仓，迺裹餱粮，于橐于囊，思辑用光。弓矢斯张，干戈戚扬，爰方启行。”（《大雅·公刘》）多么伟大的周人先祖公刘，带着更远大的理想离开丰衣足食的家园，一路上欢歌笑语，满载着一袋袋干粮的牛车、马队浩浩荡荡；人们英姿勃发，身佩强弓，手携坚矢，肩荷枪戟，背负斧钺……他们朝着太阳升起的方向前进，寻找更美丽的家园，开辟更广阔的天地。

……

轻轻地翻开《诗经》的扉页，先民们披荆斩棘、开疆拓土、建设家园的情景历历在目。我们看到了圣人执政为民的仁义，看到了先民气贯如虹的勇气。“情动而辞发”，对先民的无限敬意自然从笔端流淌而出。

四、回放，刀光剑影的豪情

《诗经》记录了西周初期到春秋中期约五百年的诗歌，这一时期经历了华夏大地第一次大动乱、大变革。周初的王政仁治，使中华民族迎来了空前的繁荣。这也引起了西部、北方游牧民族的觊觎，同时，强大起来的诸侯国也对京畿地区的丰腴土地与统领天下的权威产生了非分之想。严峻的边患和无止无休的征伐走进了人们的生活。文学为时代而歌，战争自然被我们的先民详赡、生动地反映在《诗经》中。

征戍诗是《诗经》中令人荡气回肠的篇章。我常对学生说：“诗三百，不用开卷我们都能听见鼓角铮鸣。你听见了吗？”

我家住在《诗经》里，让我们回到千年前的文化故乡，再一次走进那“萧萧马鸣，悠悠旆旌”的豪迈画卷。

“岂曰无衣？与子同袍。王于兴师，修我戈矛，与子同仇!”（《秦风·无衣》）这是中华威武之师的第一支“军歌”。你看见百万秦军磨刀擦枪、舞戈挥戟的昂扬斗志，兵车滚滚、战马萧萧奔赴前线的壮阔场面，同仇敌忾、并肩作战的英雄壮举了吗？

“我出我车，于彼牧矣。自天子所，谓我来矣。召彼仆夫，谓之载矣。王事多难，维其棘矣。”（《小雅·出车》）边关告急，敌军兵临城下，十万火急，将士们挺身而出，大呼一声“我出我车”，高吼一声“谓我来矣”。你看到了吗？将士们列队郊外，整装待发。你看到了吗？英雄们舍我其谁的担当精神跃然纸上，铿锵誓言惊天动地。

“王旅啴啴，如飞如翰。如江如汉，如山之苞。如川之流，绵绵翼翼。不测不克……”（《大雅·常武》）这是一场波澜壮阔的大决战，千军万马，战鼓声声如万钧雷霆。王师的箭羽如千万只神鹰一跃冲天，遮天蔽日；王师的攻势如江水怒涛，席卷而前；王师的防御如高山耸立，虎踞龙盘；王师的援兵如百川之水，前赴后继……

《诗经》中的战争诗是中华民族精神的最初记录，也是民族意识觉醒的里程碑。读罢这慷慨激昂的战争诗篇，我们仿佛身临其境，感受到了将士们建功立业的崇高抱负，看到了他们勇者不惧的英武风采。我们不禁为诗中燃烧的激情所感染，恨不得也“与子同袍”，挥动手中的刀枪剑戟，奔向两千多年前的烽火战场。

明代诗人于谦说读书：“书卷多情似故人，晨昏忧乐每相亲。眼前直下三千字，胸次全无一点尘。活水源流随处满，东风花柳逐时新。金鞍玉勒寻芳客，未信我庐别有春。”

美国诗人艾米莉·狄金森说：“没有一艘船能像一本书，也没有一匹骏马能像——一页跳动的诗行那样，把人带往远方……”

一卷《诗经》在手，我们梦回两千多年前。斯景、斯物、斯事，是我们最熟悉的风景，是我们流连忘返的故乡。勤劳的农夫、勇敢的将士、淑惠的妇人，是我们可亲可敬的邻居。我看见了他们相依、相恋、相思时那炽热的眼眸，看见了他们开疆拓土时流汗流血的足迹，看见了他们美酒迎宾时的忘情狂欢……

一卷《诗经》，梦回千年。耳畔又回响起曾经唱过的歌谣，古老的文字中依然跳跃着鲜活的生命，那炙热的情感、智慧的思想依然浇灌着我的心灵之花，润泽着我的生命之树。

我骄傲，我家住在《诗经》里……

目·录

第一章 王子与公主的美丽故事

王子邂逅公主

周南·关雎

关关雎鸠，在河之洲。窈窕淑女，君子好逑（qiú）。
参差荇菜，左右流之。窈窕淑女，寤寐求之。
求之不得，寤寐思服。悠哉悠哉，辗转反侧。
参差荇菜，左右采之。窈窕淑女，琴瑟友之。
参差荇菜，左右芼（mào）之。窈窕淑女，钟鼓乐之。

【微指导】

1. 诗歌大意

《周南·关雎》是一首描写青年男子追求美丽姑娘的恋歌，也是中国最古老的一首爱情诗，表现了男子求之而不得的焦虑和求而得之的喜悦，真实地反映了青年男女对美好婚姻的追求。

2. 诗境想象

（1）关关雎鸠，在河之洲。

这是什么地方？有什么景物？能听见什么声音？

（2）求之不得，寤寐思服。

青年男子追求不到“淑女”有着怎样的心情？

（3）钟鼓乐之。

这是一个怎样的场面？

3. 身临其境

当你置身在“钟鼓乐之”的氛围中，会是怎样的心情？

【新拓展】

是谁把

刘大白

是谁把心里相思，
种成红豆？
待我来碾豆成尘，
看还有相思没有？

是谁把空中明月，
捻得如钩？
待我来抟钩作镜，
看永久团圆能否？

【下水文】

王子邂逅公主

碧溪清清，微波漾漾。溪中漂浮着青青的荇菜，随着柔波轻轻荡漾。溪畔，垂柳依依拂水。

“关关雎鸠，在河之洲”，“唧唧——”“喳喳——”，两只穿花衣的鸟儿高一声低一声地叫着，欢唱生活的快乐。

美丽的公主背着精美的竹篓，双脚蹚在清凌凌的溪水里，挽着衣袖采荇菜。“采呀采呀采荇菜……”公主边采边歌唱。

公主甜美的歌声引来了一位英俊的王子。他勒马伫立凝望，多么美丽的公主啊，身姿窈窕，一袭红裙，长发飘逸，脸上漾着微微的笑容。她采呀采呀采荇菜，有节奏地采着，那动作比舞蹈还优美。“窈窕淑女，君子好逑”，王子对她一见钟情，情不自禁地大胆相求：“亲爱的公主，嫁给我好吗?”

公主被突如其来的说话声吓了一跳，抬头一看，只见一位白马王子站在对岸朝自己笑。好冒昧的王子！公主羞红了脸，赧然一笑，说：“我们素昧平生，我不能嫁给你!”

那夜，王子失眠了，辗转反侧。他的眼前尽是公主的倩影，公主那娇羞的粉脸，宛如初绽的桃花，那微启的朱唇，两排贝齿若隐若现，好个窈窕淑女，“巧笑倩兮，美目盼兮”。“求之不得，寤寐思服”，好长的夜呀，好长的相思，王子心旌摇荡，想得快发疯了。

第二天清晨，王子早早地来到了小溪畔，摆下古琴，“琴瑟友之”，对着公主弹奏起来。

轻柔的晨风，淙淙的溪水，把一曲曲悠扬的琴声送到了公主的耳畔，送到了公主的心坎。还有那一声声清脆的鸟鸣，还有那一阵阵扑鼻的花香……

公主的芳心像春风拂过，漾起了一圈圈涟漪……

第三天，第四天……王子都早早地来到小溪畔，摆下古琴，对着公主“琴瑟友之”。

精诚所至，金石为开，王子的琴声终于打动了公主的芳心。公主心潮澎湃，心海终于荡起了一层层晶莹的水花……

“嫁给你吧!”公主莞尔一笑，向着美妙的琴声飞奔而来。

那一天，公主成了王子的新娘。“窈窕淑女，钟鼓乐之”，王子的家人敲锣打鼓迎接公主的婚车。春风拂面，鸟儿一声声欢快地鸣叫着，红男绿女们簇拥着公主的花车，一遍又一遍地唱着：“关关雎鸠，在河之洲。窈窕淑女，君子好逑……”

公主出嫁啦

召南·何彼襛矣

何彼襛（nóng）矣？唐棣（dì）之华。曷不肃雍？王姬之车。

何彼襛矣？华如桃李。平王之孙，齐侯之子。

其钓维何？维丝伊缗（mín）。齐侯之子，平王之孙。

【微指导】

1. 诗歌大意

《召南·何彼襛矣》是一首描写男婚女嫁的诗歌。在鲜花盛开的季节，美丽的公主乘着花车出嫁，英俊的王侯公子前来迎娶。全诗弥漫着浓浓的喜庆气氛。

2. 诗境想象

（1）何彼襛矣？唐棣之华。

这是什么季节？看到了什么？

（2）曷不肃雍？王姬之车。

新娘有着怎样的身份？她的外貌、表情如何？

（3）平王之孙，齐侯之子。

新郎是谁？他是怎样来迎接新娘的？

3. 身临其境

你怎样祝福这对门当户对的新人？

【新拓展】

钗头凤

桃花好，朱颜巧，凤袍霞帔鸳鸯袄。春当正，柳枝新，城外艳阳，窗头群鸟，妙、妙、妙。

东风送，香云迎，银钗金钿珍珠屏。斟清酒，添红烛，风月芳菲，锦绣妍妆，俏、俏、俏。

（摘自网络小说《远古笛声》）

【下水文】

公主出嫁啦

“何彼襛矣，唐棣之华”，那是什么花开得那么热烈？哦，那是棠棣之花。

春天，在京城郊外的官道边，每一棵棠棣树都开花啦。每株都花团锦簇，姹紫嫣红。一株花树挨着一株花树，连成了长长的花之走廊。

花的走廊里，响起了声声唢呐。哦，一队送亲的人走在棠棣花树下。旌旗遮日，华盖如云，香车、宝马、新娘，送亲的姑娘花枝招展。附近村庄的男男女女纷纷赶来观看。四匹马儿拉着的婚车豪奢极了，金光、银光闪闪。

“曷不肃雍？王姬之车”，天哪，那不正是王姬——周天子的公主吗？一位心灵手巧、美丽善良的公主啊！她身材窈窕，面如明月，雍容安详。她一袭红衣红裙，倚坐在婚车里，不时撩起大红婚纱，看看送亲的姐妹，或向前张望。

“王姬出嫁啦，公主出嫁啦！”人们奔走相告，围观的人越来越多。王姬要嫁到哪儿去？娶到公主的人多有福气呀！

“何彼襛矣？华如桃李”，那是什么花开得那么艳丽？哦，那是桃花、李花，桃花如霞，李花如雪。在红白相衬的花海里走来了迎亲的队伍。锣鼓声声响，同样是旌旗遮日，华盖如云，迎亲的小伙子们骑马飞奔而来。最前头的那位骑白马的红衣少年一定是新郎了，他身材伟岸，风流倜傥，满面笑容。哦，原来是齐侯的公子啊，好英俊的少年！他对人像桃花一样热情，他的品格像李花一样纯洁。

人们驻足观看，悄悄议论着：

“好排场的婚嫁，好奢侈的嫁妆！”

“公主嫁王子，真是门当户对！”

“才子佳人，真是一段好姻缘，好个天作之合！”

“公主下嫁齐侯的公子，齐公子算是癞蛤蟆吃到天鹅肉了。”

……

人们的声声议论里，有羡慕，有赞美，有祝福，也有淡淡的酸味。

君为青青草，侬做草上花

邶风·静女

静女其姝，俟（sì）我于城隅。爱而不见，搔首踟蹰。

静女其娈（luán），贻我彤管。彤管有炜，说（yuè）怿（yì）女美。

自牧归（kuì）荑（tí），洵美且异。匪女之为美，美人之贻。

【微指导】

1. 诗歌大意

《邶风·静女》是一首叙事情诗，描写了夕阳西下时分男女主人公约会于城墙边。诗歌生动地刻画了姑娘的俏皮和小伙子的憨厚，他们恋慕至深，爱得朴素而浪漫。

2. 诗境想象

（1）静女其姝，俟我于城隅。

什么时间？什么地点？有什么人？

（2）爱而不见，搔首踟蹰。

姑娘为什么藏起来了？小伙子怎么急？他想起了什么？

（3）自牧归荑，洵美且异。

姑娘送的荑草怎么美丽？

3. 身临其境

你对这对约会中的恋人有什么祝福？

【新拓展】

果林夜曲（节选）

梁上泉

火把都快燃尽了，
已烧得血液沸腾，
朋友们结伴走了，
走进那苹果树林。

——深深，深深……

阿妹的口弦声声，
阿哥的月琴叮叮，
弹奏着一个曲调，
伴和着一个心音。

——轻轻，轻轻……

不碰落枝头的夜露，
不惊动草丛的虫鸣，

在自己营造的果园，
倾诉甜蜜的爱情。

——静静，静静……

【下水文】

君为青青草，侬做草上花

夕阳还衔在山头，晚霞已布满了西天。

“静女其姝，俟我于城隅。”

高高的城墙下，杨柳依依。静女一手握着翠绿的荑草，一手攀着柳条，静静地等着她的伯阳。晚风吹拂着她的乌丝，沐浴着晚霞，静女美得就像绽放的桃花。她一会儿闻闻手中的荑草，一会儿踮起脚尖眺望。昨天就约好今晚在这儿见面，可为什么他还没来呀？静女温柔恬静的脸上掩盖不了内心急切的盼望。伯阳是村里最英俊的男子，也是最勤劳的人，他吹奏的笛声最动听……静女这样想着，两片红云飞上了脸颊。

远处出现了伯阳的身影，他一路小跑，翩然而至，手中握的不正是她昨天送给他的彤管吗？静女狡黠地一笑，悄悄地躲到城墙的后面，哈，要惩罚一下这个迟到的冤家！

伯阳独自站在城墙下，举目寻找。人在哪儿？不是说好相约在这儿吗？城墙边，柳树下，静悄悄的，只有柳条在晚风中轻舞。伯阳抓耳挠腮，怅然若失。静女可是村里最美丽的姑娘，心灵手巧，人见人爱。伯阳的心里宛如揣着一只小兔，突突突地跳着。他不停地徘徊着，伊人在哪儿？

“静女其娈，贻我彤管”，伯阳看看手中的彤管，水红色的，多精美呀！这是静女送的，还刻着鱼与水的花纹。

“君是河中水，我做水中鱼……”伯阳小声地念着，脸上荡漾起一丝丝幸福的笑容。

金色的夕晖消失在天边。伯阳捧起彤管轻轻地吹奏，一串串音符从彤管里轻轻飘出，仿佛一缕缕甜美的春风，春风里夹着柳絮，飘舞着五彩的花瓣，飞舞着翩跹的彩蝶……轻柔的乐音，融进了晚风，融进了霞光，也融进了伯阳的心里。他陶醉在美妙的乐声里，尽情地吹奏着。

忽然，一双温润的手蒙住了伯阳的双眼。

“你是谁?”

“猜猜看，嘻嘻……”熟悉的声音伴着一串串银铃般的笑声洒落在霞光里。

“静女!”伯阳兴奋地叫起来，宛若月亮掉落在眼前。

“猜猜我送给你的是什么?”静女莞尔一笑，是那么妩媚。

伯阳微微一笑，睁开眼一看，呵，是一根荑草，青翠欲滴。伯阳将荑草靠近鼻尖闻着，一缕缕幽幽的芳香沁人心脾，好舒心呀！伯阳噘着嘴唇，不知是对自己说，还是对荑草说："匪女之为美，美人之贻。"

"你知道荑草的花语吗?"静女嫣然一笑，眼睛像泉水一般清澈。

"花语?"伯阳歪着脑袋，沉思了一会儿，茅塞顿开，举起彤管，轻轻地吹奏起来。"我是青青草，君是草上花。我是河中水，君为水中鱼……"

曼妙的乐声吹落了红霞，吹起了一轮如盘的朗月。

为了隔河而笑的美人

秦风·蒹葭

蒹葭苍苍，白露为霜。所谓伊人，在水一方。
溯洄从之，道阻且长。溯游从之，宛在水中央。
蒹葭萋萋，白露未晞。所谓伊人，在水之湄。
溯洄从之，道阻且跻（jī）。溯游从之，宛在水中坻（chí）。
蒹葭采采，白露未已。所谓伊人，在水之涘（sì）。
溯洄从之，道阻且右。溯游从之，宛在水中沚（zhǐ）。

【微指导】

1. 诗歌大意

《秦风·蒹葭》是一首描写执着追求的抒情诗，洋溢着诗人对"伊人"的真诚向往和执着追求的爱恋之情。深秋的早晨，河边芦苇上的露水还没干，"伊人"仿佛就在那流水环绕的洲岛上，诗人面对苍苍芦荡、茫茫秋水，上下求索，苦苦寻觅，虽然可望而不可即，但始终不放弃。

2. 诗境想象

（1）蒹葭苍苍，白露为霜。

这是什么时节？你看到了一番怎样的景象？

（2）所谓伊人，在水一方。

在水一方的"伊人"有着怎样的身段？衣着、表情是什么样的？

（3）溯洄从之，道阻且长。

"我"怎样追"伊人"？遇到了哪些困难？即使"伊人"如隔云端，"我"又是怎样不言放弃的？

3. 身临其境

你会向诗中执着追求的抒情主人公投去怎样的目光？

【新拓展】

在水一方

琼　瑶

绿草苍苍，白雾茫茫，
有位佳人，在水一方。
我愿逆流而上，依偎在她身旁，
无奈前有险滩，道路又远又长。
我愿顺流而下，找寻她的方向，
却见依稀仿佛，她在水的中央。

绿草萋萋，白雾迷离，
有位佳人，靠水而居。
我愿逆流而上，与她轻言细语，
无奈前有险滩，道路曲折无已。
我愿顺流而下，找寻她的踪迹，
却见仿佛依稀，她在水中伫立。

【下水文】

为了隔河而笑的美人

深秋，一个薄雾迷蒙的清早，我与一个相思了三千年的梦不期而遇。

“蒹葭苍苍，白露为霜。所谓伊人，在水一方……”那天清晨，太阳刚刚升起，一弯冷月还挂在天边，秋雾仍未散开，青黄的芦苇结着霜花。一个美丽如花的少女在秋水彼岸亭亭玉立，江风撩拨着她长长的乌发，吹拂着她红艳的裙裾。她一会儿低头若有所思，一会儿抚着绯红的脸颊。这美丽的身影宛如盛开在秋水之畔的红花，我仿佛感受到了那份芬芳。纤细的倩影映在水里，清冽的柔波把她漂洗得更加纯洁、妩媚。

啊，这不就是我千里万里追寻的伊人吗？我轻举箫管，向你倾诉我的爱意：“关关雎鸠，在河之洲。窈窕淑女，君子好逑……”箫声吹皱了你心海的涟漪，使你的眼角与眉梢绽放出情窦初开的羞涩与甜蜜。也许是心有灵犀一点通吧，你居然心有所归地轻摆红裙舞蹈起来，任凭晨霜冻红纤手，任凭晨雾濡湿秀发，任凭芦花漫天飞扬。更令我惊喜的是，你边舞边朝我翩然而来，我幸福地深情凝望。然而，当我向你走近时，你却停止了舞蹈，顾影自怜起来，眼角与眉梢流露出淡淡的忧郁。你轻启朱唇，嗫嚅着，却什么话也没有说，只嫣然一笑便转身离去。

“溯洄从之，道阻且长。”我不顾一切地朝你追去，要追回我的心爱，追回我的归依，不管“道阻且长”，不管“道阻且跻”，不管“道阻且右”！望着你红艳的倩影，我“溯洄从之”，我“溯游从之”，全不管白露成霜，全不管寒水溅湿了衣裳。不知道你是否故意躲我，一会儿“在水之湄”浅笑，一会儿又“在水之涘”低吟。最后，你红艳的背影竟然氤氲成天边的早霞，渐渐淡成晨光。可你那忧郁的嫣然一笑沉落水中，还在我的心田荡漾……

“扑啦啦——”，忽然，几只水禽从芦苇丛里惊飞而出，掠过水面疾飞而去，水面泛起圈圈涟漪，水中的伊人、心中的伊人在微波中渐渐消失。我猛然抬头，彼岸的少女已袅袅婷婷地走了，那红艳的背影渐渐地融入秋水茫茫、蒹葭苍苍……

“所谓伊人，在水一方。”啊，我相思了三千年的伊人，又一次与之擦肩而过。

妹妹面前一条宽宽的河

周南·汉广

南有乔木，不可休思；汉有游女，不可求思。
汉之广矣，不可泳思；江之永矣，不可方思。
翘翘错薪，言刈（yì）其楚；之子于归，言秣（mò）其马。
汉之广矣，不可泳思；江之永矣，不可方思。
翘翘错薪，言刈其蒌；之子于归，言秣其驹。
汉之广矣，不可泳思；江之永矣，不可方思。

【微指导】

1. 诗歌大意

《周南·汉广》的抒情主人公是一位青年樵夫，他钟情于汉水对岸的美丽姑娘，每一天面对浩渺的江水，唱着动人的歌，倾吐满怀的爱恋。可是，一天天过去了，却始终难遂心愿。

2. 诗境想象

（1）汉有游女，不可求思。

汉水对岸的姑娘为什么值得樵夫相思呢？

（2）汉之广矣，不可泳思。

汉水是怎样宽广？樵夫有着怎样的心情？

（3）之子于归。

姑娘出嫁了，樵夫看见了什么？听见了什么？

3. 身临其境

请你猜猜，樵夫为什么追求不到对岸的姑娘？

【新拓展】

过　河（节选）

词：崔凯

哥哥面前一条弯弯的河，
妹妹对面唱着一支甜甜的歌，
哥哥心中荡起层层的波，
妹妹何时让我渡过你呀你的河。
哥哥你要把河过，先要对上妹妹的歌，
不问花儿为谁开，不问蜂儿为谁落，
问你带着什么来，为啥要过我的河。

哥哥面前一条弯弯的河，
妹妹对面唱着一支甜甜的歌，
哥哥心中荡起层层的波，
妹妹何时让我渡过你呀你的河。
小船悠悠水面过，划开河面层层的波，
采一朵水莲花，妹妹送哥哥，
悄悄话儿悄悄说，甜甜蜜蜜洒满河。

【下水文】

妹妹面前一条宽宽的河

他是一位勤劳朴实的樵夫，她是一位美丽动人的少女。他住在南岸，她住在北岸，中间隔着一条宽宽的汉水河。

“南有乔木，不可休思。”那是春天吧，高高的乔木绽出新枝嫩叶，生机勃发，少年樵夫无心欣赏，埋头伐荆。

忽然，对岸飘来了一阵清脆婉转的歌声。

少年直起身子，循声望去，哇，好美丽的少女！红衣青裙，长发飘飘，挎着一个精致的竹筐，不知是去采桑还是去采蘋。春风拂面，少女步履轻盈，衣袂飘飘，宛如盛开在乡间小路的一朵鲜花。少年对她一见钟情，痴痴地凝望着对岸，手中的砍刀掉到了地上。那不就是自己梦里追寻的伊人吗？“翘翘错薪，言刈其楚；之子于归，言秣其马。”那一刻，少年的眼前出现了一个美丽的幻境：少女成了他的新娘，少年为她砍柴伐薪、喂马赶车，日子过得和和美美……

“唧——”一声清脆的鸟鸣，打破了少年的幻境。伊人渐渐远去，少年多想放声呼喊：“美丽的姑娘，我爱你！”可是他担心，隔着宽宽的汉水，伊人听不到他心灵深处的呼喊。他多想游过去，可是江流澎湃；他多想乘筏渡去，可何处有木筏？少年面对着潺潺的江水，喃喃吟哦：“汉之广矣，不可泳思；江之永矣，不可方思……”

后来，南有乔木，满枝头尽是花儿，少年却无心欣赏。他天天来伐木，只为能看到对岸的伊人，几次张口想唱首歌，像后世的男子对着心爱的姑娘那样唱：“哥哥面前一条弯弯的河，妹妹对面唱着一支甜甜的歌，哥哥心中荡起层层的波，妹妹何时让我渡过你呀你的河……”可是，情歌好唱口难开，少年始终没有唱。

再后来，欲唱未唱的歌儿在少年的心中酿成了绵绵不尽的愁思，酿成了喝不完的苦酒。

那是秋天吧，高高的乔木上结着红红的果实，少年埋头伐荆，不时朝对岸望去，希望能看见他日思夜想的伊人。

忽然，对岸飘来了一串欢快的唢呐声。少年起身望去，天哪，他日思夜想的姑娘成了别人的新娘。大红花轿抬着披着大红嫁衣的伊人，渐渐地消失在苍茫的秋色里。少年一脸哀伤，遥望新娘远去的背影，望着碧水东去的汉水，两行热泪潸然而下。“南有乔木，不可休思；汉有游女，不可求思……”一曲愁肠万断的相思之歌悲悲戚戚地飘出……

妹妹出嫁了

邶风·燕燕

燕燕于飞，差（cī）池其羽。之子于归，远送于野。瞻望弗及，泣涕如雨。

燕燕于飞，颉（xié）之颃（háng）之。之子于归，远于将之。瞻望弗及，伫立以泣。

燕燕于飞，下上其音。之子于归，远送于南。瞻望弗及，实劳我心。

仲氏任只，其心塞渊。终温且惠，淑慎其身。先君之思，以勖（xù）寡人！

【微指导】

1. 诗歌大意

《邶风·燕燕》是一首经典的送别诗，描写国君送妹妹远嫁，送了一程又一程。诗歌写出了祝福，写出了离别，写出了伤感，也写出了妹妹的种种美德。

2. 诗境想象

（1）燕燕于飞，差池其羽。

这是一幅怎样的景象？

（2）瞻望弗及，泣涕如雨。

看到妹妹远去了，哥哥怎样难分难舍？

3. 身临其境

请你评价一下，这是一个怎样优秀的妹妹？

【新拓展】

秋社寄山中故人

［宋］谢　翱

燕子来时人送客，不堪离别泪沾衣。
如今为客秋风里，更向人家送燕归。

【下水文】

妹妹出嫁了

晴空丽日，大路朝南。

热闹的接亲队伍迤逦而去，香车宝马，彩旗飘飘，极尽豪奢。我的妹妹出嫁了，要嫁到很远很远的陈国。

我们一路送到城外原野上，通往南国的大路口。

“燕燕于飞，差池其羽。”

路边桃花红了，杨柳绿了，微风吹拂着婀娜的柳条，极尽妩媚与缠绵。多么美丽的春天啊！小燕子们从遥远的南国回来了，在这片美丽的家园自由飞翔，快乐嬉戏。我的妹妹却要嫁到南国，为什么要离开生她养她的土地啊？

锣鼓喧天，唢呐声声，我的心里却一点儿也高兴不起来。妹妹乘着豪华的马车，四牡骙骙，却迟迟而行。妹妹打扮得格外漂亮，身穿大红嫁衣，头上罩着同样大红的盖头，可是妹妹一点儿也不高兴，美目盼兮，却噙着泪珠，巧笑倩兮，酒窝里盛的却尽是留恋。

“再见了，哥哥！”妹妹用纤纤玉手撩起盖头，眼里尽是泪花，一遍遍殷殷嘱托我："勿忘先王的仁德，继承他们的事业，做一个百姓拥戴的好国君。"

我含泪点头，扶着马车的手渐渐松开。送君千里，终须一别，然而，这是我的亲妹妹啊，我依依不舍。

"再见，我的好哥哥！就此别过，请哥哥珍重。"妹妹不住地挥手。

婚车绝尘而去……

我向前飞奔，要追回我的妹妹。

"瞻望弗及，泣涕如雨。"我爬上高高的山巅，踮起脚尖，却望不见妹妹远去的背影，泪水模糊了我的双眼。"燕燕于飞，颉之颃之"，只有小燕子留恋着这片家园，上下翻飞，小剪刀似的翅膀从我的眼前掠过。小燕子，为什么要剪断我遥望妹妹的视线？我的妹妹秉性善良，是天下最美丽的姑娘，也是我最信任的人，她的心胸像大海一样宽广，她的心灵像泉水一样清澈，她的歌声像黄莺啼鸣一样婉转。

我翘首遥望，却再也望不见妹妹的身影。我心如刀绞，无法平静。

"燕燕于飞，下上其音"，呢喃的燕语在说些什么？展翅飞翔的燕子啊，秋天会南飞，但来年春天还会飞回来。可是，我的妹妹呢？那个爱哭鼻子的妹妹，那个爱向父母告状的妹妹，那个爱撒娇的妹妹，那个像跟屁虫一样的妹妹啊……

燕子飞过，天空没有留下翅膀的痕迹。"瞻望弗及"的妹妹啊，却留给我无尽的思念。

我泣涕如雨……

叫我如何不想他

小雅·隰桑

隰（xí）桑有阿（ē），其叶有难（nuó）。既见君子，其乐如何？
隰桑有阿，其叶有沃。既见君子，云何不乐？
隰桑有阿，其叶有幽。既见君子，德音孔胶。
心乎爱矣，遐不谓矣？中心藏之，何日忘之？

【微指导】

1. 诗歌大意

《小雅·隰桑》是一首情歌，描写的是绿意葱茏的桑田，采桑女自从偶遇一位英俊的君子后，心中充满着快乐与忧愁、期盼与失落的情绪。她心灵深处藏着君子，不知道什么时候能再遇见他。

2. 诗境想象

（1）隰桑有阿。

女子在桑田采桑，她是怎么遇见“君子”的？遇见时的表情怎样？

（2）德音孔胶。

“君子”有什么值得采桑女爱恋？

3. 身临其境

请你评价一下，诗中的女主人公是个怎样的人？如果你看到她痴情的一幕，你会向她投去怎样的目光？

【新拓展】

思　念

对你的思念像流动的河水一样，
潺潺的永不止息；
对你的思念像燃烧的火焰一样，
煎熬着却无悔意；
对你的思念像丛生的野草一样，
蓬乱又恣意蔓延；
只是，对你的思念只是我一个人的事，
我爱你，与你无关。

【下水文】

叫我如何不想他

“心乎爱矣，遐不谓矣？中心藏之，何日忘之？”

多么一往情深的姑娘呀！桑林里那次美丽的邂逅，在不经意间种下的一颗爱恋的种子竟然悄然萌芽，刹那间蓬勃生长。

“隰桑有阿，其叶有难。”春暖花开，燕语呢喃。桑田一片苍翠，每一株桑树都绿意葱茏。二八少女，着一袭绿衣，是那么青春靓丽。她肩背竹篓，踮着脚尖，纤纤玉手攀着桑枝，采啊，摘啊……竹篓里鲜嫩的桑叶一层层叠加，渐渐地装满了一个篓筐。

“哎哟——”少女一声惊叫，她一脚踩空，摔倒在地，篓筐滚到一旁，桑叶撒落一地。不疼，只是好丢人！她连忙站起来，蓦然抬头，只见十步之外一个青年男子，手上拎着她丢落的竹篓，正俯身捡拾撒落一地的桑叶。少女一脸惊愕，还没等她反应过来，男子已走到面前。“小心，别摔坏了。”男子深情一瞥，把装满桑叶的篓筐递到她手上。

“既见君子，其乐如何?”她羞涩地一笑，一片红晕飞上了脸颊。她正想说声“多谢”，男子已转身离去，只留下魁梧的背影，在满目绿意的桑林深处。

“隰桑有阿，其叶有沃。”从此，桑树下青年男子的温文软语、音容笑貌深深地烙印在她的脑海里，在一遍又一遍地回放中愈发清晰。心中的爱恋在不断燃烧着，越来越炽烈。

她每一次到桑林采桑，都渴望重现这美丽的一幕。

在她的精心喂养下，蚕儿实现了一次一次的蜕变。蚕儿长肥了，她多想再次见到心仪的人儿，在枝叶婀娜的桑树下，再听一回他的深情问候，再触碰一回他的温情目光。“既见君子，云何不乐?”那是一种多么快乐的体验啊！蚕儿抽丝了，结茧了，她幻想着织一件时髦的春装，在幽暗的桑荫下，穿在心仪之人的身上，和他指尖相抵，听他情话喁喁。“既见君子，德音孔胶。”那是一种多么幸福的憧憬啊！

“心乎爱矣，遐不谓矣?”她一次次来到桑林，心如小鹿乱撞，她多么希望能向他表白心中的感激、仰慕与爱恋啊！今天蚕儿已经破茧成蝶，成双成对，然而，心仪的人儿终究没有出现。一株株桑树，枝叶沃若，树下尽是熟透的桑葚，一地殷红。那是她相思的泪，还是她破碎的心呢?两行热泪悄然滑落，红唇嗫嚅：“中心藏之，何日忘之?中心藏之，何日忘之?”

牵挂你的人是我

卫风·有狐

有狐绥绥，在彼淇梁。心之忧矣，之子无裳。
有狐绥绥，在彼淇厉。心之忧矣，之子无带。
有狐绥绥，在彼淇侧。心之忧矣，之子无服。

【微指导】

1. 诗歌大意

《卫风·有狐》描写了一个女子对心爱之人的思念与忧虑。她在此岸，望着彼岸的他踽踽独行，衣裳单薄，不由心生怜悯。诗歌一唱三叹，风致婉约，真挚感人。

2. 诗境想象

(1) 有狐绥绥。

这是什么时间?年轻的男子从哪里来?有可能去哪里?

（2）心之忧矣。

抒情主人公为什么担忧？担忧什么？

3. 身临其境

秋风萧瑟里，黄昏夕阳下，有一个衣衫褴褛的人还徘徊在江畔不回家，你会向他投去怎样的目光？

【新拓展】

秘魔崖月夜

胡 适

依旧是月圆时，
依旧是空山，静夜。
我独自踏月归来，
这凄凉如何能解！

翠微山上的一阵松涛，
惊破了空山的寂静。
山风吹乱了窗纸上的松痕，
吹不散我心头的人影。

【下水文】

牵挂你的人是我

夕阳西下，秋风瑟瑟，淇水潺潺，荡漾着一江寒意，蜿蜒而去。

空荡荡的河堤上，一个孤独的背影映入我的眼帘。他踽踽独行，好像一只孤单的狐狸在找寻自己的另一半。惨淡的夕晖把他的身影投射在河堤上，投射在淇水里，拉得很长很长。这是一个年轻的男子，他衣衫褴褛，面容憔悴，显得心事重重。但他那伟岸的身材、刚毅的脸庞、凝重的神色透露出他有着不俗的身世。他是谁？是落魄的公子、失势的权贵，还是遭遇不测的平民？

“有狐绥绥，在彼淇梁。”那不正像我自己的形象吗？忽然之间，我的心海仿佛被投进了一块巨石，溅起了千万层浪花。同是天涯沦落人，我心生怜悯，也生出爱意，我多么想紧走几步，追上你，陪伴在你左右。可是，“之子无裳”，你连一件像样的下衣都没有呀！我心中涌动着一股莫名的惆怅。

“有狐绥绥，在彼淇厉。”惨红的晚霞铺满西天，像失伴狐狸一样孤单的男子，赤脚走进淇水边的浅滩里，身后溅起一串晶莹的水花，陪伴他的长长的影子随着落日消失了，他显得更加孤独无依。不知为什么，他孤单的身影一直牵动我的惆怅，我一次次叩问：你从哪里来？是从血流成河的战场上走来？是遭人排挤，从众多冷漠的目光中走出？抑或情场失意，从哀莫大于心死的泥潭里爬出来？“心之忧矣”，望着你瘦削的身子在寒风中颤抖，我多想紧走几步，追上你，陪伴在你身边。可是，你“之子无带”，连一条像样的衣带都没有呀！

一弯月儿从山头上探出惨白的脸庞，仿佛窥见了我的心事。我一脸火辣，心中的惆怅浓稠得怎么也化不开。“有狐绥绥，在彼淇侧。”我的视线被那孤独的身形牵去，我的情思久久无法走出。他瘦削的身影徘徊在淇水对岸，时而望月沉思，时而对着淇水发愁。月色凄清，晚风萧瑟，你今晚何处归去？杨柳岸，晓风残月？一叶孤舟，江海余生？抑或明天有新的太阳，明朝有新的春天？我多想蹚过淇水与你相伴，执子之手，与你共度春晨花朝，与你一起迎接风霜雨雪。可是，“之子无服”，你落魄得连一件像样的衣服都没有呀！

“在彼淇侧”的那个如落单狐狸般孤单、孤傲的男子啊，你明白此岸之人对你的忧心忡忡，以及夹杂着的一丝丝淡淡的甜蜜惆怅吗？

邻家女孩

郑风·东门之墠

东门之墠（shàn），茹藘（lǘ）在阪。其室则迩，其人甚远。

东门之栗，有践家室。岂不尔思，子不我即。

【微指导】

1. 诗歌大意

《郑风·东门之墠》是豆蔻年华的姑娘向邻居男子唱的一曲爱恋情歌。两家相邻而居，两人青梅竹马。长大后，姑娘对他相思依旧，而他对她却如同路人，令姑娘备感伤心。

2. 诗境想象

（1）东门之墠，茹藘在阪。

东门外有一块平地，男孩和女孩会玩些什么游戏？

（2）东门之栗，有践家室。

东门外有一排整齐的房子，屋前种着一株株高大的栗子树，男孩和女孩又会做什么游戏？

（3）岂不尔思，子不我即。

男孩和女孩都长大了，女孩依然思念着长大了的男孩。她是怎样思念的呢？

3. 身临其境

请你评价一下，诗中的女孩是个怎样的人？

【新拓展】

西海情歌

作词：刀郎

自你离开以后　从此就丢了温柔
等待在这雪山路漫长　听寒风呼啸依旧
一眼望不到边　风似刀割我的脸
等不到西海天际蔚蓝　无言着苍茫的高原
还记得你答应过我不会让我把你找不见
可你跟随那南归的候鸟飞得那么远
爱像风筝断了线　拉不住你许下的诺言
我在苦苦等待雪山之巅温暖的春天
等待高原冰雪融化之后归来的孤雁
爱像风筝断了线　拉不住我们的从前
爱再难以续情缘　回不到我们的从前

【下水文】

邻家女孩

“东门之墠，茹藘在阪。”女孩家的东门有一个晒谷坪，旁边有一个小山坡。男孩的家就在小山坡的东坡下。

男孩会翻过小山坡约女孩在晒谷坪办家家。有一次，男孩说：“我们一起玩‘新郎新娘’的游戏好吗?”女孩很乐意。他们玩得不亦乐乎。有时，女孩也会绕过小山坡邀男孩在他家旁边的栗树下捉迷藏。有一次，男孩藏得太隐蔽了，女孩找不到，急得哭了。

时光在童年的笑声和哭声中悄悄流逝。不知什么时候，男孩成了英俊小伙，女孩成了花季少女。

那是一个春天的清晨吧，女孩忽然发现有很长一段时间没有与男孩一起玩了，也没见到男孩了。女孩的心好像被丘比特的箭射中了，情窦初开，心中想要见到男孩的渴望像快要决堤的春水。

女孩倚在自家的东门边。小山坡上开满了鲜花，攀树绕藤的茜草，招展着橙色的、紫红的花儿，特别夺人眼球。祖母告诉她，新娘嫁衣的红色就是用茜草的根榨出的汁染的。彩蝶在花丛中快乐地双双飞舞，一对黄莺站在一株栗树上欢快地鸣唱。可是，山坡那头的男孩呢？

从此，女孩每天都会倚着门向小山坡那边张望。偶尔，她看见了那个英俊的男孩，她的心一阵狂跳，多想与他说上几句话。可男孩总是步履匆匆，好像忘了那个曾经与他一起玩过“新郎新娘”游戏的女孩。当然，有时候男孩也会报以一丝微笑，或者轻轻地点一点头。

那是一个秋天的黄昏吧。女孩照例倚在自家的东门边，眺望着对面的小山坡。金色的霞光照着女孩，显得很美丽，只是眉间笼罩着几丝淡淡的忧郁。山坡上的茜草已经结果了，一个个橘黄色的果实挂在藤萝上，好像挂着一个个小巧玲珑的风铃。男孩家门口的那株栗树粗壮挺拔，那栗树是做婚车最好的木材。可是，女孩那日思夜想的男孩啊，你为什么对邻家小妹熟视无睹？难道你真的忘记了那个童话般美丽的游戏？难道世界上最遥远的距离真的是“我就站在你的面前，你却不知道我爱你”？

女孩情不自已，一遍一遍地唱着：

东门之墠，茹藘在阪。其室则迩，其人甚远。

东门之栗，有践家室。岂不尔思，子不我即。

不知那呆头呆脑的男孩听到了没有？不知那憨憨的男孩听懂了没有？

做件葛衣回娘家

周南·葛覃

葛之覃兮，施（yì）于中谷，维叶萋萋。黄鸟于飞，集于灌木，其鸣喈（jiē)喈。

葛之覃兮，施于中谷，维叶莫莫。是刈（yì）是濩，为絺（chī）为绤（xì），服之无斁（yì）。

言告师氏，言告言归。薄污我私，薄澣我衣。害（hé）澣害否？归宁父母。

【微指导】

1. 诗歌大意

《周南·葛覃》是一首描写新婚女子回娘家的归宁之歌。女子采葛时看见黄雀聚集鸣唱，产生了回娘家的愿望。她一遍一遍地叮嘱保姆在她走后做好她婆家的事。

2. 诗境想象

(1) 葛之覃兮，施于中谷。

在幽静的山谷中，女子看见了什么？听见了什么？

（2）是刈是濩，为絺为绤。

女子割回了葛藤后又做了哪些事？

（3）言告师氏，言告言归。

女子叮嘱保姆什么事？

3. 身临其境

如果诗中的女主人公就是你的邻居，你能感受到她快乐的心情吗？

【新拓展】

回娘家（节选）

河北民歌

风吹着杨柳嘛唰啦啦啦啦啦啦，
小河里水流着哗啦啦啦啦啦啦，
谁家的媳妇，
她走呀走得忙呀，
原来她要回娘家。
身穿大红袄，
头戴一枝花，
胭脂和香粉她的脸上搽，
左手一只鸡，
右手一只鸭，
身上还背着一个胖娃娃呀咿呀咿得儿喂。

【下水文】

做件葛衣回娘家

幽静的山谷，清泉潺潺流淌。

漫山遍野都是茂盛的葛藤，萋萋碧叶，翠色欲流。藤上开着紫色的、红色的小花，三两只蝴蝶悠悠地飞着，一群群蜜蜂轻轻地唱着。溪畔一丛丛、一簇簇不知名儿的灌木，同样绿叶青青，开着五颜六色的花朵。成群结队的黄雀在茂盛的灌木丛中飞来飞去，叽叽喳喳地叫着，有唱不完的歌儿。

“葛之覃兮，施于中谷……”一群美丽的少妇唱起山歌，清脆的歌声满山飘。她们手持砍刀，弯腰砍割葛藤，脸上淌着汗水，但洋溢着劳动的快乐。她们把砍下的葛藤扎成捆，挑在肩上，背在背上，走在鲜花盛开的蜿蜒山路上。山路上又是一路歌声，一路清脆的鸟鸣……

村中的晒谷坪上，支起了一口口大锅，村妇们开始煮葛藤啦。整个村庄弥漫着幽幽的葛藤香味，村妇们系着裙子，挽起袖子，露出白皙的臂膀，忙得不亦乐乎。繁忙的劳动场面总是少不了孩子们快乐的身影，不管是穿着花裙的，还是围着红肚兜的都来了。他们有的帮着拾柴烧火，有的帮着剥葛藤皮，也有的在一旁跳着格子，唱着童谣，好不热闹！

多么能干的村妇呀！碧绿的葛藤在她们的手上经过一道道工序，被撕成了葛皮条，纺成了细纱，织成了雪白的葛布，再染成五颜六色的花布。花布里有村妇们悦耳的山歌声，也有孩子们欢快的笑声。

贤惠的孟月是刚嫁到村里的新娘。她的手特别灵巧，用自己纺的葛布裁剪了一件最新潮的衣裙，穿在身上就像天仙一样漂亮，引来大家夸个不停、羡慕不已。这件衣裳凝聚着自己的汗水与才干，孟月对着铜镜自我欣赏着，她第一次发现自己竟然如此美丽。孟月不由得对身旁的保姆师氏说："我明天就要回娘家啦，请帮我洗洗内衣和外衣，帮我打点行装，我还要带上自己纺的葛布，让父母和兄弟们分享我的劳动成果哩。"

第二天，山花烂漫的山路上，新娘孟月身披五彩的絺衣，像一只欢快的黄雀，向娘家飞去。

做好嫁衣，不见花轿来

郑风·丰

子之丰兮，俟我乎巷兮，悔予不送兮。
子之昌兮，俟我乎堂兮，悔予不将兮。
衣（yì）锦褧（jiǒng）衣，裳锦褧裳。叔兮伯兮，驾予与行。
裳锦褧裳，衣锦褧衣。叔兮伯兮，驾予与归。

【微指导】

1. 诗歌大意

《郑风·丰》描写了女子因出于某种原因未能与相爱的人结婚而悔恨不已。在她的脑海里，爱人相貌英俊，身材魁梧。她幻想自己打扮得漂漂亮亮的，男方家人驾车迎接她过门去成亲。

2. 诗境想象

（1）俟我乎巷兮。

"子"是怎样等候在长长的小巷的？

（2）悔予不送兮。

"我"为什么没有接受他的求婚？如今为什么后悔？

（3）衣锦褧衣，裳锦褧裳。

女子渴望出嫁，她幻想中的出嫁场面是一番怎样的情景？

3. 身临其境

请你评价一下，这是一个怎样的女子？

【新拓展】

错过了缘分错过你

词：何龙雨　陈伟

街上满是拥挤的人群
为何看不见你的身影
茫茫人海真爱难寻
我的心痛由谁来抚平
老天为何要造物弄人
突然没有了你的音讯
孤单时刻无人爱怜
留下我这个痴情的人
多想回到我们的昨天
我会爱你一如从前
想起我们不再有明天
我的泪水在枕边蔓延
我错过了缘分错过了你
你的温柔从此在我梦里
是与非　笑和泪
如今都变成飘散的记忆
我错过了缘分错过了你
只好偷偷躲在无人角落里
心伤了　情断了
漫漫长夜里我一个人哭泣

【下水文】

做好嫁衣，不见花轿来

“嘀嗒嘀嘀嗒——”欢快的唢呐声震天响，红男绿女簇拥着一乘花轿沿着大街走来。啊，又是一个好日子。

年终岁末，每一天都是黄道吉日，每一天都是婚嫁迎娶的佳期。季姜独倚家门边，一乘乘花轿从她的眼前颠过，可就是没有一乘抬进她家的院子。她美丽的脸庞笼罩着淡淡的忧郁，青春不再，年华易逝，而爱情却一次次与她擦肩而过。

“子之丰兮，俟我乎巷兮。”

他，身材伟岸，脸庞红润，神采奕奕，是那样英俊迷人。那天，他捧着一束鲜艳的玫瑰，等在悠长悠长的小巷。季姜远远地望着，看见他焦急地徘徊着，口中不住地嗫嚅着，那是在念叨我的名字吗？季姜几次要张开双臂飞奔上前，投入他的怀抱，依偎在他身旁，一起走到地老天荒。可是她终究没有，直到他把玫瑰丢在了风里，季姜流下了两行清泪。

“悔予不送兮！”一声长叹，又是一行泪水。

他，仪表堂堂，文质彬彬，好一个风流倜傥的谦谦君子。那天，他追到季姜家里，海誓山盟，向她表白执着的爱。季姜的心如春潮翻滚，她多想抛弃一切，奋不顾身地投进他的怀抱，挽着他的臂膀远走天涯。可季姜终究没有如此的勇气，直到他依依不舍地含恨离去，季姜忍不住滑落两行清泪。

“嘀嗒嘀嘀嗒——”又是一阵欢快的唢呐声，打断了季姜的回忆。又一乘花轿从她家门前颠过，依然没有抬进她的家。

那夜，季姜无眠。

在一个不知何时到来的时间，在一个不知何方编织的空间，季姜穿上了锦缎缝织的嫁衣，艳丽的嫁衣衬着季姜红润的脸庞，光彩照人。幸福在秋水般明净的眼眸里流动。欢快的唢呐声由远及近，季姜的心激动得快要蹦出了胸膛。啊，花轿终于停在了她家的门前。新郎来了，就是那位“俟我乎巷兮”的俊朗男子，就是那位“俟我乎堂兮”的翩翩公子。他牵着她的玉手，走上了花轿，红男绿女们簇拥着花轿……

可是，唢呐声怎么变成了鸡鸣？季姜睁眼看去，天哪，原来只是南柯一梦！

我的花轿呢？我的新郎呢？我的嫁衣呢？

“悔予不将兮！”只有季姜一声声叹惜，还响在《诗经》的卷轴里。

不在乎你不懂我的爱

陈风·宛丘

子之汤（dàng）兮，宛丘之上兮。洵（xún）有情兮，而无望兮。
坎其击鼓，宛丘之下。无冬无夏，值其鹭羽。
坎其击缶，宛丘之道。无冬无夏，值其鹭翿（dào）。

【微指导】

1. 诗歌大意

《陈风·宛丘》描写的是一位美丽的舞者在悠扬激越的乐声中，手执羽扇，翩翩起舞，一位男子痴情凝望。后来，男子一直跟随着舞者的队伍，一路追随心中爱恋的少女。

2. 诗境想象

（1）子之汤兮。

舞者在什么地方起舞？她是怎样打扮的？又是怎样起舞的？

（2）洵有情兮，而无望兮。

痴情的男子是怎样欣赏舞女的舞蹈的？

（3）宛丘之道。

什么时间？什么地方？舞者又是怎样起舞的？

3. 身临其境

假如你是观众中的一员，你会向陶醉在曼妙舞蹈中的舞女投去怎样的目光？

【新拓展】

霓裳羽衣歌（节选）

［唐］白居易

飘然转旋回雪轻，嫣然纵送游龙惊。
小垂手后柳无力，斜曳裾时云欲生。

【下水文】

不在乎你不懂我的爱

夏日，高台之上。

千年槐树洒下婆娑绿影。

鼓声点点，美丽的少女一袭红衣，踩着鼓点翩翩起舞。少女身材婀娜，长发飘逸，光彩照人。她手持白羽扇，旋转着，跳跃着，宛如一轮喷薄而出的红日，又像一簇燃烧的火焰，曼妙的舞姿宣泻、释放着舞者青春的野性与美丽。高台之下，一位佩剑少年双目炯炯地深情凝望着，如痴如醉。“子之汤兮”，多么美丽动人的少女，多么热情奔放的舞姿！少年痴情凝视，目光里尽是赞赏与爱慕。他多么希望少女能看他一眼，回报他从心底里油然而生的爱意。可是少女也许是太投入了，始终陶醉在舞蹈中。鼓声越来越激越，飘飘红袖，白羽狂舞，仿佛化作千万只白鹭在火中涅槃……

少年激动不已，双眼喷出了火花，心中涌动着的爱恋仿佛决堤的春潮。可是，直到一曲终了，少女始终未投来深情一瞥，也没有回眸一笑。

“洵有情兮，而无望兮”，少年长长一声叹惋。

……

冬日，京城大道，树叶早已从枝头飘落。

又是一阵阵鼓声，又是一声声瓦缶鸣响。依然是那位美丽的少女，窈窕的身姿随着动听的音乐翩翩起舞。她身着霓裳羽衣，圣洁如雪，纤纤玉手擎着白羽之伞。她轻歌曼舞时恍若弱柳扶风，狂歌劲舞时却似惊涛骇浪。台前，依然是那个佩剑少年，双目炯炯地凝望着美丽的少女。少女依然目不斜视，她明眸善睐，只注视着手中的白羽之伞，她一片芳心，只沉醉在她的艺术世界里。她是在用生命舞蹈啊，洁白的羽衣，洁白的舞伞，旋转着，旋转着，旋转出漫天飞雪，旋转出不计其数的白蝴蝶在风雪中飞舞……

少年心旌摇荡，深深地陶醉其中。

少女把生命交给了舞蹈，从宛丘山上舞到了京城大道，从烈日炎炎舞到了大雪飘飘。“洵有情兮，而无望兮”，虽然少年没有等到少女的一丝浅笑，或者一个回首，但不影响对她的恋恋不舍、一腔苦恋。少年一往情深，爱慕得刻骨铭心，从古朴的乡村追到了繁华的都市，从炎炎夏日追到了寒冷冬日……

等待心中的那颗星升起

陈风·东门之杨

东门之杨，其叶牂（zāng）牂。昏以为期，明星煌煌。

东门之杨，其叶肺肺。昏以为期，明星晢（zhé）晢。

【微指导】

1. 诗歌大意

《陈风·东门之杨》描写两人相约黄昏后，他（她）从黄昏一直等到东方将明的拂晓，却久候不至。此心、此情是何等深切。

2. 诗境想象

（1）东门之杨，其叶牂牂。

夕阳照着城门外的那株杨树，是一番怎样的景象？

（2）昏以为期，明星煌煌。

他（她）是怎样来赴约的？有什么表现？当久等不至，他（她）的心情如何？

3. 身临其境

假如你看见了诗中的主人公如此痴情地等待心上人，会向他（她）投去怎样的目光？

【新拓展】

等　待

佚　名

如果岁月是一幅画
我便是那桥头上
永远伫立的风景
当你渐渐远去的背影
消失在夕阳里
我便用守望
托起满天思念的星

【下水文】

等待心中的那颗星升起

“东门之杨，其叶牂牂。”

陈国的东门，茂密的杨树林。黄昏已经降临，金色的夕阳照在碧绿的树叶上。晚风轻拂，叶子微微颤动着，每一片叶子都闪烁着迷离的金色光点，好像每一片叶子上都有一个美丽的精灵在跳跃着。

一个男子飞奔而来，他风流倜傥，手上握着一支竹笛。显然，他是来赴约的，相约的一定是他的心上人吧？男子在一株高大挺拔的杨树下打量了一番，四下里静悄悄的。夕阳把树影拉得很长很长，晚归的鸟儿落在树上的鸟巢里，偶尔发出一两声鸣叫。

月上柳梢头，人约黄昏后。

然而，男子要等的心上人还没有来。他有点儿焦急了，不停地走来走去，不时抓抓后脑勺，一会儿又仰头冲着归巢的鸟儿嘀咕着。难道是在问鸟儿：“看到我的心上人——那个国色天香的少女，那个‘终温且惠，淑慎其身’的可人儿了吗？我们约好了，今晚在这儿见面，她可从来没有爽约过呀，为什么迟迟不见她的身影？她在路上是被花藤绊倒了，还是被哪条小溪拦住了？”男子心急如焚！

鸟儿没有回答他，早已进入沉沉的梦乡。深邃的夜色，无垠的星空，群星璀璨。沐浴在溶溶月色下的一排杨树像披着一身银纱静静地立着，沉默不语。只有晚风拂过，沙沙作响，仿佛呢喃着梦呓……

男子捧起竹笛，缓缓放到唇边。悠扬的笛声飘然而出，伴着月色，伴着清凉的晚风，在这宁静的杨树林久久回响……

“东门之杨，其叶肺肺。昏以为期，明星晢晢。”

笛声清扬，月色朦胧，夜已阑珊。不知什么时候，漫天星斗退去，一颗硕大的启明星挂在东方……

男子的笛声依然在城门前那片晨光熹微中的杨树林飘荡……

小河之恋，跨越千年的美丽

郑风·溱洧

溱（zhēn）与洧（wěi），方涣涣兮。士与女，方秉蕑（jiān）兮。女曰：“观乎？”士曰：“既且（cú）。”“且往观乎！洧之外，洵訏（xū）且乐。”维士与女，伊其相谑，赠之以勺药。

溱与洧，浏其清矣。士与女，殷其盈矣。女曰：“观乎？”士曰：“既且。”“且往观乎！洧之外，洵訏且乐。”维士与女，伊其将谑，赠之以勺药。

【微指导】

1. 诗歌大意

《郑风·溱洧》是一首描写三月情人节青年男女在溱水和洧水岸边游春的诗歌，讴歌了这个春天的节日，记下了人们的欢娱，肯定和赞美了纯真的爱情。

2. 诗境想象

（1）溱与洧，方涣涣兮。

河水解冻是一番怎样的景象？

（2）士与女，方秉蕑兮。

河畔游人如云，人们是怎样观赏美景的？

（3）伊其相谑，赠之以勺药。

青年人是怎样调笑的？有着怎样的表情？

3. 身临其境

在这一江春水“涣涣兮”的河畔，你会听见什么声音？

【新拓展】

恋爱的甜蜜

汪静之

琴声恋着红叶，
亲了个永久甜蜜的嘴，
吻得红叶脸红羞怯。
他俩心心相许，
情愿做终身伴侣。
老树枝不肯红叶
自由地嫁给琴声。
幸亏红叶不守教训，
终于脱离了树枝，
随着琴声的调子，
和琴声互相拥抱，
蹁跹地乘着秋风，
飘上青天去舞蹈。

【下水文】

小河之恋，跨越千年的美丽

春天一定是最美丽的季节。

当第一声鸽哨划过天幕，溱河和洧河就从沉睡中苏醒，泛起层层清波，岸边又是杨柳依依、百花似锦。万紫千红总是春呀！

三月三日天气新，游子寻春半出城。溱河边，洧水畔，尽是花枝招展的红男绿女。美丽的溱河“方涣涣兮”，一江春水清且涟漪，清波荡漾，水草轻摇，映着碧空，映着红日，流淌着一江浓浓的春色。时不时，一两只水禽掠过水面，一声清脆的鸣叫，激起了一阵晶莹的水花。

“关关雎鸠，在河之洲。窈窕淑女，君子好逑……”嘹亮的歌声从水上飘来，一条画舫缓缓划来。船上三五个窈窕少女载歌载舞，引得岸边的游人不住地向她们抛撒鲜花。花瓣落入春水，宛若一首春天的诗。

春天，是播种爱情的季节。绿草如茵、鲜花遍地的溱河岸上，俊男靓女，簪花佩兰，衣带飘香。他们有的十指相扣，漫步于杨柳轻拂的堤岸；有的追逐于花香弥漫的小径。忽然，一位绝色女子款步而来。她头戴花冠，一袭花裙，衣袂飘然，珍珠佩饰叮当脆响。女子在这美女如云的长堤宛若白天鹅舞于鸭群，美若天仙，引得众人瞩目。女子落落大方，“巧笑倩兮，美目盼兮”，前方有谦谦君子翩然而至，女子眼眸一亮，那不就是我梦中的情哥哥吗？

女子含笑迎上，热情邀约：“洧河之外，别有一番美景，我们一起去看看，好吗？”

“呵呵，已经去过了。”可怜的傻小子却没有领会女子的美意，一脸憨笑，但憨笑得可爱，憨笑得敦厚朴实。

“傻哥哥啊，再去看看呗。”女子莞尔一笑，笑得妩媚。

傻小子恍然大悟，听出、看出了女子的柔情蜜意，不由得心花怒放。他从路边采下一束幽香扑鼻的芍药，双手捧着送到女子的玉手上。女子的脸颊缓缓升上了两朵红云，笑得比手中的芍药还美。傻小子与女子携手而去，洒下一路欢笑声。

洧河之外，“洵訏且乐”，更是一幅比春天还要美丽的画卷。画卷上点缀着红男绿女，洒落一串串欢歌笑语……

望穿秋水的等待

郑风·子衿

青青子衿，悠悠我心。纵我不往，子宁不嗣音？
青青子佩，悠悠我思。纵我不往，子宁不来？
挑（tāo）兮达（tà）兮，在城阙兮。一日不见，如三月兮！

【微指导】

1. 诗歌大意

《郑风·子衿》是一首描写相思之情的经典之作。女子在城楼上久久等候恋人，心中万分焦灼，“一日不见，如三月兮”！

2. 诗境想象

（1）悠悠我心。

诗中的女子因什么事“悠悠我心”？她在埋怨什么？

（2）在城阙兮。

美丽的姑娘在城门之下会怎样焦急地等候她的恋人？

3. 身临其境

当你在城门口看到一个久等恋人未来的姑娘，看到她如此痴情的神色，你会向她投去怎样的目光？

【新拓展】

等你，在雨中（节选）

余光中

你来不来都一样，竟感觉
每朵莲都像你
尤其隔着黄昏，隔着这样的细雨

永恒，刹那，刹那，永恒
等你，在时间之外
在时间之内，等你，在刹那，在永恒

【下水文】

望穿秋水的等待

黄昏来临，夕阳的余晖仿佛给古老的城楼披上了一层金黄的纱衣。

窈窕淑女徘徊在城楼之上，不时眺望远方，盼望奇迹能够出现，盼望她心中的王子能从天而降，执子之手，共舞在晚霞缤纷的城阙。今夜我们将不再归去，就在这星光月影的城楼共沐月色，一起默数星辰，谛听彼此的心跳……

然而，奇迹始终没有出现，一如昨日的等待。少女望穿双眼，在晚风的吹拂下，原野上的苍苍蒹葭轻轻舞蹈，仿佛都幻化出王子的翩翩身影。"青青子衿，悠悠我思"，伟岸的身材，一袭青衣，高挺的衣领，宽大的衣袖，你是那样高贵与潇洒。青青的是你的青春年华，悠悠的是我的无限相思啊！亲爱的，一次邂逅，你的翩翩青衣、你的伟岸、你的浅笑占据了我的整个身心，而我的忧愁、我的欢喜都被你带走了。

少女"身无彩凤双飞翼"，无力飞到王子的身旁。可是我的冤家呀，"纵我不往，子宁不嗣音"？少女的双眼含着因爱而怨的泪光，纵然我不能飞到你身边，你为何不能捎个音信？纵然我没有去找你，你为何不能主动前来？你怎么狠心如白云黄鹤一去不复返呢？少女的心快燃烧起来了，"一日不见，如三月兮"！

秋雨霏霏，古老的城楼笼罩在缠绵的愁怨中。窈窕淑女撑一把油纸伞在徘徊。"青青子衿，悠悠我心"，她焦渴的目光在人流中急切地寻找心中的王子。她的王子青衣翩翩，风流倜傥，是一眼就能发现的，可是，秋雨打湿了她的睫毛，淋湿了她的思念，"青青子衿"始终没有出现啊！

少女怅望天空，为什么不赐给我一双穿越时空的翅膀？不管空间多么广袤，时间多么长久，我都要飞到他的身边。可是，"纵我不往，子宁不嗣音"？我的冤家呀，你已经住进我的心间，为什么不让我住进你的心间？你已经带走了我的灵魂，你却为什么浑然不知？绵绵秋雨里，你又在何方？是奔波在出使他国的路途？是横刀跃马在烽火硝烟？抑或也病卧在相思的国度里？……

少女的牵念才下眉头，却上心头。“一日不见，如三月兮！一日不见，如三月兮！”

飘飘洒洒的秋雨啊，淋湿了三千年的思念。

采蘋采藻做新娘

召南·采蘋

于以采蘋？南涧之滨。于以采藻？于彼行（háng）潦（lǎo）。

于以盛之？维筐及筥（jǔ）。于以湘之？维锜（qí）及釜。

于以奠之？宗室牖（yǒu）下。谁其尸之？有齐季女。

【微指导】

1. 诗歌大意

《召南·采蘋》描述了女子采摘蘋、藻，置办祭祀祖先活动，真实记载了悠远的先民女子出嫁前的一种风俗。

2. 诗境想象

（1）南涧之滨。

这是一个什么样的地方？有什么景色？美丽的少女是怎样采蘋的？

（2）于以湘之？

在什么地方烹煮蘋与藻？又是一番怎样的情景？

（3）谁其尸之？有齐季女。

美丽的季女在祭奠祖先时，有什么表情？会许下什么样的心愿？

3. 身临其境

假如你也在祭祀现场，看到人们怎样向季女祝福？

【新拓展】

采　蘋

崔子耕

我知道你去过南边的山涧，
你用四方形的筐子装满四叶草，

你还去过浅水的沼泽地，
水藻采捞上来，
放进圆形筐子里，
路上的水迹，
暴露了你的行踪，
那时我看着你为他人操劳，
就是这般殷勤。
今天是人人为你忙碌，
她们把水藻放进三脚锅里，
四叶草放进大釜中，
大宗之庙的窗户下摆满器物，
等着你，装扮成祖母的样子
在祭品前端坐，
举起酒杯来享用大家的敬祝，
我知道迎娶你的日子已经不远。

【下水文】

采蘋采藻做新娘

“于以采蘋？南涧之滨。于以采藻？于彼行潦……”

清晨，太阳才刚刚升起，季女唱着歌谣，兴高采烈地走在开满鲜花的山路上。季女穿着粉红的葛衣，戴着草帽，挑着两个精美的竹筐，向南山脚下的溪涧走去。

美丽的季女就要出嫁了，新郎是邻村最帅气、最能干的小伙子。难怪季女心里美得像灌了蜜似的，脸上抑制不住幸福的笑容。季女是一个懂事的孩子，她记得按照部落的风俗，出嫁前要进行一次虔诚的祭祀，感恩祖先的庇佑。祖先不要肥硕的牺牲，不要丰厚的祭品，只要绿绿的蘋草，只要青青的水藻。祖先只要源自大地的馈赠。

好幽静的南涧之滨，灿烂的阳光穿过参天古木的缝隙，把斑驳的光影洒在山路上，洒在烂漫的山花上，洒在清凌凌的溪水上。偶尔，一两声清脆的鸟啼，打破了山涧的清幽。溪畔浅滩，涧水清澈见底，绿绿的蘋草随波漂荡，青青的水藻轻轻摇曳，几条小鱼快乐地游动。这溪涧的蘋草和水藻纤尘不染，季女挽起裤管，走进溪水，俯身采呀采呀采蘋草，采呀采呀采水藻。季女把蘋草放在方筐里，把水藻放在圆篓里，又沿着弯弯的山路挑回了家。

“于以湘之？维锜及釜。”村中架起大锅，煮起了蘋草和水藻。古老的乡村弥漫着清香。

庄严的祠堂，隆重的祭祀。

亲朋好友们都来祝福季女美满的婚姻，他们虔诚地站立在两旁。主祭司季女盛装出场，她面含微笑，纤纤玉手把两大缸圣洁的蘋草和水藻恭恭敬敬地摆放在祠堂的窗户下——祖先的灵位前。季女双手合十，对着祖先的灵位深深拜下。这一拜，感恩列祖列宗给予自己生命；这一拜，辞别父母兄弟，愿亲人永远安康；这一拜，祈求祖上保佑夫妻好合，宜其家人……

鼓乐齐鸣，祠堂里祝福声声。

村外响起了欢乐的唢呐声，迎亲的花轿一颤一颠地抬进了村……

想你，在月光下

陈风·月出

月出皎兮，佼（jiǎo）人僚（liǎo）兮。舒窈纠（jiǎo）兮，劳心悄（qiǎo）兮。

月出皓兮，佼人懰（liú）兮。舒懮受兮，劳心慅（cǎo）兮。

月出照兮，佼人燎（liǎo）兮。舒夭绍兮，劳心惨兮。

【微指导】

1. 诗歌大意

《陈风·月出》是一首咏月诗。诗人于风清月朗的夜晚，想起与他邂逅于月下的美人，眼前浮现出她娇美的面容、婀娜的体态，不由得感到心绪不宁。

2. 诗境想象

（1）月出皎兮。

故事发生在什么地方？月亮升上来时是一番怎样的景象？

（2）佼人僚兮。

诗人回忆中的女子有多么美丽？

3. 身临其境

诗人月下怀人不止一次，有可能发生在哪些日子？你看见他忧愁的面容了吗？

【新拓展】

皓　月

［法］魏尔伦

皓月闪烁在树林，

枝干上，树叶下
发出一种声音……
啊，心上的人。
池塘像深邃的明镜，
倒映着黑色的柳影，
风在柳梢啜泣嘤嘤……
梦幻吧，是时候了。
辽阔，温馨的宁静
似乎走下
星光闪烁的苍穹……
这正是美满的时刻。

【下水文】

想你，在月光下

“月出皎兮，佼人僚兮。”

第一缕相思的月光是在两千五百年前，那个不眠的夜晚，一个年轻的男子发现的。但已忘记是在“隰有苌楚”的茅屋，还是在“山有扶苏”的竹楼。

半个月亮爬上了窗户，如水的月色刹那间照亮了小屋，也照进了年轻男子思乡的心田。男子仰望明月，如盘如盆，冰清玉洁，多么圣洁的月亮呀！他不由得肃然起敬，久久凝视，心中涌动着无限的崇拜。

忽然，窗外传来一串银铃般的笑声，一个娇媚的女子袅袅婷婷地走来。女子走过窗前，不知是有意还是无意，向窗里的他回眸一笑。待男子推窗招呼时，那笑声、那目光已飘然而逝。“舒窈纠兮，劳心悄兮。”啊，那比月亮还皎洁的目光啊，那比月色还妩媚的笑颜啊，从此在男子的心灵深处种下了第一缕相思的月色。

“月出皓兮，佼人懰兮。”

元宵月夜，街上火树银花，宝马雕车，红男绿女三五成群，赏灯，赏月，也赏人。到处是盈盈笑语，好一派太平佳节的气象，男子却独对窗前那轮慢慢露出脸庞的圆月沉思。

晴空如洗，皓月临窗，皎洁的月光纤尘不染。男子隐约看见一位年轻的女子在月下翩然起舞。她一袭白衣，一定是月亮女神吧？恍惚又是去年月夜窗前轻盈而过的少女，恍惚又听到了那串银铃般的笑声……然而，当男子定睛细看，正欲小声呼唤时，月亮女神渐渐隐身而去，溶进了如水的月色。“舒懮受兮，劳心慅兮。”月儿，你那娴雅婀娜的倩影，牵动了男子多少纷乱的愁肠！

“月出照兮，佼人燎兮。”

又是一年中秋节，大海之滨，碧波浩渺。

男子伫立于海边，遥望远方，好像在等待着谁。大海终于托起了一轮冰盘般的圆月，海天一色，水光潋滟，浮光跃金。那月儿像刚出浴的仙女，被一层水雾轻轻氤氲着，像梦一般美。男子陶醉在轻柔的月光中，凝视着那缓缓升起、姗姗而来的月儿，心旌摇荡。这海上的月亮是山上的月亮吗？这今夜的月儿还是去年的月儿吗？月色如此美好，可为什么看不见美人的容颜，听不见美人那银铃般的笑声？“舒夭绍兮，劳心惨兮。”男子的相思像月色一样缠绵，像海水一样悠长……

最难风雨情郎来

郑风·风雨

风雨凄凄，鸡鸣喈喈。既见君子，云胡不夷？
风雨潇潇，鸡鸣胶胶。既见君子，云胡不瘳（chōu）？
风雨如晦，鸡鸣不已。既见君子，云胡不喜？

【微指导】

1. 诗歌大意

《郑风·风雨》是一首描写风雨之夜怀人的名作。风雨大作，夜色如墨，她多么想见到他。他冒雨前来，刹那间，她的一切忧愁烦恼化为乌有，高兴得无以言表。

2. 诗境想象

（1）风雨凄凄，鸡鸣喈喈。

这是一个怎样的日子？听见了什么？

（2）既见君子，云胡不夷？

“君子”是怎么来的？她是怎样喜出望外？

3. 身临其境

请评价一下，“他”和“她”是怎样的人？

【新拓展】

约　客

［宋］赵师秀

黄梅时节家家雨，青草池塘处处蛙。
有约不来过夜半，闲敲棋子落灯花。

【下水文】

最难风雨情郎来

夜幕降临，美丽的花季少女倚在窗前，耐心而又焦急地等待她的情哥哥。雨，如丝如线，蛙鸣，时断时续，多么美丽的雨夜啊，如诗如画的雨夜！少女不时向雨中的路口望去。

他会来吗？又是一个雨夜。她相信她的情哥哥会像上次一样，撑着一把油纸伞，像一阵风似的飘然而来。那是一个多么幸福的夜呀！那天情哥哥刚刚东征凯旋，给她讲了好多好多征战中的惊险故事；给她讲他又立了战功，得到了将军的嘉奖；给她讲不用再征战了，可以安享太平了；给她讲他们两人的相恋得到了他的父母的同意，不久他就会来向她的父母提亲……少女不由得莞尔一笑，粉红的脸颊飞上了一片红晕。

一道闪电划破黑沉沉的夜幕，“轰隆隆——”惊雷炸响。“啊!”少女一个激灵，吓了一跳。“咯咯咯——”全村的鸡都惊叫不止。

不期而至的暴雨像筛豆子一样敲打在石子路上，敲打在屋顶上。“呼呼呼——”“噼里啪啦——”风雨交加。树影在电闪雷鸣中，像千万只恶魔乱舞。

狂风骤雨成了天地间的主宰。少女想起了她的情哥哥，他在哪儿？在路上吗？带雨具了吗？淋雨了吗？要是淋出病来，可怎么办呀？少女柔肠百转，忧心忡忡。这四处乱啼的鸡叫，更令少女忐忑不安起来。天帝啊，请转告我的情哥哥别来；风神呀，请停一停，别吹坏了我的情哥哥；雨神呀，请让出一条路来，让我的情哥哥平安来践约，这是我们早就约定的日子。

“风雨潇潇”，雨越下越大，“鸡鸣胶胶”，鸡越叫越乱。

忽然，一阵狂风吹开大门，一个伟岸的黑影闪进屋内。

“啊，我的哥哥!”少女又惊又喜，情不自禁地叫出声来。

“啊，我迟到了!”英俊的青年披蓑戴笠，浑身湿漉漉的，雨水顺着脸颊往下淌。青年抹了抹脸上的雨水，乐呵呵地笑着，笑得憨厚，笑得幸福。

少女接过青年脱下的湿淋淋的斗笠与蓑衣，打量着冒着狂风骤雨来践约的情郎，高兴得就像摘到了天上的月亮。少女紧锁的眉头云开雾散，水灵灵的眼睛笑得像弯弯的月亮，春风拂过心田，泛起了一层又一层青春的波纹……

“风雨如晦，鸡鸣不已”，暴风雨，你来得更猛烈些吧！我才不怕，我的情郎来到了我的身边。这欢叫的鸡鸣，也在为我高兴吗？

少女心中的那份甜蜜，化作美丽的歌谣：

风雨凄凄，鸡鸣喈喈。既见君子，云胡不夷？

风雨潇潇，鸡鸣胶胶。既见君子，云胡不瘳？

风雨如晦，鸡鸣不已。既见君子，云胡不喜？

甜蜜的提醒

郑风·将仲子

将（qiāng）仲子兮，无踰我里，无折我树杞。岂敢爱之？畏我父母。仲可怀也，父母之言亦可畏也。

将仲子兮，无踰我墙，无折我树桑。岂敢爱之？畏我诸兄。仲可怀也，诸兄之言亦可畏也。

将仲子兮，无踰我园，无折我树檀。岂敢爱之？畏人之多言。仲可怀也，人之多言亦可畏也。

【微指导】

1. 诗歌大意

《郑风·将仲子》是一位热恋中的少女赠给情人的情诗。少女思念她的二哥哥，渴望他来看她，却又怕惊动父母、兄弟和邻居。

2. 诗境想象

（1）将仲子兮，无踰我里。

诗中的女主人公在什么时间、什么地方对心中的二哥哥说这话？

（2）无折我树桑。

这桑树种植在什么地方？为什么女主人公劝二哥哥不要折断了她家的桑树？

（3）仲可怀也。

女主人公是怎样思念她的二哥哥的？她又担心什么？

3. 身临其境

诗中的主人公是个什么样的少女？

【新拓展】

罗密欧与朱丽叶（节选）

朱丽叶：告诉我，你怎么会到这儿来，为什么到这儿来？花园的墙这么高，是不容易爬上来的；要是我家里的人瞧见你在这儿，他们一定不让你活命。

罗密欧：我借着爱的轻翼飞过园墙，因为砖石的墙垣是不能把爱情阻隔的；爱情的力量所能够做到的事，它都会冒险尝试，所以我不怕你家里人的干涉。

朱丽叶：要是他们瞧见了你，一定会把你杀死的。

罗密欧：唉！你的眼睛比他们二十柄刀剑还厉害；只要你用温柔的眼光看着我，他们就不能伤害我的身体。

【下水文】

甜蜜的提醒

一轮圆月挂在窗前，一个花季女孩玉手捧着如满月的脸庞凝望着月儿。月儿圆了又缺了，缺了又圆了，可是我的二哥哥怎么还没来？

女孩双眉微蹙，想起上一次幽会时尴尬的情境心里还怕怕的。唉，也怪你太冒失了，你惊动了邻居，撞上了兄长，又不巧碰上了我那酗酒的父亲！望着你离去的背影，我好伤心呀！但从你回眸的目光里，我读出了你的留恋。

女孩听奶奶说过，月亮会帮助相爱的人传递心中的话儿。她对着月儿双手合十，虔诚一拜，悄悄地诉说起来。

亲爱二哥哥，请你乘着朦胧的月光来。“将仲子兮，无踰我里”，但不要贪图走捷径，请悄悄地绕过邻居的房子，千万不要惊动他们家。我那邻居是个爱管闲事的人，他会无中生有，把子虚乌有的事说得有鼻子有眼，传得满城风雨，人言可畏呀！

在我家的围墙边有一株粗壮的杞树，请小心，“无折我树杞”，不要折断它的树枝。不是我小气，实在是我的父母爱树如命。杞树的树冠如展翅的凤凰，是我们家的迎宾树、吉祥树。要是折断了它的枝叶，他们会心疼得喋喋不休。亲爱的二哥哥，我是多么思念你，请你理解我的担心。

亲爱的二哥哥，如果推不开柴门，爬墙的时候请一定注意依墙而种的一排桑树，千万不要弄断它们的树枝。不是我舍不得，是因为怕惊动我亲爱的兄长，还有我那勤劳的嫂嫂们。那桑树是我们家的衣裳，采桑、养蚕、煮茧、抽丝、制衣，他们忙得不亦乐乎。要是我们的幽会被他们发现了，哥哥们会有很多“善意的劝告”，如果再弄断了他们心爱的桑树，就会火上浇油，让他们更生气。二哥哥呀，我真心实意地想念你，请你不要误会了我的担忧。

亲爱的二哥哥，我家的园子里有一株古老的檀树，长得枝繁叶茂，请你别碰落它的枝叶。不是我特别爱惜檀树那碧绿的叶子，实在是院中的檀树是我们家祖上种的，前人种树，后人乘凉，我们世世代代都得到它的庇护。

啊，女孩心中默默祷告着：热心的月亮婆婆，请你告诉我的二哥哥，我想他想得一日不见如隔三秋，请他来与我相会时一定要小心翼翼，别惊动了左邻右舍……

溶溶的月色洒在窗前，女孩祷告罢，不由得睡着了。

梦中，她看见她的二哥哥踏着月色，绕过邻居家，轻轻地翻过围墙，穿过月影斑驳的园子中的石子路，来到她闺房的窗下，小声地弹起了心爱的土琵琶……

心若荷香，等待也美

陈风·泽陂

彼泽之陂（bēi），有蒲与荷。有美一人，伤如之何？寤寐无为，涕泗滂沱。

彼泽之陂，有蒲与蕑。有美一人，硕大且卷（quán）。寤寐无为，中心悁（yuān）悁。

彼泽之陂，有蒲菡萏。有美一人，硕大且俨。寤寐无为，辗转伏枕。

【微指导】

1. 诗歌大意

《陈风·泽陂》描写了一位少女在水泽之畔邂逅一位美少年后难以忘怀。她每一次来到荷塘，就情不自禁地想起他，不禁心烦意乱，为之夜不能寐。

2. 诗境想象

（1）彼泽之陂，有蒲与荷。

少女站在美丽的湖畔，看到了一番怎样的风景？

（2）有美一人。

曾经邂逅的那位少年，在少女的脑海中留下了怎样的印象？

（3）辗转伏枕。

夜深人静的时候，少女浮想联翩，她会想些什么？

3. 身临其境

你看到站在碧湖之畔的少女了吗？她的长相、表情如何？

【新拓展】

采莲子

［唐］皇甫松

船动湖光滟滟秋，贪看年少信船流。
无端隔水抛莲子，遥被人知半日羞。

【下水文】

心若荷香，等待也美

“彼泽之陂，有蒲与荷。”夏日的清晨，荷塘澄澈如镜，湖畔蒲苇摇曳，湖中荷花盛开，湖面氤氲着一层淡淡的薄雾，宛若梦一般的美。

一位绝色少女，体态轻盈，红衣蓝裙，秀发披肩。她手拿一枝兰草，伫立于湖畔，不时翘首望向对岸，似乎在等待着谁。

少女终于看到薄雾中一位男子向她款款而来。他身材魁梧，清朗英俊，那双美目像眼前的荷塘一样清澈。少女喜出望外，正要疾步向前，张开双臂……

“唧——”一声水禽的鸣叫传来，少女如梦方醒。一只白鹭划过湖面，漾起了粼粼的波纹，雾里的男子如烟而逝。

两行热泪滑过少女如灼灼桃花般的脸庞。她四顾茫然，我的心上人呢？春天邂逅的那一幕又跃然脑海……

又是一年芳草绿，湖畔垂柳依依，荷塘春水解冻，又荡开了涟漪。水草轻摇，睡莲托起了嫩绿的莲叶，托起了一池的春色。少男少女们来到湖畔踏青，他们打扮得花枝招展，好像开在湖边的花朵。“有美一人，硕大且卷”，“有美一人，硕大且俨”，人群中一个伟岸的男子跃入少女的眼帘，撩拨得少女芳心蠢蠢欲动。男子身材强壮，黑发微卷，眉眼俊逸，面如初升的红日，彰显着出尘的气质。这不就是少女梦里追求的心上人吗？“妾拟将身嫁与，一生休。纵被无情弃，不能羞。”少女不知哪里来的胆量，纤纤玉手向男子发出了邀请，与他划一叶兰舟在水一方……

相约多么快乐，然而相游又是那么短暂。

“彼泽之陂，有蒲与荷。有美一人，伤如之何？”自从相别后，男子在少女的青春心田里撒下的千万粒相思的红豆，都争先恐后地生根、发芽、长叶……她日夜相思，备受煎熬。多少个花晨，她独自一人徘徊于“有蒲与蕳”的荷塘边，盼望能再一次遇见那个“硕大且卷”的男子，然而，回报她的是一次次“寤寐无为，中心悁悁”；多少个月夕，她独自一人徘徊于“有蒲菡萏”的荷塘边，渴望再一次遇见那个“硕大且俨”的男子，然而，等待她的是一次次“寤寐无为，辗转伏枕”！湖面上的荷叶越来越绿，越来越圆，终于开出了荷花，举起了莲蓬……然而，男子始终没有来，他去往何方？少女的思念与日俱增，“寤寐无为，涕泗滂沱”……

轻雾渐渐散去了，满池的荷花更加妖艳，荷香扑面而来。水禽们成双成对，在清凌凌的湖水中自由自在地嬉戏着，少女为之消瘦、为之憔悴的“有美一人”依然如镜花水月……

“哎——”少女一声叹惋，穿越千年。

一曲《陈风·泽陂》，读之，我们依稀触摸到了美丽女子那柔弱无骨游丝般的哀愁，依稀看见了美人那坚定执着如初日般对心爱之人纯美的期许、等待……

我的思恋随你到远方

陈风·东门之枌

东门之枌（fén），宛丘之栩。子仲之子，婆娑其下。
穀（gǔ）旦于差（chāi），南方之原。不绩其麻，市也婆娑。
穀旦于逝，越以鬷（zōng）迈。视尔如荍（qiáo），贻我握椒。

【微指导】

1. 诗歌大意

《陈风·东门之枌》是一首描写青年男女同欢共舞、追求爱情的叙事诗。城门口的大树下、城外的小山坡上、城里的集市旁，都是青年男女跳舞的场所。他们在跳舞中相识、相知、相爱，互赠代表爱情的礼物。

2. 诗境想象

(1) 东门之枌。

城东门的那株榆树，长得怎样茂盛？

(2) 婆娑其下。

子仲之女是怎样翩翩起舞的？观众们有什么反应？

(3) 穀旦于逝，越以鬷迈。

诗中的主人公是怎样追求子仲之女的？

3. 身临其境

假如你就是诗中的“我”，当心仪的子仲之女送给你锦葵与花椒时，你会怎么感动？

【新拓展】

青　春（节选）

词：冷碗碗

风在歌唱
唱它曾去过的地方
在黑暗中
有朵花为你开放
当你转过头的那一瞬

晚霞般美丽的笑脸
它曾开在
春日里某个季节

【下水文】

我的思恋随你到远方

“东门之枌，宛丘之栩。”小城东门，一株株榆树如伞如盖，宛若树中的伟丈夫；几株秀美挺拔的柞树站成了一道风景，宛如选秀的美人。

绿树浓荫下，有一个天然的游乐场。

钟鼓共鸣，丝竹齐奏，这里正在举行一场别开生面的明星歌舞演唱会。人潮涌动，水泄不通。人群中，一位翩翩少年手捧一束玫瑰，注目舞池，俨然在等待自己心仪的演员。

歌声飞扬，演员们舞姿翩跹。欢呼声、尖叫声，把青春歌舞推向一个又一个高潮。“子仲之子，婆娑其下”，啊，子仲之女，陈国歌后，倾国倾城，是多少少男少女的偶像。只见她一袭红衣，如一抹红艳的朝霞，飘然而至，又像一簇燃烧的火焰在舞池中跳跃着、旋转着，婆娑起舞。少年目不转睛，如痴如醉，这不就是自己千里万里追寻的伊人吗？这不就是自己梦里呼唤的伊人吗？少年的心一阵狂跳，恨不得马上冲上前献上手中的玫瑰。然而，他没有，直到一曲终了，美丽的少女消失在观众雷鸣般的掌声中，少年还忘情地站着。

从此，子仲之女成了少年的梦中情人，成了他日夜的牵挂，成了他真情追随的偶像。

“縠旦于差，南方之原。”三月三日，浪漫的情人节。美丽的南国，小溪之畔，芳草如茵。子仲之女着一袭绿衣，宛若扶风弱柳，在“柳丝榆荚自芳菲”的春风中，轻歌曼舞。少年放下了春播春种追随而来，他为少女的天籁之声忘情地吹响口哨，赢得了少女深情一瞥。少年心花怒放，终于献上了早就准备好的那束玫瑰。

金风玉露，月上柳梢。那是秋天的情人节，繁华的城郭，少女少男尽情狂欢。子仲之女又一次闪亮登场，她一袭黄裳，面若月盘，明眸善睐，月光映着她的笑脸，篝火衬着她的欢颜，简直是天仙下凡。少年忘记了秋收的繁忙，“不绩其麻”，紧追少女而来。他掌声不断，欢呼不断，一次次地投去爱慕的目光。

精诚所至，金石为开。他们经过一次次的相见，终天绽放出了爱情之花。“视尔如荍”，在他的眼里，她是他的理想，她就是美丽无比的金色的锦葵花。而在她的心目中，少年就是她生命的归宿，她神圣地送给他一枝花椒，表达她美好的心愿。这花椒啊，象征他们的爱情白头偕老，他们的生活美满幸福。

把恨酿成一壶美酒

召南·江有汜

江有汜（sì），之子归，不我以。不我以，其后也悔。
江有渚，之子归，不我与。不我与，其后也处。
江有沱，之子归，不我过。不我过，其啸也歌。

【微指导】

1. 诗歌大意

《召南·江有汜》是一首富有浪漫情怀的诗。诗人站在江畔，望着心爱的姑娘乘船离去，万般惆怅。但他没有万念俱灰，而是勇敢地面对现实，把失恋当作另外一种美丽，长歌当啸。

2. 诗境想象

（1）之子归。

诗人站在江畔，望着心爱的恋人乘船离去，他会想起什么？

（2）江有渚。

诗人望着江中那个青草如茵的绿洲，有可能会想起什么？

（3）其啸也歌。

诗人为什么能走出心理阴影？

3. 身临其境

对这样一位以积极的心态面对情感生活的抒情主人公，你会向他投去怎样的目光？

【新拓展】

分手快乐（节选）

词：姚若龙

我无法帮你预言
委曲求全有没有用
可是我多么不舍
朋友爱得那么苦痛
爱可以不问对错

至少有喜悦感动
如果他总为别人撑伞
你何苦非为他等在雨中

【下水文】

把恨酿成美酒

一江春水缓缓流去，打着漩涡，泛着清波。

一条花船伴着一阵呜里哇啦的唢呐声顺流而去。恋人出嫁了，新郎却不是我，青梅竹马的她走了，红盖头，红纱衣，连回头看我一眼也没有。我心中的愁绪仿佛这潺潺的江水流不尽。亲爱的，我家虽贫，但我有勤劳的双手，可以创造财富。待到明天，我发家致富了，你一定会后悔的呀！

“江有渚，子之归。”

婚船远去，绕过江中的小绿洲。啊，芳草一片的绿岛啊，那是我们情定一生的地方啊！我们曾在那里摘过野花，追过彩蝶，多少个月明星稀的夜晚，我们一起数过星星，拜过月娘，许过心愿……亲爱的，你带走了我无限美丽的回忆。从今往后，再到那个昔日浪漫、今日伤心之地，身边再也没有你的陪伴，我只能独对冷月，独听江流低吟。

“江有沱，子之归。”

花船淡出了我的视线，你的窈窕身影还深深地印在我的脑海，只有江水依然奔腾在我的眼前、我的心中。亲爱的，你走了，你的婚船不知停泊在何处港湾？今夜，你将走进哪家温柔之乡？记得我们分手的那个夜晚，你泪流满面，你说你身不由己，你说你父命难违，你说你只能独吞苦果。我不知这是你的托词，还是你真切的心语。望着你离去的背影，我知道强扭的瓜不甜，我知道人各有志，我知道最好的恨就是对你的祝福。让过去的一切随风而逝吧！没有你的日子，江水会平复我的心境，我会走出失恋的痛苦，过好每一天。曾经的岁月酿成一壶美酒，在念你、想你的晚上，品着美酒，长哭以啸，长啸当歌。

等他在时间之外

王风·丘中有麻

丘中有麻，彼留子嗟。彼留子嗟，将其来施施。
丘中有麦，彼留子国。彼留子国，将其来食。
丘中有李，彼留之子。彼留之子，贻我佩玖。

【微指导】

1. 诗歌大意

《王风·丘中有麻》描写女子等待情人到来的复杂心情。诗歌中虽然换了三个场景——麻中、麦地、李下，但等待、盼望的心情是一样的。

2. 诗境想象

（1）丘中有麻。

在什么地方？有可能是什么时间？有着一番怎样的景色？

（2）彼留子国，将其来食。

姑娘带着什么东西来等恋人？

（3）彼留之子，贻我佩玖。

姑娘带着恋人送的佩玉来等他，但依然等不到，她的心情是如何着急？

3. 身临其境

当你看到这位痴情的姑娘一次次等不到恋人，你会向她投去怎样的目光？

【新拓展】

等（节选）

陈 璐

斑驳的城门
盘踞着岁月的痕迹
香樟木的影子被拉长
像我对你的思念道不完
我在等
等酒香醇
等你共舞一曲古筝

门外的蔷薇
倾听着天空的思念
垂柳飘絮逆风来
像你否定了一切本该来的对白
我在等
等梦睡醒
等你细数一圈年轮

【下水文】

等他在时间之外

一转眼三千年过去了，多情的少女，你还在等吗？等他在时间之外？等他在美丽的《诗经》里？尽管那书卷由雕版印刷变成了活字印刷，由铅字排版变成了激光排版，你依然还痴痴地等着，等着……

“丘中有麻，彼留子嗟。”

等待，还是在那个小山坡吗？摇曳着满坡绿油油的桑麻。夕阳还没有坠落，你站在霞光中，一袭红裙，一顶自编的白色草帽，翘望远方，晚风吹拂着你的红裙，仿佛桑麻地里一面飘扬的红旗。啊，子嗟！他来了，披着红红的霞光，还吹着口哨呢，正朝着你缓缓走来。你的心仿佛揣着兔子，激动得快要跳出喉咙了。今晚，我们什么地方也不去，就在这一望无际的桑麻地里，沐着晚风看月亮、数星星……这样想着，两片红晕飞上了脸颊，宛如两朵红霞。

“丘中有麦，彼留子国。”

等待，还是在那片麦地吗？你怀揣着一块刚烙的大饼，静候在麦田边。麦子成熟了，麦秆都擎起了丰满的穗儿，齐刷刷的一片。晚风吹着，金色的麦浪在晚霞里起伏。几只小麻雀忽飞忽落，欢快地唱着。农夫们荷锄晚归，清脆的麦哨在田野上回荡。你时而踮起脚尖向远处望去，时而瞧瞧怀里的烙饼，金灿灿的，香喷喷的，心里轻轻地呼唤他的名字。可是他怎么还没来呀？不是约好了，今晚在这里共享我亲手制作的烙饼吗？你秀丽的脸庞掩不住焦急的神色……

“丘中有李，彼留之子。”

等待，还是在那株李树下吗？你依然是一袭红裙，一顶花边草帽，静静地等候在大路边。满树李花，冰清玉洁，每一朵都像超尘脱俗的白衣仙子，在晚风中轻舞。淡淡的花香包围着你，晚风轻拂着你的红裙，你宛如花下的仙子。可是，你一点儿也不注意这些，尽管一片片李花悄悄落下，沾在你的发尖，沾在你的裙上。你轻轻捧起一块青色的玉石，那是他送的，是天下最美的礼物，仿佛还留着他的余温。你遥望着远方，静静地等待着那个属于你的采花人……

啊，纯情的少女，李花香了三千年，麦子黄了三千年，你还在等吗？等他在时间之外，等他在发黄的旧书页，在飘着墨香的新书里……

济水之畔盼君来

邶风·匏有苦叶

匏（páo）有苦叶，济有深涉。深则厉，浅则揭（qì）。
有弥济盈，有鷕（yǎo）雉鸣。济盈不濡轨，雉鸣求其牡。
雝（yōng）雝鸣雁，旭日始旦。士如归妻，迨冰未泮。
招招舟子，人涉卬（áng）否。人涉卬否，卬须我友。

【微指导】

1. 诗歌大意

《邶风·匏有苦叶》是一曲描写少女站在河边等待未婚夫划船来迎娶的恋歌。旭日东升，大雁和鸣，姑娘在隔河相望，有盼望，却无疑惑，等得那么坚定、那么执着。

2. 诗境想象

（1）匏有苦叶，济有深涉。

秋水苍茫的渡口，少女是怎样等待对岸的未婚夫来迎娶她的？

（2）有弥济盈，有鷕雉鸣。

少女看见了什么？听见了什么？

（3）人涉卬否，卬须我友。

别人都乘渡船走了，少女为什么不走？

3. 身临其境

当你看到站在河边执着地等待的少女，你会向她投去怎样的目光？

【新拓展】

悔煞

应修人

悔煞许他出去，
悔不跟他出去。
等这许多时还不来，
问过许多处都不在。

【下水文】

济水之畔盼君来

匏蔓枯黄，葫芦结籽，济水渐深、渐凉。啊，秋天在等待中来了！

秋天是婚娶的季节。

渡口，老松树下，横着一叶扁舟。河面笼罩着一层薄薄的晨雾，渡河的人还没来，江畔一片幽静。

远处走来了一位年轻女子，她是济水岸边远近闻名的美人。她早早地来到渡口，来等待迎娶她的未婚夫。恋人家住在对岸，她是在去年情人节歌会上认识那个名叫伯均的英俊小伙子的。他们约好，今年秋天伯均过河来娶她。

秋水苍茫，晨风吹拂着姑娘美丽的裙裾和乌黑的秀发，也吹拂着她飞扬的思绪。济水相隔着一对多情人，但再深的水也隔不断两人的心。姑娘记得，多少个花晨，多少个月夜，伯均渡河来与她约会。水浅时，挽起裤脚踩着清波而来；水深时，干脆垂下裤脚蹚过河，给她送来了快乐。但伯均离别时，也给姑娘留下了像济水一样绵长的相思。

晨雾渐渐地散去，漫江碧透。等待是一种甜蜜，姑娘解下系在腰间的一个小巧玲珑的葫芦，捧在手上把玩着。那是伯均送给她的定情信物。他们相约，新婚那夜就把这金色的葫芦剖开做成两个酒瓢子，交杯共饮，合而呈欢……

憧憬着甜蜜的时刻，姑娘不由得窃笑起来，羞得脸颊泛起浅浅的红晕。

“咯咯咯——”一只野鸡不知从什么地方飞来，呼朋引伴地叫着。它也是来等待未婚夫的吗？随着它的鸣叫，飞出了一群漂亮的野鸡，追逐着，嬉戏着，好热闹的场面，好温馨的情景。可是我的伯均在哪儿呢？姑娘翘首遥望对岸，却怎么也看不到熟悉的身影。

太阳升上了天空，济水汩汩地流着，泛起了金色的波纹。渡口的人渐渐多了，艄公把此岸的乡亲渡到了对岸，又送来了一船彼岸的船客。可是，伯均怎么还没来呀？姑娘秀气的脸庞上流露出一丝焦急的神色。

“嘎嘎——”一群大雁扇动着翅膀往南飞，排成“人”字形的雁阵宛如迎亲的队伍，声声鸣唱像是对新人的祝福。我的伯均怎么还不来呀？济水虽深，但还不曾没过车轮；济水虽寒，但还不曾结冰，亲爱的，这正是迎娶的好日子呀！姑娘久久地凝望着济水对岸，却怎么也看不到熟悉的身影。她从渡船上岸的人群中仔细地辨认，盼望她的伯均突然从天而降……

“姑娘，要坐船吗？”老艄公热情地喊她上船。姑娘如梦方醒，满脸尴尬，羞答答地说：“我朋友还没来，我在等他哩。”艄公似乎明白了什么，报以一笑，划着船向对岸驶去，船桨划起了一阵阵洁白的浪花……

相见却在牢狱中

桧风·素冠

庶见素冠兮，棘人栾栾兮，劳心怿（tuán）怿兮。
庶见素衣兮，我心伤悲兮，聊与子同归兮。
庶见素韠（bì）兮，我心蕴结兮，聊与子如一兮。

【微指导】

1. 诗歌大意

《桧风·素冠》是一首描写痛惜好人遭受迫害的诗。诗人走进监狱时悲喜交加，喜的是还能有幸相见，悲的是相见却在牢狱之中。那人一身素衣，瘦瘠羸弱，诗人为之忧心忡忡，明确表白与之同归的心愿。

2. 诗境想象

（1）棘人栾栾兮。

狱中人有着什么样的穿着和表情？

（2）我心伤悲兮。

“我”心为什么伤悲？

3. 身临其境

假如你是诗中的“我”，望着形容憔悴的“棘人”，会向他投去怎样的目光？

【新拓展】

不见征袍见囚衣

潮剧《袁崇焕》选段

见官人　见官人肝胆摧
不由我滚珠抛豆泪双垂
闻你驰师救国难
何期　何期敌围未解身先危
半月来　妾身长对岭头月
此心遥逐征尘飞
祈祝军中迪吉早奏凯

马到　马到功成展雄威
谁料到　两地未传平安语
忽惊破梦一声雷
官人啊
相逢竟在牢狱里
不见　不见征袍　不见征袍见囚衣

【下水文】

相见却在牢狱中

沉重的牢门被缓缓推开，一股带着霉味的气息迎面扑来。

探监人珊儿，一个倾国倾城的女子，不由得打了个激灵，倒退了一步。

牢房阴暗，寂静得可怕，沉闷得令人窒息。天窗投下的一缕微光，照着蜷缩成一团的白影，眼前的场景，令人毛骨悚然。珊儿轻轻地呼唤了一声："子瑚，我来看你了。"白影扶着墙壁缓缓站起，阴暗的牢房里闪过一道悲怆而刚毅的目光。

子瑚，一个曾经风光霁月的男子，此时的他却身材瘦削，形容憔悴，恍若秋风苦雨里失伴的孤鸿。他头戴白冠，素衣素裳，腰前垂着白色蔽膝，表明他曾经的贵族身份。

"啊，珊儿，你来了。"子瑚神情麻木，双唇嗫嚅着，喃喃而语。

两人的手紧紧地握在一起，无语，寂静，惟有泪千行……

珊儿悲喜交集，喜的是还能见到活着的子瑚，还能触摸到他生命的律动，还能从他刚毅的目光里感受到情深意切。珊儿心如刀绞，一身正气的子瑚为民主持正义，没提防得罪了权贵，昏庸的君王竟不问青红皂白，晴空降下牢狱之灾！珊儿心疼，身材魁梧的子瑚竟被折磨得只剩下皮包骨头，命若游丝。"棘人栾栾兮，劳心慱慱兮"，珊儿悲痛难已，苍天啊，你为什么忠奸不分？苍天啊，什么时候才能云开雾散，再见阳光？

……

两人相对而望，一个柔肠百转，一个信念如炬。

相见时难别亦难。

离去时，珊儿最后一瞥回眸，却如同阳光般灿烂：亲爱的子瑚，我知道你是清白的，如同你的一身素服；我知道你是冤枉的，如同六月飞雪；我知道你是正义的，如同太阳每天都会升起。子瑚听见了珊儿的一声声心语："我会等你，不管是把牢底坐穿，还是有朝一日雨过天晴，我都愿与子同归，愿与子如一……"

用生命做爱的抵押

王风·大车

大车槛槛，毳（cuì）衣如菼（tǎn）。岂不尔思，畏子不敢。
大车哼（tūn）哼，毳衣如璊（mén）。岂不尔思，畏子不奔。
穀（gǔ）则异室，死则同穴。谓予不信，有如皦（jiǎo）日！

【微指导】

1. 诗歌大意

《王风·大车》描写了一对有情人终未能成眷属的事。在分别送行的途中，女子表达了深深的遗憾和矢志不渝的决心。

2. 诗境想象

（1）大车槛槛，毳衣如菼。

大路上一辆婚车缓缓而来，车上的新娘是一番怎样的打扮？

（2）岂不尔思，畏子不敢。

新娘对谁说？那人来送别了，有着怎样的心情？

（3）穀则异室，死则同穴。

新娘心中对“子”怎样表白？

3. 身临其境

请你猜猜，诗中的“子”与新娘为什么未能成眷属？

【新拓展】

世界上最遥远的距离（节选）

［印度］泰戈尔

世界上最遥远的距离
不是生与死的距离
而是
我就站在你的面前
你却不知道我爱你

世界上最遥远的距离
不是我就站在你的面前

你却不知道我爱你
而是
明明知道彼此相爱
却不能在一起

【下水文】

用生命做爱的抵押

秋风，古道。

“大车槛槛，毳衣如菼。”两头黄牛披红挂彩，一辆华丽的婚车缓缓而来。

新娘，花季少女，身材窈窕，清纯可人。她一袭精致细软的狐皮小袄如赤玉般鲜艳夺目，罩着如同芦花般纯洁的婚纱。出嫁，是一生中最美丽的日子，可是新娘倚着车窗，默默地望着路边，不知为什么一脸忧郁、心事重重。那迷离的目光好像在等待着谁，寻找着谁。

啊，目光所及，落叶飘零的枫树下，站着一个翩翩少年。四目相对，仿佛有一股电流瞬间撞击着两人的心扉。少年怅然若失地垂下头，泪光刹那间模糊了新娘的双眼。

新娘与少年青梅竹马，童年的他们两小无猜，长大后两情相悦。多少个花前月下，他们攀着柳枝，对着明月说不尽儿女情长。谁知，谈婚论嫁时，少年的贵族双亲看不上平民的邻居少女。少年蓬勃疯长的爱情之苗遭遇了狂风暴雨，他犹豫了，迷茫了，退缩了……

“岂不尔思，畏子不敢。”

新娘想起了那个凄风苦雨的傍晚，面对欲言又止的少年，不无埋怨地说：“亲爱的，难道我不想你吗？只怕你不敢再爱我了。”少年一脸茫然，好像有无尽的痛苦。

“岂不尔思，畏子不奔。”

新娘想起了那个梧桐叶飘黄的午后，面对含情脉脉的双眼，他们俩难分难舍。姑娘不知哪儿来的勇气，决定为了爱抛弃一切，与他一起远走天涯。既然两情相依，又何惧雷霆万钧？天南地北都有爱的家园。她对他说：“难道我真的不爱你吗？我们一起私奔吧！”可是少年拿不出这样的勇气啊！

夕阳古道，婚车缓缓而行，越走越远……

车轮吱吱呀呀的声音，是那样沉重，如同轧在新娘的心上，轧在少年的心上。两颗破碎的心被碾得鲜血淋淋……

秋风萧瑟。

“穀则异室，死则同穴。谓予不信，有如皦日！”不知是新娘的铿锵誓言，还是少年的含泪心声，依然回响在《诗经》发黄的书卷里。听之，怦然心碎，潸然落泪。

一生中最美丽的日子

周南·桃夭

桃之夭夭，灼灼其华。之子于归，宜其室家。
桃之夭夭，有蕡（fén）其实。之子于归，宜其家室。
桃之夭夭，其叶蓁（zhēn）蓁。之子于归，宜其家人。

【微指导】

1. 诗歌大意

《周南·桃夭》是一首祝贺年轻姑娘出嫁的赞歌，称赞新娘像桃花一样美丽，祝愿新娘与家人和睦相处，给新建的家庭注入新鲜的血液，带来和谐欢乐的气氛。

2. 诗境想象

（1）桃之夭夭，灼灼其华。

桃花盛开时是一番怎样的景象？

（2）之子于归。

新娘出嫁的时候，娘家是一番怎样的欢喜场面？

3. 身临其境

你会向新娘投去怎样的目光？又会如何祝福她？

【新拓展】

题都城南庄

［唐］崔　护

去年今日此门中，人面桃花相映红。
人面不知何处去，桃花依旧笑春风。

【下水文】

一生中最美丽的日子

《诗经》里有一片美丽的桃树林，桃树林里掩映着一个宁静的山村。

燕子衔泥，又是一年春来到。桃花村里千树万树桃花开，红艳艳的桃花似乎把绿叶都燃烧成了红色的灰烬。大片大片的桃花林一夜之间把山村染成了红色，灿若云霞。乡间小径，茅庐草屋，弥漫着淡淡的桃花香。村民醉了，村庄醉了，醉在桃花里，醉在桃花香里。

桃花村里有个姑娘要出嫁啦！她是全村最美的人儿，窈窕的身材，一袭红衣红裳，就像一株亭亭玉立的桃树。她倚在窗前，不时朝窗外的村口遥望，心中在说："这迎亲的队伍怎么还没来呀?"这样说着，满面娇羞，两颊泛起了两片桃花红，比桃花仙子还美。

唢呐声声响，迎亲的队伍敲锣打鼓，快到村口了。红色的盖头遮住了姑娘满面的红霞，她的心儿激动得像一只活蹦乱跳的小鹿。

姑娘就要出嫁了，村里人都很不舍。姑娘不仅长得像桃花一样美，心地也像桃花一样纯洁，对老人和孩子的关心也像桃花一样热情。

"之子于归，宜其家室。"父老乡亲纷纷来为姑娘送亲，真诚地祝福姑娘找到了好婆家。

张家阿婆拉着姑娘的手，打量着姑娘，笑着说："心地善良的姑娘啊，长得像桃花一样漂亮，今天出嫁了，祝福你吉祥如意，未来的家像桃花一样兴旺发达。"

李家大婶眯着眼睛，送来声声祝福："心灵手巧的姑娘啊，身材窈窕像桃花，今天就要出嫁了，祝福你和和美美建新家，早生贵子，多生贵子，将来人丁兴旺，就像桃树上结的果实多又多。"

王家大爷拄着拐杖来了，抹着眼睛说："尊老爱幼的姑娘啊，你像桃花一样美丽，今天就要出嫁了。大爷祝愿你与姑爷齐心协力建新家，与公公婆婆和睦相处，新的生活就像满树桃叶郁郁葱葱。"

……

姑娘心里美滋滋的，低眉垂眼，满面含羞，在闺蜜们的簇拥下坐进花轿。

少男少女们在桃花飘香的大路口唱起了送亲的歌：

桃之夭夭，灼灼其华。之子于归，宜其室家。

桃之夭夭，有蕡其实。之子于归，宜其家室。

桃之夭夭，其叶蓁蓁。之子于归，宜其家人。

在人们的声声祝福中，轿夫抬着像桃花一样美丽的姑娘，一颤一颤地走了，渐渐地消失在像满天红霞的桃花林尽头……

大哥就要结婚啦

小雅·鸳鸯

鸳鸯于飞，毕之罗之。君子万年，福禄宜之。

鸳鸯在梁，戢（jí）其左翼。君子万年，宜其遐福。

乘（shèng）马在厩，摧（cuò）之秣（mò）之。君子万年，福禄艾之。

乘马在厩，秣之摧之。君子万年，福禄绥之。

【微指导】

1. 诗歌大意

《小雅·鸳鸯》是一首祝贺新婚的诗。诗人以鸳鸯相爱起兴，描写了隆重、热烈、喜庆的婚礼，祝福新人生活富足美满。

2. 诗境想象

(1) 鸳鸯于飞，毕之罗之。

鸳鸯在哪儿飞翔？发生了什么事？

(2) 鸳鸯在梁，戢其左翼。

鸳鸯在哪儿？这是怎样明丽的一个画面？

(3) 乘马在厩，摧之秣之。

新郎家是怎样迎接新娘的？

3. 身临其境

你会怎样祝福这一对像鸳鸯一样恩爱的新人？

【新拓展】

鸳　鸯

［唐］杜　牧

两两戏沙汀，长疑画不成。
锦机争织样，歌曲爱呼名。
好育顾栖息，堪怜泛浅清。
凫鸥皆尔类，惟羡独含情。

【下水文】

大哥就要结婚啦

“鸳鸯于飞，毕之罗之。”

湛蓝的天空，辽阔的原野，鸳鸯双双对对自由自在地飞翔。它们两情相依，追逐着，欢笑着，歌唱着。不知道它们是新婚宴尔，还是老夫老妻，只知道它们总是那么恩爱，不管是在风雨中，还是在阳光下，总是不离不弃。多么令人羡慕的鸳鸯啊！

大哥就要结婚了，我真想张开捕网，捕获一对相亲相爱的美鸳鸯，养在我的院里。我们每天都能欣赏到它们五彩的倩影。“君子万年，福禄宜之。”愿大哥大嫂像鸳鸯一样恩恩爱爱，幸福万年长。

“鸳鸯在梁，戢其左翼。”清清溪水潺潺流，大坝上芳草萋萋。和煦的阳光下，一对鸳鸯相依相偎，正闭目养神呢。它们都把红艳艳的嘴喙插进翅膀里。在这温暖的阳光下，它们忘记了周围的环境，陶醉在浪漫的二人世界里。

大哥就要结婚啦！“君子万年，宜其遐福。”愿大哥大嫂像堤坝上的这对鸳鸯一样相濡以沫，永远幸福安康。

大哥就要结婚啦！亲爱的大嫂，我们的家面朝大海，春暖花开。“乘马在厩，摧之秣之。”我们家有宝马百匹、马车百辆，还有一排排整齐的马棚、马厩。幸福的日子不会从天上掉下来，愿你们从明天开始，做个勤劳的人。马儿是我们家的宝贝，也是我们家埋头苦干的劳力，请你们像爱自己的孩子一样爱它们，每天给它们割草、铡草，把它们喂得肥肥壮壮的。然后，套上马车赶集去，骑着马儿打猎去。一旦有外敌入侵，就变成一乘乘战车，四牡骙骙，载着将士驰骋战场，为保卫祖国建功立业！

亲爱的大哥大嫂，你们就要结婚啦！愿你们像鸳鸯一样恩爱，像马儿一样任劳任怨。“君子万年，福禄绥之。”愿你们白头偕老，永远幸福！

蓦然回眸，留下美丽的想念

召南·摽有梅

摽（biào）有梅，其实七兮。求我庶士，迨其吉兮！
摽有梅，其实三兮。求我庶士，迨其今兮！
摽有梅，顷筐塈（jì）之。求我庶士，迨其谓之！

【微指导】

1. 诗歌大意

《召南·摽有梅》是一首委婉而大胆的求爱诗。春天即将过去，姑娘嫁娶无期，不禁以梅子兴比，情意急迫地唱出了对青春的怜惜和对爱情的渴求。

2. 诗境想象

（1）摽有梅，其实七兮。

梅林里，梅子成熟了，那是一番怎样的情景？

（2）求我庶士，迨其吉兮！

姑娘怎样一边采梅子，一边等待她的心上人？

（3）摽有梅，顷筐塈之。

姑娘采到了整筐的梅子，她等到心上人了吗？

3. 身临其境

你对在梅林中久久等待心上人的姑娘有什么祝愿？

【新拓展】

苹果树下（节选）

闻　捷

苹果树下那个小伙子，
你不要、不要再唱歌；
姑娘沿着水渠走来了，
年轻的心在胸中跳着。
她的心为什么跳呵？
为什么跳得失去节拍？……

春天，姑娘在果园劳作，
歌声轻轻从她耳边飘过，
枝头的花苞还没有开放，
小伙子就盼望它早结果。
奇怪的念头姑娘不懂得，
她说：别用歌声打扰我。

【下水文】

蓦然回眸，留下美丽的想念

四月，梅子成熟了。

清晨，慕琪挎着竹篮去梅林采梅子。

薄薄的雾渐渐地散开了，溪水潺潺地流着，岸边开满了五颜六色的野花。河边的梅林，梅子成熟了，衬着葳蕤的叶子，坠满了枝头，深红的，浅红的，一串串，一簇簇，令人眼馋。梅林，是年轻人相亲的地方，漫山遍野早早飞扬着青春的歌声，到处是红男绿女曼妙的身影。大家浪漫地表达爱意，只凭一个眼神、一个微笑，或者一声清脆的叶哨，爱情之花就会在瞬间悄然绽放。

慕琪是远近闻名的美人。她今天打扮得格外漂亮，一袭红裙，宛如梅子的颜色，头发高高盘起，戴着五彩的鲜花。她一边采摘梅子，一边等待心上人的出现，腰间精致的佩饰随着她采梅的动作发出叮叮当当的脆响。

梅子纷纷往下落，枝头的梅子只剩下七成了，可是追求我的哥哥呀，你在哪里？望着女伴们一个接一个与心仪的人牵着手，像蝴蝶一样翩翩飞走，慕琪的脸上露出了一层浅浅的忧郁。

“摽有梅，其实七兮……”慕琪轻轻地吟着，猛一抬头，她发现一个骑着白马的俊俏男子正呆呆地望着她，目光里流露出只有她才能感受到的爱恋。啊，那不是昨夜我梦见的白马王子吗？身材伟岸，浓眉大眼，五官端正，全身上下透着一股威震天下的王者之气。慕琪连忙唱道：“我的哥哥啊，春色这么美好，莫辜负了良辰美景……”

男子向慕琪投去深情一瞥，瞬间分明碰撞出了火花！可不知为什么，他轻轻地叹了口气，依依不舍地离开了，在梅林小路的尽头留给慕琪一个挥之不去的回眸。慕琪从男子看她时无限爱慕与依恋的目光里，相信他还会来的。

时光在等待中漫长而飞快地流逝，树上的梅子摘得只剩下三成了，可是男子一直没有回来。慕琪无心摘梅，望着男子消失的林间小路，青春秀丽的脸庞布满忧伤。年华易逝，青春短暂，她渴望美丽的爱情，可为什么月下老人总不眷顾她，让她顾影自怜？“摽有梅，其实三兮。”她哀婉地唱着：“我的哥哥啊，春色这么美好，我们的相爱就在今朝……”

慕琪的脑海里不停地回放着男子离开时那深情的一瞥。

夕阳穿过梅树梢洒下金黄色的斑斑点点，晚风拂过树梢沙沙作响。一树梅子都摘完了，盛了满满的一大筐，可是男子还没来。爱情之火炙烤着慕琪的心，美丽的脸庞因忧伤更使人怜爱。

“摽有梅，顷筐塈之。”慕琪翘首遥望梅林的小路，她相信男子那个深情的回眸是对爱情的承诺，她情不自禁地唱着：“花开堪折直须折，莫待无花空折枝。我的哥哥啊，春色这么美好，请把心中的爱说出来……”

慕琪宛转而清丽的歌声在霞光沐浴下的梅林里久久回荡……

第二章 在希望的田野上

春天的故事

豳风·七月（上）

七月流火，九月授衣。一之日觱（bì）发（bō），二之日栗烈。无衣无褐，何以卒岁！三之日于耜（sì），四之日举趾（zhǐ），同我妇子，馌（yè）彼南亩，田畯（jùn）至喜。

七月流火，九月授衣。春日载阳，有鸣仓庚。女执懿筐，遵彼微行，爰求柔桑。春日迟迟，采蘩祁祁。女心伤悲，殆及公子同归。

【微指导】

1. 诗歌大意

腊月，农民们也不闲着，修理来年春耕的农具。过完年春天就到了，农民开始了耕种，姑娘们开始采桑、采蘩的劳动。农民们辛勤编织着一个美丽的春天的故事。

2. 诗境想象

（1）田畯至喜。

田官来视察农民的劳动，他看到了什么？

（2）春日载阳。

多么美丽的日子呀！从诗中看到了怎样的画面？

3. 身临其境

如果你置身在这美丽的春天，看到农民们在快活地劳动，你会怎样歌颂他们呢？

【新拓展】

采　桑

［唐］王　建

鸟鸣桑叶间，绿条复柔柔。
攀看去手近，放下长长钩。
黄花盖野田，白马少年游。
所念岂回顾，良人在高楼。

【下水文】

春天的故事

七月流火，九月授衣。寒暑易节，时序轮替，不变的是那首古老的田园诗，那幅美丽的乡村画卷。

朔风凛冽，冰雪严寒，粗布麻衣练就了乡亲们抵御三九隆冬的坚强。

冬天来了，春天还会远吗？乡亲们赶紧修理农具，挑选种子，准备迎接春天的到来。

冰雪融化，小河也唱起了歌，沉寂了一个冬天的田野又热闹了起来。春耕开始啦，这边插秧，那边点豆，这儿麦苗返青了，那儿种子落土了。瞧，妇女小孩也不落后，他们把午餐送到了田地头。田畯老爷望着这幅忙碌的春耕图，喜笑颜开。

春光明媚，黄莺在树上快乐地唱着。一群豆蔻年华的姑娘，背着竹筐，挎着草篮，采桑来了，采蘩来了。穿着花裙的她们一路笑语盈盈，走在开满野花的田边小路上，好像会走动的花儿。“女心伤悲，殆及公子同归。”不知谁忽然提起，哪个姑娘再过几天就要出嫁了，姑娘们不再笑了。是呀，从小一起长大的闺蜜就要远嫁他乡了，大家就像桃花流水四散飘零，不知何时才能相聚，心中怎能不袭上一层淡淡的伤悲呢？

秋天的歌谣

豳风·七月（中）

七月流火，八月萑（huán）苇。蚕月条桑，取彼斧斨（qiāng），以伐远扬，猗彼女桑。七月鸣鵙（jú），八月载绩。载玄载黄，我朱孔阳，为公子裳。

四月秀葽（yāo），五月鸣蜩（tiáo）。八月其获，十月陨（yǔn）萚（tuò）。一之日于貉（hé），取彼狐狸，为公子裘。二之日其同，载缵（zuǎn）武功。言私其豵（zōng），献豜（jiān）于公。

五月斯螽（zhōng）动股，六月莎鸡振羽。七月在野，八月在宇，九月在户，十月蟋蟀入我床下。穹窒熏鼠，塞向墐（jìn）户。嗟我妇子，曰为改岁，入此室处。

【微指导】

1. 诗歌大意

从鸟儿的鸣唱写到昆虫的叫声，反映了季节的变化。这不，五月蚱蜢动股起飞，六月纺织娘鼓翅发声，蟋蟀由野入檐、由檐入户、由户入床下，鸣声愈来愈近。而天也愈来愈冷了，农民该准备过个温暖的冬天了。

2. 诗境想象

（1）五月鸣蜩。

蝉在什么地方叫？叫得热闹吗？

（2）十月蟋蟀入我床下。

“我”是怎么发现蟋蟀跑到床下的？蟋蟀的叫声好听吗？

3. 身临其境

当你聆听着昆虫们演唱的秋天的歌谣时，你会有什么样的心情？

【新拓展】

蟋　蟀

忠　民

一只只黑色的蟋蟀
是一只只黑色的音符
在田野　在草丛　在林间
向我唱响故乡泥土那芬芳温馨的问候

为了听蟋蟀那久违的歌
我的思念
早已站成了一个稻草人
披一身月光　在童年的梦中守候

【下水文】

秋天的歌谣

“四月秀葽，五月鸣蜩。”狗尾草在风中摇着，窗外不知名的虫儿低声吟唱。古老的乡村有一首动听的歌谣，唱了几百年，唱了几千年，不变的旋律，百听不厌。

“七月鸣鵙，八月载绩。”东飞伯劳西飞燕，黄姑织女时相见。鸟儿们的声声啼叫伴着织女的纺车咿咿呀呀，那是乡村夏日最美妙的歌谣。

昆虫家族是大自然的天才乐手和歌手。你听，五月里，蚱蜢在草丛里挥动手臂，敲得小鼓儿叮叮咚咚响；六月里，“织织——织呀——”纺织娘卖力地唱着……

蟋蟀们可算得上是乐坛经久不衰的明星，“七月在野，八月在宇，九月在户，十月蟋蟀入我床下”。你听，秋天的脚步才刚刚迈近，蟋蟀们就在田野上唱起了欢乐颂，迎接秋天的到来。金秋时节，热情的乐手送戏下乡，它们把舞台搬进了农家人的院子里，为朴实的农家人开起了“演唱会”。九月天气渐冷，它们干脆入户演唱。静静的夜晚，月明如水，蟋蟀们在墙缝、在树洞、在灶头，有的拉着二胡，有的弹着吉他，有的撩拨着琴弦，有的亮开了歌喉……曼妙的歌声，听得月儿醉了、风儿痴了……

劳动的礼赞

豳风·七月（下）

六月食郁及薁（yù），七月亨（pēng）葵及菽。八月剥（pū）枣，十月获稻。为此春酒，以介眉寿。七月食瓜，八月断壶。九月叔苴（jū），采荼（tú）薪樗（chū），食我农夫。

九月筑场圃，十月纳禾稼。黍稷重穋（lù），禾麻菽麦。嗟我农夫，我稼既同，上入执宫功。昼尔于茅，宵尔索绹（táo），亟其乘屋，其始播百谷。

二之日凿冰冲冲，三之日纳于凌阴，四之日其蚤，献羔祭韭。九月肃霜，十月涤场。朋酒斯飨，曰杀羔羊。跻（jī）彼公堂，称彼兕（sì）觥（gōng），万寿无疆！

【微指导】

1. 诗歌大意

《豳风·七月》描写了农民们一年四季的劳动场面：春天修整桑树，夏天纺麻织布，秋天割稻剥枣，冬天狩猎修屋。

2. 诗境想象

（1）蚕月条桑。

农民们在桑田里是怎样修整桑树的？有什么样的表情？

（2）载缵武功。

农民们集体狩猎的场面一定很壮观，你看到了吗？

（3）食我农夫。

农民们一年四季收获了哪些劳动果实？他们是怎样品尝自己收获的果实的？

3. 身临其境

假如你也参加了农民们的冬季聚会，你看到了怎样的热闹场面？

【新拓展】

乡村四月

［宋］翁　卷

绿遍山原白满川，子规声里雨如烟。
乡村四月闲人少，才了蚕桑又插田。

【下水文】

劳动的礼赞

“七月流火，八月萑苇。”劳动是乡亲们最快乐的生活。暮春，刚忙完田园里的活儿，乡亲们又开始修剪桑树。他们挥舞着斧头，砍去多余的桑枝，把枝头留给新芽、新枝。蝉儿声声叫，叫来了炎热的夏天，庄稼茁壮成长，抽穗、灌浆，田野一片碧绿。

“八月其获，十月陨萚。”八月是最忙碌的季节，女人们又开始纺纱织布。村妇村姑们心灵手巧，村子里到处是纺车的声音，随处都能见到她们纺织、印染的五颜六色的布匹，那是一道多么美丽的风景！“我朱孔阳，为公子裳”，姑娘们要染一件大红的衣裳，送给心中的白马王子。

忙完了秋收，冬天来了，乡亲们开始狩猎习武。山坡上，森林里，随处都可以听到粗犷的呐喊声、惊叫声、欢呼声。那是雄性力量的宣泻，那是强悍的演绎啊！这是一个崇尚仁义的民族，大家把捕获到的大猎物归公家所有，只把小猎物归为私有，把最漂亮的狐狸皮献给王子，表示对王族的尊敬。

一分耕耘一分收获，乡亲们一年四季有吃不完的瓜果与粮食。“七月食瓜，八月断壶。九月叔苴，采荼薪樗，食我农夫。”还有那六月的李子和葡萄、七月的葵花籽和大豆、八月的大红蜜枣、十月里白花花的稻米。

“爆竹声中一岁除，春风送暖入屠苏。”乡亲们用自酿的美酒、自养的牲畜，祭天、祭祖、敬长辈，虔诚地祝愿长辈寿比南山，祝愿幼者健康成长！愿苍天、列祖庇佑华夏儿女，河山美丽，人民安康！

远古的牧歌

小雅·无羊

谁谓尔无羊？三百维群。谁谓尔无牛？九十其犉（chún）。尔羊来思，其角濈（jí）濈。尔牛来思，其耳湿湿。

或降于阿，或饮于池，或寝或讹。尔牧来思，何（hè）蓑何笠，或负其餱（hóu）。三十维物，尔牲则具。

尔牧来思，以薪以蒸，以雌以雄。尔羊来思，矜（jīn）矜兢兢，不骞不崩。麾之以肱，毕来既升。

牧人乃梦，众维鱼矣，旐（zhào）维旟（yú）矣。大人占之：众维鱼矣，实维丰年；旐维旟矣，室家溱（zhēn）溱。

【微指导】

1. 诗歌大意

《小雅·无羊》是一首歌咏牛羊繁盛的牧歌。诗人形象地描摹放牧中牛羊的动静之态和牧人的娴熟技艺，透露出诗人强烈的惊异、赞美之情，表现出美好的展望和祈愿。

2. 诗境想象

（1）谁谓尔无羊？三百维群。谁谓尔无牛？九十其犉。

羊群和牛群多吗？多到什么程度？

（2）或降于阿，或饮于池，或寝或讹。

羊儿和牛儿在什么地方？有什么表现？

（3）何蓑何笠，或负其餱。

牧人是怎么放牧的？

（4）牧人乃梦，众维鱼矣，旐维旟矣。

牧人做了一个什么梦？这个梦有什么预示？

3. 身临其境

假如你就是那个牧人，做了这么个美丽的梦，心里会怎么想？

【新拓展】

牧　歌

蒙古族民歌

蓝蓝的天空上飘着那白云，
白云的下面盖着雪白的羊群。

羊群好像是斑斑的白银，
撒在草原上多么爱煞人。

【下水文】

远古的牧歌

“谁谓尔无羊？三百维群……”粗犷的嗓音回荡在牧草青青的山谷，那是从《诗经》里飘来的古老的牧歌呀！

谁说你没有羊？一群就有三百只！谁说你没有牛？七尺高的牛竟有九十头！你甩着牧鞭，唱着牧歌，放牧来了。你笑容满面，仿佛带领着千军万马浩浩荡荡地奔赴前线。羊群走在前面，如云朵般飘来，它们你拥我挤，尽显淘气与活泼，映入眼帘的尽是弯弯的羊角；牛儿慢慢悠悠地走着，尽显儒雅与稳重，多么奇妙呀，好像有人指挥似的，所有的耳朵都微微地摆动着。

漫山遍野的牛羊，从这边的山丘跑向那边的小山。它们在碧绿如茵的山坡上追逐着、嬉戏着、奔跑着，尽情释放着它们的天性。那头大花牛久久驻立于溪畔，欣赏自己美丽的身影，偶尔啜饮一口清冽的溪水，然后抬头遥望白云飘飘的天边。瞧它那陶醉的神色，好像在低吟一首优美的小诗。一头大雌牛懒懒地躺在草坡上，微闭着双眼，似乎正做着美梦哩，耳朵还不时地耸动着，嘴角依然在细咀慢嚼。那两头小牛犊是双胞胎姐妹吧？睁着水汪汪的眼睛，跪在地上贪婪地吮吸着母亲的乳汁。一群羊儿朝着一个小池塘欢跳着跑去，几只小羊羔紧紧地跟随在母羊的身后，屁颠儿屁颠儿的……

你披蓑戴笠，身背干粮，一定是个勤劳的人。你一边放牧一边砍柴，嘴里依然唱着那古老的牧歌。这时，一只大雁从天上飞过，你弯弓搭箭，只听“嗖”的一声，猎物应声落地。原来你还是一个好猎手！

你是技艺娴熟的牧人呀，你对牛羊的习性了如指掌。你满面春风，站在山坡上居高临下，统率着属于你的牛羊大军，只见你大手一挥，满野满坡的牛羊争先恐后地向你身边奔聚而来。

“咩——”“哞——”满山遍野尽是牛羊的歌声，你醉了，又是一个丰收年呀，牛羊的毛色有三十多种，今年祭天地和祖先的牺牲齐了！你沉浸在美丽的梦中，梦见数不清的蝗虫恍惚间全化作了欢蹦乱跳的鱼群，而飘扬于远处城头的“龟蛇”大旗转眼间变成了“鸟隼”飞舞的旗帜！

“众维鱼矣，实维丰年；旐维旟矣，室家溱溱。”

恭喜你呀，勤劳的牧人，这是一个吉祥之梦，牛羊成群，蝗虫都化作了鱼儿，“龟蛇”竟长翅变成大鹏飞舞。你家又丰收了，人丁将更加兴旺。

“谁谓尔无羊？三百维群。谁谓尔无牛？九十其犉……”山谷间又响起了牧人悠扬的牧歌。

金色的谷穗，金色的心灵

小雅·大田

大田多稼，既种既戒，既备乃事。以我覃（yǎn）耜，俶（chù）载南亩。播厥百谷，既庭且硕，曾孙是若。

既方既皂，既坚既好，不稂（láng）不莠（yǒu）。去其螟（míng）螣（tè），及其蟊（máo）贼，无害我田稚。田祖有神，秉畀（bì）炎火。

有渰（yǎn）萋萋，兴雨祈祈。雨我公田，遂及我私。彼有不获稚，此有不敛穧（jì），彼有遗秉，此有滞穗，伊寡妇之利。

曾孙来止，以其妇子。馌彼南亩，田畯至喜。来方禋（yīn）祀，以其骍（xīng）黑，与其黍稷。以享以祀，以介景福。

【微指导】

1. 诗歌大意

《小雅·大田》是一首远古的农事诗，描写了一幅上古时代农业生产的民情风俗画卷。诗人描写了春耕、夏耘、秋收种种繁复场景，赞美了农民们辛勤劳动、喜获丰收的景象。

2. 诗境想象

（1）播厥百谷。

在什么季节？农民们在什么地方？这是一番怎样的劳动场景？

（2）既方既皂，既坚既好。

田里的庄稼长势怎么样？

（3）馌彼南亩，田畯至喜。

田官怎样指挥农民们收割谷物？大田是一番怎样忙碌的场景？

3. 身临其境

假如你是一个参加秋收的农民，看到寡妇们拎着篮子拾谷穗，你会怎么做？

【新拓展】

圣经·申命记（节选）

当你在田里收割庄稼并把一捆稻穗遗落在田里时，不要再回去捡，那些东西该属于陌生人、失去父亲的人和寡妇……

当你摇动橄榄树捡取果子时，不要再搜找一遍，那些东西该属于陌生人、失去父亲的人和寡妇……

当你在葡萄园里收取葡萄时，不要再挑选一遍，那些东西该属于陌生人、失去父亲的人和寡妇……

【下水文】

金色的谷穗，金色的心灵

“大田多稼，既种既戒，既备乃事。”

春天来到了广阔的大地，农家人忙碌起来了。各家各户忙着选好种子，修理好各种农具，一年之计在于春，得抓紧准备春耕哩。

南郊的田野一片热火朝天，东边在犁田，西边在播种。农民们点豆、种瓜，忙得不亦乐乎。他们撒下种子，也种下希望。这不，有的田地里已冒出了新芽，长出了绿油油的新苗，一片欣欣向荣的景象，大家的脸上洋溢着笑容。

夏日，碧绿的田野，庄稼抽穗了、扬花了，大豆也结出了豆荚。农民们顶着烈日除草、施肥。“田祖有神，秉畀炎火。”晚上，聪明的农民们在田间地头燃起篝火，引诱害虫扑火自尽，不让它们伤害庄稼。村长领着大家对天膜拜，祈求土地之神保佑庄稼茁壮成长。

“有渰萋萋，兴雨祈祈。”秋日，一场绵绵细雨洒落下来，真是好雨知时节呀！啊，庄稼丰收啦，田野里一片金黄，像铺了一地的金子。

农民们开镰收割啦，妇女、小孩子也来送饭送水。望着丰收的庄稼，大家的眼里、眉梢、嘴上尽是笑意。有意思的是，田里出现了一种奇怪的现象：那些不太饱满的麦子农民们为什么不收割？为什么好几束割下来的谷子忘记了装载回家？为什么稻田里这里落下几茎稻穗，那里撒落几穗麦子？不是要颗粒归仓吗？

“伊寡妇之利。”啊，这满地遗落的谷穗原来是善良的农民特意留下的！为了那些缺少劳动力的家庭，为了给无依无靠的寡妇留下一份糊口的粮食，避免她们窘迫地沿街乞讨。

这满地遗落的谷穗啊，让我们从中看到了先民们宽广的胸怀和崇高的美德，看到了中华民族扶危济困的恻隐之心。

南亩千载稻花香

周颂·良耜

畟（cè）畟良耜，俶载南亩。播厥百谷，实函斯活。或来瞻女，载筐及筥，其饟（xiǎng）伊黍。其笠伊纠，其镈（bó）斯赵，以薅（hāo）荼蓼。荼蓼朽止，黍稷茂止。获之挃（zhì）挃，积之栗栗。其崇如墉（yōng），其比如栉，以开百室。百室盈止，妇子宁止。杀时犉牡，有捄（qiú）其角。以似以续，续古之人。

【微指导】

1. 诗歌大意

《周颂·良耜》是一首农事诗的代表作。诗人记叙了春种的热闹、夏耕的辛苦、秋收的喜悦和祭祀的隆重。

2. 诗境想象

（1）畟畟良耜，俶载南亩。

春天来了，田野苏醒了，农民们是怎样忙着春种的？

（2）其笠伊纠，其镈斯赵。

夏日炎炎，农民们是怎样顶着烈日劳作的？

（3）百室盈止，妇子宁止。

丰收了，妇女、孩子们是怎么欢喜？

3. 身临其境

假如你就身处其中，你看到农民劳动时是怎样的情景？

【新拓展】

插秧歌

［宋］杨万里

田夫抛秧田妇接，小儿拔秧大儿插。
笠是兜鍪蓑是甲，雨从头上湿到胛。
唤渠朝餐歇半霎，低头折腰只不答。
秧根未牢莳未匝，照管鹅儿与雏鸭。

【下水文】

南亩千载稻花香

“畟畟良耜，俶载南亩。”

“布谷——布谷——”鸟儿一声声叫着，春日的阳光明媚地照着。小城南郊的田野一片欣欣向荣的春播景象，农民们扶着犁铧出力耕作，农具在阳光下闪着银光。沉睡的土地苏醒了，整成一畦畦菜地、一方方水田。这家在点豆，那家在种瓜，那儿又在撒种稻谷。看着那一粒粒金灿灿的谷种从手中跃下投入肥沃土地的怀抱，农家人满脸喜色，仿佛看到种子在生根、发芽、抽茎、长叶……仿佛看到了丰收的景象。

春风轻拂，太阳跃上了中天。一群穿着花花绿绿的衣裙的姑娘和大嫂挑着竹筐、拎着竹篓送餐来啦。她们踏着轻盈的脚步，五彩的衣袂在风中舞动，好像绽放在田野里的鲜花。

“吃饭啦——”姑娘、大嫂们招呼着各自的亲人。农民们放下手中的活儿，开始了这田园地头最正宗的野餐。好温馨的田园呀，花香、草香夹着缕缕饭香、菜香，还有泥土的芬芳。

禾苗在阳光下欢笑，在雨中跳舞。

夏日，田野一片碧绿，庄稼、瓜果长得生机勃勃。烈日下，戴着斗笠的农民弯腰除草。他们手握银锄，小心翼翼地薅起杂草，深深地埋进田里。后人说“化作春泥更护花”，这不，荼草、蓼草腐烂后变成了肥料，滋养着大地，大片大片绿油油的黍、稷使劲地往上长，仿佛能听见它们拔节的声音哩。虽说“锄禾日当午，汗滴禾下土”，但农民们望着这茁壮茂盛的庄稼，心中高兴哩。

“获之挃挃，积之栗栗。”

南郊的田野，一片金黄。一年的辛勤终于有了回报，农民们笑逐颜开，挥镰收割。听见了吗？“唰唰唰——”“嚓嚓嚓——”收获的声音是最美的音乐，是大自然的天籁之音呀！那丰收的音乐在田野上回荡，在农民的心中回荡。

“春种一粒粟，秋收万颗籽。”各种谷物堆积成山，那是一座座金山呀！小城的南郊，矗立着一个个高过城墙的粮仓，少说也有百来个。每一个谷仓都堆得满满的，它们横成排，纵成列，整齐得恍若梳子梳过似的。大家陶醉在丰收的喜悦中：姑娘、大嫂们喜气洋洋，在谷仓前载歌载舞；小孩子们快乐地追逐着、嬉戏着，笑声在飞扬。

锣鼓喧天，隆重的祭祀开始啦！蓝天下，祭台上摆着一头黑唇大公牛，弯弯的牛角翘向天空。感谢上苍赐给我们又一年风调雨顺，感谢苍茫的大地让这个古老的国度永远国泰民安！

桑女迎着晚霞回

魏风·十亩之间

十亩之间兮，桑者闲闲兮，行与子还兮！
十亩之外兮，桑者泄（yì）泄兮，行与子逝兮！

【微指导】

1. 诗歌大意

《魏风·十亩之间》描绘了一幅采桑女呼伴同归的桑园晚归图，表现了华夏先民勤劳、乐观的精神风貌。夕阳西下，采桑女带着一天的收获，相约离开桑田，一路上欢歌笑语。

2. 诗境想象

（1）桑者闲闲兮。

采桑女是怎样采桑的？望着绿油油的桑叶，会想到什么？

（2）桑者泄泄兮。

采桑女们走在回家的路上，交谈了些什么？

3. 身临其境

假如你也在这桑田里采桑，你的心情怎样？你看见了什么？听见了什么？

【新拓展】

采桑谣（节选）

手挎竹篮脚步忙，一路欢笑去采桑。
绿满桑园情满怀，姑娘心中喜洋洋。

风吹桑枝哗哗响，片片桑叶透春光。
玉手轻轻把桑采，采下春光满篮装。

【下水文】

桑女迎着晚霞回

我家在大青山脚下，那里有百亩良田，一眼望不到边。水田种庄稼，食无忧；旱地种桑麻，衣无忧。

黄昏，夕阳西下，碧绿的桑田一片金黄。采桑女们背着竹筐，采呀采呀采桑叶。她们窈窕的身姿在桑林间穿梭，纤纤玉手在桑树枝头跳跃，采了这株采那株，采了这片采那片。“十亩之间兮，桑者闲闲兮……”采桑女轻轻吟哦着，面含微笑。多么美丽的劳动，多么诗意的农事啊！采桑女们快乐地劳动着，望着在夕阳中摇曳的桑枝、被夕阳镶上金边的桑叶，仿佛看到了一粒粒蓬松的蚕茧，看到了轻柔的蚕丝，看到了锦缎，看到了五彩的锦衣……

“回家喽——”女伴的一声呼唤，打断了采桑女美丽的憧憬。她抬头望望天边，果然夕阳早已衔在远山，绚烂的晚霞布满了天边。“回家喽，下工喽——”采桑女们一边收拾竹筐，整理一天的收获，一边呼朋引伴一起回家。

弯弯曲曲的小路，开着一簇簇的野花，招展着五颜六色的美丽。穿着花裙的采桑女们背着青青的桑叶，走在回家的路上，不时洒下一串串清脆的笑声。

红霞渐落，暮色四起，一群归鸟从晚霞边飞来，翅膀也被染成了红色。青山脚下错落有致的草房上升起了熟悉的炊烟。牧童骑在牛背上，赶着羊群慢悠悠地走着，不时响起一两声牧笛。樵夫担着柴火，农夫荷着银锄，虽然劳动了一天，但因为有了收获，脸上都挂着笑容。

“十亩之外兮，桑者泄泄兮……”采桑女们甜美的歌声在晚霞里飞，在暮色里飘。

我的家乡在终南山下

小雅·信南山

信（shēn）彼南山，维禹甸之。畇（yún）畇原隰，曾孙田之。我疆我理，南东其亩。

上天同云，雨雪雰（fēn）雰，益之以霡（mài）霂（mù）。既优既渥（wò），既霑（zhān）既足，生我百谷。

疆埸（yì）翼翼，黍稷彧（yù）彧。曾孙之穑，以为酒食。畀我尸宾，寿考万年。

中田有庐，疆埸有瓜。是剥是菹（zū），献之皇祖。曾孙寿考，受天之祜（hù）。

祭以清酒，从以骍牡，享于祖考。执其鸾刀，以启其毛，取其血膋（liáo）。

是烝（zhēng）是享，苾（bì）苾芬芬。祀事孔明，先祖是皇。报以介福，万寿无疆。

【微指导】

1. 诗歌大意

《小雅·信南山》是一首描写先民垦荒种地与祈福的叙事诗。从诗中我们可以看到先祖们开荒种地的身影，可以看到茂盛的庄稼、收获的谷物、田野里的棚舍，还能看到隆重的祭祀场面。

2. 诗境想象

(1) 畇畇原隰，曾孙田之。

在这平展展的田地里，你看到了哪些庄稼？它们的长势怎么样？

(2) 益之以霢霂。

细雨滋润着的田野是一番怎样的情景？

(3) 中田有庐，疆埸有瓜。

坐落在田野中央的房屋有什么不一样的景色？

3. 身临其境

在隆重的祭祀活动中，你看到有哪些祭品？人们是怎样选择祭祀的物品的？

【新拓展】

我爱这土地

艾 青

假如我是一只鸟，
我也应该用嘶哑的喉咙歌唱：
这被暴风雨所打击着的土地，
这永远汹涌着我们的悲愤的河流，
这无止息地吹刮着的激怒的风，
和那来自林间的无比温柔的黎明……
——然后我死了，
连羽毛也腐烂在土地里面。

为什么我的眼里常含泪水？
因为我对这土地爱得深沉……

【下水文】

我的家乡在终南山下

“信彼南山，维禹甸之。”

连绵起伏的终南山下，有一片辽阔的土地，那就是我的家乡。这是祖先大禹治水时开辟的土地，有平坦的原野，也有低洼的湿地。这里阡陌纵横，沟渠交叉，流水潺潺。

感谢上天对这片土地的眷顾。冬天大雪纷纷，千里冰封，瑞雪兆丰年。春天细雨如酥，润泽四方，把大地滋润得松软肥沃。大周的子民在这片土地上播种百谷，辛勤耕耘，收获秋天的累累硕果。是这片肥沃的土地养育了大周世世代代的子民，我们感恩大地，感恩祖先开垦的千顷良田。

我们的村庄就坐落在终南山下。“中田有庐，疆埸有瓜。”屋后是茂密的森林，春天开着不一样的鲜花，秋天结着不一样的果实。村前是一望无际的田野，一年年重复着春播与秋收的故事，交替着碧绿与金黄的色彩。一条小溪绕着村前淙淙流过，播放着鸭群的合唱与大白鹅的独歌，还有风儿诉说着古老的故事。小溪畔种着青瓜、葫芦、南瓜，拖着长长的瓜蔓，开着红的、白的、黄的花儿，结着长的、短的、圆的、扁的、大的、小的瓜儿。弯弯的田埂上还种着黄豆、豌豆、蚕豆哩，豆花开了，像一只只小蝴蝶，真好看！

瓜果成熟，稻菽收获了，一年一度冬祭的日子就要到了。心灵手巧的大嫂、大婶们，削皮，切块，腌渍咸菜，供奉给伟大的先祖。祭坛上美酒飘香。

“执其鸾刀，以启其毛，取其血膋。”伴随一阵丁零当啷的金铃声，厨师手起刀落，剥开红色公牛的毛皮，取出鲜血和脂膏，恭恭敬敬地供奉在祖先的牌位前。敬爱的历代祖先，请驾临你们曾经劳作的热土，保佑子孙万寿无疆！

这就是我的家乡，终南山下一个风景美丽、民风淳朴的古老村庄。

在希望的田野上

小雅·甫田

倬（zhuō）彼甫田，岁取十千。我取其陈，食我农人，自古有年。今适南亩，或耘或耔，黍稷薿（nǐ）薿。攸介攸止，烝我髦（máo）士。

以我齐（zī）明，与我牺羊，以社以方。我田既臧，农夫之庆。琴瑟击鼓，以御（yà）田祖，以祈甘雨。以介我稷黍，以穀我士女。

曾孙来止，以其妇子。馌彼南亩，田畯至喜。攘（ràng）其左右，尝其旨否。禾易长亩，终善且有。曾孙不怒，农夫克敏。

曾孙之稼，如茨如梁。曾孙之庾（yǔ），如坻（chí）如京。乃求千斯仓，乃求万斯箱。黍稷稻粱，农夫之庆。报以介福，万寿无疆。

【微指导】

1. 诗歌大意

《小雅·甫田》是一首记叙农民们从春播到秋收一年劳动的农事诗，表达了先民的辛劳与获得丰收时的快乐。

2. 诗境想象

(1) 今适南亩。

谁来到了南亩？他看到了怎样的景象？心中有什么憧憬？

(2) 曾孙来止。

周王看望劳作的人们，他怎样慰问农民？

(3) 曾孙之稼。

官家的庄稼喜获丰年，是一番怎样的景象呢？

3. 身临其境

当你看到一年的辛苦终于有了回报，获得空前的大丰收时，会有怎样的表现？

【新拓展】

在希望的田野上（节选）

词：陈晓光

我们的家乡在希望的田野上
炊烟在新建的住房上飘荡
小河在美丽的村庄旁流淌
一片冬麦　那个一片高粱
十里哟荷塘　十里果香
哎咳哟嗬　呀儿咿儿哟
咳　我们世世代代在这田野上生活
为她富裕　为她兴旺

我们的理想在希望的田野上
禾苗在农民的汗水里抽穗
牛羊在牧人的笛声中成长
……

【下水文】

在希望的田野上

广袤的大地是大周子民的母亲，丰收的田野是大周的立国之本。秋天，庄稼收获时，新谷进仓，陈谷出仓。每一年不断循环往复，养育着一代又一代的中华儿女。

又是一年春来到……

忙碌的春天

春光明媚，万物复苏。

英明的周王早早莅临春天的田野，视察春耕。阳光暖暖地照着，鸟儿在刚刚返青的农田欢唱。农民们辛勤地劳作，“或耘或耔”，在这边的水田耕地、播种，在那边的旱地种瓜、点豆，老牛拖着犁铧，老马在纵横的田陌上拉肥料、运送种子，好一幅唯美的春耕图！望着眼前热火朝天的劳动场景，周王仿佛看到秋天时一片金黄的田野，一担担、一车车丰硕的粮食运向一个个像山一样高的粮仓……周王脸上洋溢着满意的笑容。

祈求风调雨顺

灿烂的阳光，碧绿的田野。

田边垒起了一个小小的祭坛。“以我齐明，与我牺羊，以社以方。”农人七手八脚地摆上最丰硕的谷物，宰杀了一头最肥壮的公羊，献上美酒、鲜花……

田官领着大家拜了蓝天，拜了大地，拜了四方之神。他们神情专注，心中默默祷告，祈求上天风调雨顺，普降甘霖，使地里的庄稼能得到丰厚的收获，庇护大周子民丰衣足食。乐师们敲起了锣鼓，弹起了琴瑟，少男少女载歌载舞，迎接诸神光临。

和风吹拂着庄稼，人们仿佛看到诸神驾着祥云而来。他们长袖一拂，稻谷扬花了，高粱抽穗了，油菜开花了……

“大王来啦!”不知谁兴奋地叫嚷起来。循声望去，果然周王带着妻儿兴致勃勃地来到田间看望他的子民们。“辛苦了，请大家歇歇吧，看王后给你们带来了什么好吃的。”周王微笑着，招呼着，只见美丽的王后挎着一只大篮子，里面装满了她亲自下厨做的美味佳肴。百姓们喜出望外，在田官的招呼下一拥而来，一起享用王后送来的大餐。

多么和谐的一幕呀，周王与百姓同甘共苦。看到壮实的禾谷覆盖着弯弯曲曲的田陇，庄稼丰收在望，周王不住地点头，称赞农民们的勤勉与能干。

金色的秋天

秋风吹拂着广袤的大地，翻起了一层又一层金色的波浪。

大周又迎来了一个前所未有的丰收年。“曾孙之稼，如茨如梁。曾孙之庾，如坻如京。乃求千斯仓，乃求万斯箱。黍稷稻粱，农夫之庆。”每家每户的谷物都堆到了房梁上、屋顶上，而公家的谷物呢，一个个高如山的粮仓都堆得满满当当的。还有大片的黍稷稻粱没有收割，还要赶筑粮仓百座，还要赶围粮囤千个，还要赶造好车万辆，农民们又忙得不亦乐乎。

农民们快乐地忙碌着。他们感谢上苍，感谢周王，感谢神灵的赐福，祝愿周王万寿无疆。

勤劳善良的大周子民，丰收的喜悦写在他们纯朴的脸上，充盈着他们身心。他们互相庆贺着，分享收获的喜悦。

两千五百年前我的家乡

小雅·斯干（节选）

秩秩斯干，幽幽南山。如竹苞矣，如松茂矣。兄及弟矣，式相好矣，无相犹矣。

似续妣（bǐ）祖，筑室百堵，西南其户。爰居爰处，爰笑爰语。

约之阁阁，椓（zhuó）之橐（tuó）橐。风雨攸除，鸟鼠攸去，君子攸芋。

如跂（qǐ）斯翼，如矢斯棘，如鸟斯革，如翚（huī）斯飞。君子攸跻（jī）。

殖殖其庭，有觉其楹，哙（kuài）哙其正，哕（huì）哕其冥。君子攸宁。

【微指导】

1. 诗歌大意

《小雅·斯干》是一首祝贺周王宫室落成的诗歌。这一栋栋宫室依山面水，雄伟壮观，排列整齐，室内宽敞明亮。诗歌表达了对周王室人丁兴旺、子嗣绵延的良好祝愿。

2. 诗境想象

（1）秩秩斯干，幽幽南山。

新宫室建在哪里？周围有什么景物？

（2）君子攸芋。

为什么说新建的宫室可以安居？请你想象一下新建宫室的外观。

（3）殖殖其庭，有觉其楹。

走进这雄伟的宫室，你会看到怎样的场景？

3. 身临其境

假如住在这样依山面水的新居里，你喜欢做一些什么活动？

【新拓展】

美丽乡村（节选）

邹积慧

房舍琳琅树四围，小园香气漾门楣。
桃花欲醉池塘水，翠羽爱斜篱畔飞。

【下水文】

两千五百年前我的家乡

我的家乡背靠巍峨的大山，一栋栋房屋、宫殿依山而筑，错落有致。这里风景优美，村后有成片的竹林，郁郁葱葱；有成片的古松林，遒劲挺拔。松竹相映，生机勃勃，四季常青。村前是一条蜿蜒的小溪，清清碧水奔流不息。

“如竹苞矣，如松茂矣”，我们的家族像翠竹与青松一样兴旺发达。前人种树，后人乘凉，祖先艰苦创业，创造了辉煌的家业，赢得了四方百姓的尊重。俗话说“兄弟同心，其利断金”，大家同心协力，新筑起了一百多栋楼台房舍。每一栋都面朝西南，冬季阳光普照，夏天凉风习习。男女老少和睦相处，其乐融融，每天都笑语飞扬！

多么宏伟壮观的建筑啊！每一栋都盖得端端正正、稳稳当当，像山一样稳重。这墙壁是那样的厚实，简直是铜墙铁壁。想当初，兄弟们奠基筑屋，起早贪黑，干得挥汗如雨。“约之阁阁，椓之橐橐”，那“咚咚咚”的夯土声，还有大力士们的号子声汇成一片。那是最令人热血沸腾的劳动赞美诗。正是因为大家的辛勤劳动，才有了这能抵抗风霜雪雨、野雀老鼠攻不破的万年宝盖！

多么辉煌的建筑啊，四角高翘的屋檐，像待发的弓箭，像舞动的锦鸡尾羽，像大鹏展翅欲飞，气势恢宏。请大家来参观吧。宽敞的庭院里种着奇花异草，香气扑鼻。一根根两人才能合抱得过来的朱红柱子笔直地立着，撑起纵横交错的房梁，撑起穹顶般的屋顶，撑起了一个令人心旷神怡的空间。大厅宽敞明亮，冬天能照得进阳光，秋夜能照得进月光。转过大厅，又是另一番景致，几缕阳光透过天窗投在天井，显得幽深而不幽暗。即使尘世有再多的烦恼，一入此境也烟消云散！

“秩秩斯干，幽幽南山。如竹苞矣，如松茂矣……”这就是我的家乡，一个世世代代安居乐业的世外桃源般的地方。

美酒飘香，歌声飞扬

小雅·楚茨（节选）

楚楚者茨，言抽其棘。自昔何为？我蓺黍稷。我黍与与，我稷翼翼。我仓既盈，我庾维亿。以为酒食，以享以祀，以妥以侑（yòu），以介景福。

济济跄跄，絜（jié）尔牛羊，以往烝尝。或剥或亨，或肆或将。祝祭于祊（bēng），祀事孔明。先祖是皇，神保是飨。孝孙有庆，报以介福，万寿无疆！

执爨（cuàn）踖（jí）踖，为俎（zǔ）孔硕，或燔（fán）或炙。君妇莫莫，为豆孔庶，为宾为客。献酬交错，礼仪卒度，笑语卒获。神保是格，报以介福，万寿攸酢（zuò）。

乐具入奏，以绥后禄。尔肴既将，莫怨具庆。既醉既饱，小大稽首。神嗜饮食，使君寿考。孔惠孔时，维其尽之。子子孙孙，勿替引之。

【微指导】

1. 诗歌大意

《小雅·楚茨》是一首祭祖祀神的乐歌。诗人从祭前的准备一直写到祭后的宴乐，全面展现了先民祭后家族欢聚宴饮的融洽欢欣的场面。

2. 诗境想象

（1）我蓺黍稷。

先民们在自己开垦的土地上种庄稼，有着怎样的心情？有着怎样的憧憬？

（2）济济跄跄。

人们宰牛杀羊，那是一个怎样的场面？把祭品供奉在祖先的牌位前时，人们在心里会说些什么话？脸上会有什么样的表情？

（3）笑语卒获。

谁在笑？为什么笑？说了什么话？

3. 身临其境

假如你当时也在这隆重的宴会上，会看到什么？听到什么？你的心情激动吗？

【新拓展】

游山西村

［宋］陆　游

莫笑农家腊酒浑，丰年留客足鸡豚。
山重水复疑无路，柳暗花明又一村。
箫鼓追随春社近，衣冠简朴古风存。
从今若许闲乘月，拄杖无时夜叩门。

【下水文】

美酒飘香，歌声飞扬

披荆斩棘，开荒挖渠，我们拥有了属于自己的万顷良田。

一年之计在于春，我们种下高粱，种下小米，也种下了一年的希望与梦想。夏天，我们顶着烈日辛勤地耕耘着，呵护着禾苗们茁壮成长。“我黍与与，我稷翼翼。”一望无际的庄稼地，郁郁葱葱，生机勃勃，丰收在望啊！

果然，金色的秋天来临，庄稼没有辜负我们的汗水浇灌，我们丰收啦！“我仓既盈，我庾维亿。”黄澄澄的小米堆满了粮仓，红彤彤的高粱也盛满了粮仓。屋里的粮仓装不下了，田野里建起了不计其数的露天粮囤，乡亲们无不欢欣鼓舞。我们终于有了多余的粮食酿美酒，酿出美酒敬天、敬神、敬祖先！

“我们要大聚餐啦！”孩子们兴高采烈地奔走相告。“济济跄跄，絜尔牛羊，以往烝尝。”大人们忙得不亦乐乎，这边在宰牛，那边在杀羊。“祝祭于祊，祀事孔明。”把牛羊恭恭敬敬地供奉在祖先的灵位前，请列祖列宗分享孝子贤孙们的丰收果实。

再看看厨房吧。“执爨踖踖，为俎孔硕，或燔或炙。”烧火做饭的人一点儿也不敢怠慢，麻利地忙碌着，火烧得旺旺的，饭蒸得香香的。掌勺的厨师们展开了一场厨艺大比拼：张师傅的烤全羊金黄油亮，李师傅的烤乳猪皮脆肉嫩，而黄师傅的卤牛肉同样色香味俱全……妇女们有的洗碗，有的端盘，有的盛菜，大家都忙前忙后。

盛宴开场啦！鼓乐齐鸣，欢迎远方的客人入席，宾主欢聚一堂。“献酬交错，礼仪卒度，笑语卒获。”多么隆重的庆丰年聚餐啊，主人斟酒：“有朋自远方来，不亦乐乎？”嘉宾举杯：“愿上苍保佑，孝孙有庆，报以介福，万寿无疆！”大家推杯换盏，觥筹交错，宴会热闹非凡。宾主都彬彬有礼，无拘无束，宴会上笑语喧哗，其乐融融……

天下没有不散的宴席。“乐具入奏，以绥后禄。尔肴既将，莫怨具庆。”音乐再次响起，大家离席告别。酒足饭饱的人们满面笑容，男女老少叩头祝福，都说神灵分享了这么丰盛的宴会，一定会祝愿我们子子孙孙福寿延绵，永葆丰年！

春风依旧，山河不再

王风·黍离

彼黍离离，彼稷之苗。行迈靡靡，中心摇摇。知我者谓我心忧，不知我者谓我何求。悠悠苍天，此何人哉！

彼黍离离，彼稷之穗。行迈靡靡，中心如醉。知我者谓我心忧，不知我者谓我何求。悠悠苍天，此何人哉！

彼黍离离，彼稷之实。行迈靡靡，中心如噎。知我者谓我心忧，不知我者谓我何求。悠悠苍天，此何人哉！

【微指导】

1. 诗歌大意

《王风·黍离》是一首怀念故国的诗。诗人回到西周都城镐京，见到昔日都城变成一片稷黍茂盛的田野，不禁悲从中来，涕泪满衫。

2. 诗境想象

（1）彼黍离离，彼稷之苗。

春天，一望无际的田野，你会看到一番怎样的景象？

（2）行迈靡靡。

行走在通往昔日国都镐京的大道上，诗人有什么表情？心中想起了什么？

（3）彼黍离离，彼稷之实。

这是什么季节？田野里是一番怎样的景象？

3. 身临其境

如果你也在诗中所描绘的地方，会向那位思念故国的诗人投去怎样的目光？

【新拓展】

乌衣巷

［唐］刘禹锡

朱雀桥边野草花，乌衣巷口夕阳斜。
旧时王谢堂前燕，飞入寻常百姓家。

【下水文】

春风依旧，山河不再

春天如约而至，草木复苏，燕子飞回来了。可是青春能恢复吗？失去的家园能恢复吗？毁灭的王国能恢复吗？

通往废都镐京的荒凉的官道上出现了一个孤独的身影，那是一个消瘦的老者，那双饱经风霜的眼睛写满沧桑的故事，虽然衣裳破旧，但难掩其人情练达。老者踽踽独行，显得心事重重。

“彼黍离离，彼稷之苗。”官道两边是一望无际的农田，那片地里种的是小米，这片地里种的是高粱，秧苗已经返青，绿油油的一片。柔嫩的小苗儿在春风中轻轻地摇摆着，仿佛一群绿色的精灵在舞蹈。“啊，这本应该是我的家国啊！”老者仿佛又回到了曾经的岁月。他一身戎装，驾着战车，率领一支胜利回师的队伍雄赳赳、气昂昂地走在繁华的京都大街上。大街上商铺林立，男女老少挥舞着手臂欢迎王师凯旋。周王从巍峨的宫殿上走下来，热情洋溢地为每一位将军、每一位有军功的士兵颁发勋章……可是，那雄伟的宫殿呢？那繁华的大街呢？怎么就变成了“彼黍离离，彼稷之苗”啊？老者怅望天空，不由得喃喃自语：“悠悠苍天，此何人哉！”这是谁人之过啊！

夏日，废墟上茂盛的庄稼青翠欲滴。

这边高粱抽穗了，那边黍米扬花了，千万只蝴蝶、千万只蜻蜓在田野里飞舞。老者行走在这一碧万顷的庄稼地里，心中的惆怅与日俱增，“行迈靡靡，中心如醉。”我大周王国的繁华大街怎么变成了黍稷离离的田野？那一幕不堪回首，令人断肠！那天皓月当空，长城上烽火连天，各路诸侯千里勤王，却被告知这只是一个玩笑。美人轻轻一笑，而勤王的诸侯心凉了，糊涂的幽王却乐了，我大周江山摇摇欲坠！眼望着大厦将倾，江河日下，大臣们忧心如焚……

“知我者谓我心忧，不知我者谓我何求。”老者仰天长叹，悠悠苍天啊，谁能力挽狂澜？

秋风萧瑟，北雁南归。

废墟上的庄稼丰收啦！高粱涨红了脸，稻子笑弯了腰。在这丰收的田野上，老者茕茕独立，心如刀绞。啊，我大周的江山呢？大仁大德的文王缔造的江山，大智大勇的武王打下的江山，大公无私的周公建设的万里河山啊，怎么变成了一片废墟！那天，烽火连天，可是没有一个诸侯前来勤王。犬戎十万精兵来袭，镐京势如溃堤，生灵涂炭，无辜的百姓流离失所，可怜的幽王死于乱军之中，昔日十里豪奢、歌舞升平的镐京城灰飞烟灭！

“呱呱——”一声声寒鸦的啼叫搅乱了老者的思绪。

“知我者谓我心忧，不知我者谓我何求。”老者悲痛欲绝，潸然泪下。他不禁又一次诘问长天："悠悠苍天，此何人哉！"

"彼黍离离，彼稷之实。"而毁灭了的王国呢？美丽的都市呢？

小园香径听鹤鸣

小雅·鹤鸣

鹤鸣于九皋，声闻于野。鱼潜在渊，或在于渚。乐彼之园，爰有树檀，其下维萚（tuò）。它山之石，可以为错。

鹤鸣于九皋，声闻于天。鱼在于渚，或潜在渊。乐彼之园，爰有树檀，其下维榖。它山之石，可以攻玉。

【微指导】

1. 诗歌大意

《小雅·鹤鸣》是一首即景抒情小诗。沼泽里鹤鸣声声，鱼儿潜藏在深渊，有的游到小洲边，旁边有一座幽静的园林，长着高大的檀树，落叶满地。园林近旁，有一座怪石嶙峋的小山峰。诗人从听觉写到视觉，进而写到心中所感所思，描绘了一幅漫游荒野图。

2. 诗境想象

（1）鹤鸣于九皋。

这是在什么地方？有什么景色？

（2）鱼潜在渊，或在于渚。

鱼儿怎样快乐地悠游？

（3）乐彼之园。

幽静的小园里有哪些景物？

3. 身临其境

当你置身在这有水、有树、有山的小园中，会有怎样的心情？

【新拓展】

秋　词

［唐］刘禹锡

自古逢秋悲寂寥，我言秋日胜春朝。
晴空一鹤排云上，便引诗情到碧霄。

【下水文】

小园香径听鹤鸣

秋日，广袤的荒野，长满了芦苇。

芦花开了，“蒹葭苍苍，白露为霜”，一片白茫茫，如梦幻一般。秋阳灿灿地照着，每一丝风都被融化在阳光里，每一茎芦苇都垂着蓬松的头颅。都说愿做一根会思考的芦苇，这大片的芦苇呀，都在思考什么？眼前的景致仿佛是一张拍摄于三千年前的黑白照片。幸好还有一方方大大小小的水塘，掩映在白茫茫的芦花丛中，一泓如镜子般的碧水映着蓝的天、白的云。

“鹤鸣于九皋”，忽然，一声鹤鸣如长剑出鞘，“声闻于野”！一只丹顶鹤从水塘边的芦花丛里腾空而起，像一道闪电，划向天际，消失在云霄之上。

黑白照片活动起来了，那一声鹤鸣仿佛是对苍苍蒹葭的一声号令。遍野的芦苇摇曳起来了，芦花漫天飞扬。水里的鱼儿也不知从什么地方钻了出来，纷纷跃出水面，抢接飘落的芦花，相互追逐着、嬉戏着，溅起了一池晶莹的水花。“鱼潜在渊，或在于渚”，鱼儿们许是闹够了，潜入深深的水中，水面上风平浪静，只有蒹葭婀娜的倒影。

在这苍茫的荒野边居然还有一座神秘的园林，园门并不气派，亭台楼阁也并不雅致，也没有名花异草的装扮，枯黄的落叶铺满了小径、门庭。园内静悄悄的，只有偶尔几片悄然滑落的黄叶，似乎诉说着一个个美丽的故事。一株株高耸入云的檀树悄然挺立。“乐彼之园，爰有树檀”，秋风中檀树们抖落了浓郁的细枝繁叶，裸露出坚实的树干树枝，昭示着它们的刚毅与健美。这就是树之骄子吗？它们虽沉稳不语，却默默地飘散着幽幽檀香……

檀木林立的园林旁，紧依着一座遍布奇石的小山。仁者乐山，这每一块奇石都是有生命的呀，虽然置身于荒山野岭，但“它山之石，可以为错”“它山之石，可以攻玉”。人们为什么任之沉睡？这漫山遍野的山石呀，正静静地等待着人们发现它的价值，用之磨砺宝剑、雕琢玉器……

“鹤鸣于九皋”，这声声鹤鸣呀，人们听懂它的心曲了吗？

金针银线绣缁衣

郑风·缁衣

缁衣之宜兮，敝，予又改为兮。适子之馆兮，还，予授子之粲兮。
缁衣之好兮，敝，予又改造兮。适子之馆兮，还，予授子之粲兮。
缁衣之蓆兮，敝，予又改作兮。适子之馆兮，还，予授子之粲兮。

【微指导】

1. 诗歌大意

《郑风·缁衣》是一首表现夫妻之情的诗。妻子端详着丈夫穿着黑色的衣服上班，脸上尽是幸福。她发现衣服旧了、破了，便赶紧张罗着为丈夫做一件新衣。

2. 诗境想象

（1）缁衣之宜兮。

妻子是怎样端详丈夫身上的衣服的？有什么表情？

（2）予又改为兮。

妻子是怎样为丈夫缝补衣服的？

（3）予授子之粲兮。

丈夫穿着妻子做的新衣服，心里会怎样想？

3. 身临其境

请你评价一下，诗中的女主人公有哪些好品质？

【新拓展】

我　家

流沙河

荒园有谁来！
点点斑斑，小路起青苔。
金风派遣落叶，
飘到窗前，纷纷如催债。
失学的娇女牧鹅归，
苦命的乖儿摘野菜。
檐下坐贤妻，
一针针为我补破鞋。
秋花红艳无心赏，
贫贱夫妻百事哀。

【下水文】

金针银线绣缁衣

都说“慈母手中线，游子身上衣”，丈夫身上衣，又何尝不是妻子手中线呢？

端详自己缝制的衣裳穿在丈夫身上，合身、合体、舒适，那是妻子最快乐的事。那一幕也是家庭最温馨的风景。

七月流火，霜风渐紧。

一个梧桐叶飘黄的秋晨，妻子把一件黑色秋装披在丈夫身上。“缁衣之宜兮”，贤淑的妻子拉拉他的衣袖，提提他的衣领，细细地打量着，悄声问道：“这衣服合身吗?”望着温柔体贴的妻子，打量着自己身上还留着妻子余温的衣服，一股暖流涌进丈夫的心田。他觉得妻子是天下最美丽的女人，妻子的微笑是最温暖的阳光。

“天哪，袖子磨破了，怎能穿着去上班呀?”妻子微微皱了皱眉，充满愧意地说，“今天先凑合一下，下班回来我一定给你做一件新秋装。”

“适子之馆兮，还，予授子之粲兮。”黄昏，丈夫回家了，美丽的妻子变戏法似的拿出了一件新秋装。

冬日天寒，雨雪霏霏。

清晨，妻子把一件黑色棉衣披在丈夫身上。“缁衣之好兮”，妻子抬起头，用温情的目光注视着丈夫，询问道：“这棉衣还暖和吗?”丈夫微笑着点点头。“敝，予又改造兮。”可是细心的妻子发现旧棉衣不再柔软了。她咬咬牙，一定要给丈夫做一件新棉衣，尽管家里不富裕，但丈夫是家里的山，是她的命，再苦再穷也不能让他受寒受冻。

“适子之馆兮，还，予授子之粲兮。”黄昏，丈夫回到家，心灵手巧的妻子拿出了一件蓬松松、软绵绵、暖融融的新棉衣。

春日载阳，有鸣仓庚。

鸟语花香的清晨，美丽的妻子将一件半新不旧的黑色春衫穿在丈夫的身上。“缁衣之席兮”，妻子投来征询的目光：“这衣服穿得还舒适吗?”

丈夫含笑着点点头。贫贱夫妻百事哀，一个下层小吏，靠着微薄的俸禄维持一家老小的生活，凭着妻子的精打细算、勤俭持家，才使得儿女没饿着、老人没冻着，丈夫能不满心欢喜吗?

可是，细心的妻子发现春衫款式已老旧，丈夫也是出入王府的人啊，应该有一身体面的衣裳。“敝，予又改作兮。”“我为你做件新衣服，让你风风光光去上班。”贤惠的妻子说干就干，又是裁衣，又是缝制，又是熨烫，忙得不亦乐乎。

“适子之馆兮，还，予授子之粲兮。”一件崭新、轻盈的新式春衫出现在丈夫的面前……

歌赞隐者

卫风·考槃

考槃在涧，硕人之宽。独寐寤言，永矢弗谖（xuān）。
考槃在阿，硕人之薖（kē）。独寐寤歌，永矢弗过。
考槃在陆，硕人之轴。独寐寤宿，永矢弗告。

【微指导】

1. 诗歌大意

《卫风·考槃》是中国古代最早表现隐逸生活的诗篇，是中国隐逸文学的滥觞。诗歌描写了一位在山涧结庐独居的隐士自得其乐的意趣，真切地道出了隐居生活的快乐。

2. 诗境想象

（1）考槃在涧。

隐者隐居的地方有着什么样的景色？

（2）独寐寤歌。

隐者是怎样自得其乐的？

（3）永矢弗告。

隐者有什么乐趣不告诉世人？

3. 身临其境

如果诗中的隐者就是我们生活中的人，你有什么话对他说？

【新拓展】

山中问答

［唐］李　白

问余何意栖碧山，笑而不答心自闲。
桃花流水窅然去，别有天地非人间。

【下水文】

歌赞隐者

隐者在哪里？

“考槃在涧”，潺潺的溪涧，有一栋简陋的小木屋，那就是隐者的家。好幽静的住处呀！屋后古木蔽荫，绿竹依依，鸟语声声；门前泉水叮咚，鲜花盛开。

那就是隐者吧？“硕人之宽”，他身材魁伟，相貌堂堂，风流倜傥，好一个俊美男子的形象。他身居幽远的山林，日出而作，日落而息，过着自由自在的生活。然而他的视野并不蔽塞，他心胸宽广，身在深山，志在天涯。秋风明月的夜晚，隐者时常在木屋前架起一张古琴，净手焚香，然后正襟危坐，手指轻抚琴弦，琴声倾泻而出：巍巍乎志在高山，洋洋乎志在流水……

隐者弹到情深处，全身颤动着，昂首问月，飞快地挥舞着双臂。月光中琴声像飞珠溅玉般跳跃而出，落入清冽的溪涧，又泛起粼粼的月色……

隐者在哪里？

“考槃在阿”，白云缭绕的山坡上，花木掩映的小木楼，那就是隐者的家吧？隐者一袭葛衣布裳，脚蹬草鞋，披头散发，一副不修边幅的样子。他容光焕发，目光炯炯，颇有仙风道骨的气质。他虽隐居山中，却并不寂寞，这里四季有鲜花，每天有明月，时时有鸟语。他一把山锄，一个竹篓，种草采药悬壶济世，悠然自得。

晨雾弥漫的春晨，隐者身着白袍，于千年古松下舞动龙泉宝剑。隐者宝剑出鞘，独舞独歌：“抚剑兮吟啸，雄心兮千里。”剑舞寒光闪闪，如白龙在云雾中腾跃、飞翔，惊天地，泣鬼神……

隐者在哪里？

“考槃在陆”，幽远的海岛，简朴的小木屋，那就是隐者的家。虽远离繁华，人迹罕至，不免有点儿荒凉，但子云：“君子居之，何陋之有？”隐者面朝大海，放声高歌，浪涛卷起千堆银雪，拍击着岸边悬崖，为之唱和。他驾一叶扁舟，迎着初升的红日乘风破浪而去，身后泛起万千雪涛银浪，簇拥着万千金鸥银鹭……

在海天交接处，隐隐传来隐者引吭高歌：“独寐寤言，永矢弗谖。独寐寤歌，永矢弗过。独寐寤宿，永矢弗告……”

平淡的生活最美丽

郑风·女曰鸡鸣

女曰：“鸡鸣。”士曰：“昧旦。”“子兴视夜，明星有烂。将翱将翔，弋凫与雁。”

“弋言加之，与子宜之。宜言饮酒，与子偕老。琴瑟在御，莫不静好。”

“知子之来之，杂佩以赠之。知子之顺之，杂佩以问之。知子之好之，杂佩以报之。”

【微指导】

1. 诗歌大意

《郑风·女曰鸡鸣》是一首极富情趣的对话体诗。全诗通过鸡鸣晨催、女子祈愿和男子赠佩三个情意融融的特写镜头，赞美青年夫妇和睦的生活、诚笃的感情和美好的心愿。

2. 诗境想象

（1）女曰："鸡鸣。"士曰："昧旦。"

这是什么时间？夫妻是怎么对话的？

（2）弋言加之，与子宜之。

妻子对生活有什么祈盼？

（3）杂佩以赠之。

丈夫为什么赠美玉给妻子？

3. 身临其境

请评价一下这是一对怎样的夫妻。

【新拓展】

面朝大海，春暖花开

海　子

从明天起，做一个幸福的人
喂马，劈柴，周游世界
从明天起，关心粮食和蔬菜
我有一所房子，面朝大海，春暖花开

从明天起，和每一个亲人通信
告诉他们我的幸福
那幸福的闪电告诉我的
我将告诉每一个人

给每一条河每一座山取一个温暖的名字
陌生人，我也为你祝福
愿你有一个灿烂的前程
愿你有情人终成眷属
愿你在尘世获得幸福
我只愿面朝大海，春暖花开

【下水文】

平淡的生活最美丽

东方欲晓。

古老的乡村沐浴在晨光熹微中，一声声鸡鸣啼醒了一个个香甜的梦。

一间低矮而温馨的茅屋。美丽的妻子轻轻推了推酣睡中的丈夫，柔声细语："鸡叫了，快醒醒吧！"

"天还没亮哩。"男子翻了一个身，嘟囔了一句，又睡着了。

"快起床吧，你不是与邻居季敬约好今天去打猎吗？天亮了，不信起来看看，启明星早就亮在东方了！"妻子摇醒了丈夫……

天果真亮了，到处鸟语声声。

这么早就让丈夫开始一天的劳作，妻子的目光中流露出几分不舍与愧疚。目送着丈夫一身猎装，背着弓箭，腰间挎着大刀迈出家门，她双手合十，默默地祈愿：一愿你箭无虚发，箭箭射中野鸭或大雁；二愿你今天平安回来，满载而归，我将捧出好酒好菜招待你，令君痛饮一番，慰藉你的辛劳；三愿我们生活美满，在皎洁的月光下，你鼓瑟来我弹琴，我们琴瑟和鸣，白头偕老……

带着妻子深深的祝福，男子魁梧的背影渐渐地融入灿烂的朝阳里。

……

夕阳西下。

丈夫大获而归，手上拎的、肩上背的，尽是大大小小、花花绿绿的猎物。他脸上洋溢着丰收的喜悦。

月光如水。

丈夫酒足饭饱，神采奕奕。感谢妻子的贤惠与善良、温柔与能干，英俊的丈夫像变戏法似的捧出了一块珍贵的佩玉，送给心爱的妻子。他趁着几分酒意，对妻子兴奋地唱起来："感谢你的殷勤持家，赠你美玉表达我的爱；感谢你的温柔体贴，赠你美玉表达我的爱；感谢你的真情爱恋，赠你美玉表达我的爱……"

丈夫唱醉了晚风，唱醉了月色。

妻子幸福得热泪盈眶……

等待，只为了平平淡淡

小雅·采绿

终朝采绿，不盈一匊（jū）。予发曲局，薄言归沐。

终朝采蓝，不盈一襜（chān）。五日为期，六日不詹。

之子于狩，言韔（chàng）其弓。之子于钓，言纶之绳。
其钓维何，维鲂（fáng）及鱮（xù）。维鲂及鱮，薄言观者。

【微指导】

1. 诗歌大意

《小雅·采绿》描写了一位妇女盼望丈夫归来的心境。她无心采绿，一心等待丈夫回家，憧憬着丈夫回家后平平淡淡的美好生活。

2. 诗境想象

（1）终朝采绿，不盈一匊。

女子采了一个上午的荩草，为什么没采到一捧？她眼望何方？心里想着什么？

（2）之子于狩，言韔其弓。之子于钓，言纶之绳。

女子怎样憧憬着丈夫回家后平平淡淡的美好生活？

3. 身临其境

请你评价一下诗中女主人公的性情特点。

【新拓展】

来生，我依旧等你

余秋雨

炊烟起了，我在门口等你。
夕阳下了，我在山边等你。
叶子黄了，我在树下等你。
月儿弯了，我在十五等你。
细雨来了，我在伞下等你。
流水冻了，我在河畔等你。
生命累了，我在天堂等你。
若我老了，我在来生等你。

【下水文】

等待，只为了平平淡淡

天高云淡，大雁南回。

广袤的原野，树结果了，草结籽了。一群穿得花花绿绿的大嫂、姑娘背着竹篓，在采摘草籽。这高扬的荩草，可制成黄色的染料；这火焰般燃烧的是蓼蓝，是提取紫色与蓝色的原料。她们采呀摘呀捋呀，也叫呀吵呀笑呀，原野里尽是她们宛如麻雀般的吵嚷声和欢笑声。

"终朝采绿，不盈一匊。"一个美丽的少妇，打扮得格外漂亮，一头青丝梳理成一个高高的发髻，好看极了。可是她无心采绿，夕阳西下，她竹篓里的草籽还粒粒可数，累积起来不到一捧哩。她心不在焉，不时抬头朝官道遥望，好像在等待什么人。

是的，几天前村长传话说她远征的夫君就要回来了。她喜出望外，每天打扮得漂漂亮亮，等待与他久别重聚的一刻。炊烟起了，少妇在门口等；夕阳下了，少妇在山边等；今天来采绿，她在草地里等。她的心已不知飞越几重山水，飞到了征人的身边。

"予发曲局，薄言归沐。"忽然，她的发髻被一条青藤勾住了，四散开来，蓬松弯曲，难看死了。夫君随时都可能出现在大路边，少妇好焦急。她连忙向家跑去，她要重新把自己打理一番，以最漂亮的面貌投入夫君的怀抱……

……

"终朝采蓝，不盈一襜。"又是一个黄昏，少妇采的草籽依然寥寥无几，累积起来还装不满一个上衣口袋哩。"五日为期，六日不詹。"村长说夫君五天就回来了，可是今天已是第六天了呀，为什么还不见他的踪影？她焦急万分，无心再采绿、采蓝了，一日不见，如隔三秋！少妇翘首望向远方，任凭思念、渴望、憧憬漫无边际地飘散……

"之子于狩，言韔其弓。之子于钓，言纶之绳。"亲爱的，快回到我身边吧，我不要你高官厚禄，不要你富贵荣华，我只要平平淡淡的生活。以后你要狩猎，我就为你套好弓；你要钓鱼，我就为你理好丝绳……啊，我好喜欢你钓鱼呀，钓来满篓满筐的鱼儿，活蹦乱跳。这鳊鱼，这鲢鱼，肉美、味鲜，哪一条不是我的最爱……

歌赞丰年

周颂·臣工

嗟嗟臣工，敬尔在公。王釐尔成，来咨来茹。嗟嗟保介，维莫（mù）之春，亦又何求？如何新畬（yú）？於（wū）皇来牟，将受厥明。明昭上帝，迄用康年。命我众人，庤（zhì）乃钱（jiǎn）镈（bó），奄观铚（zhì）艾（yì）。

【微指导】

1. 诗歌大意

《周颂·臣工》记叙了暮春时节周王视察农业的事。周王训勉群臣勤恳工作，感谢上天赐予丰收，号召老百姓挥镰收割麦子。

2. 诗境想象

（1）嗟嗟臣工，敬尔在公。

周王在对哪些人说话？说话时的表情怎样？

（2）於皇来牟，将受厥明。

暮春时节，麦子成熟了，麦田里是一番怎样的景象？

（3）奄观铚艾。

周王亲临视察时，农民是怎样挥镰收割麦子的？

3. 身临其境

假如你是收割麦子的一个农民，看见周王来视察，心情会怎样？

【新拓展】

割　麦

鲁　行

掉进麦海
割麦人也成了一颗
麦粒儿

一头儿拴紧“吃杯茶”叫醒的黎明
另一端系牢热风吹圆的落日
麦垄　欲望似的总也割不到尽头

为了提高工效　割麦人
只能把自己也弯成
一把镰刀

注：“吃杯茶”是一种候鸟。

【下水文】

我们收麦子啦

“嗟嗟臣工，敬尔在公。”我亲爱的大臣们，感谢你们为了天下百姓、为了伟大的大周王朝，克己奉公，兢兢业业，任劳任怨地工作，换来了大周江山永固，人民安康幸福。你们学富五车，是王朝的智库，请充分发挥你们的聪明才智吧。为了国家的兴盛，我们颁布了诸多政策、法规，请你们务必认真审阅，提出宝贵的意见。我们虚心接受你们的真知灼见。广开言路、百花争鸣是我们大周治国的优良传统。

凡事预则立，不预则废。农业是大周的立国之本，我们有古老的土地，也有新开垦的田亩。我的田官们，请你们指导老百姓科学种田，对新旧农田进行轮换种植，确保庄稼永葆丰收。

暮春是一年中最美丽的季节，草长莺飞，生机勃勃。感谢上天对我们大周的眷顾，赐予我们又一个丰收之年。千里沃野，一片金黄。这何止是麦田呀，这是金黄的海洋，翻滚着千层波浪。

我大周的子民们，一分耕耘，一分收获。“明昭上帝，迄用康年”，你们的勇敢、辛劳感动了上苍，所以上天保佑我们风调雨顺、国泰民安。

“庤乃钱镈，奄观铚艾。”来吧，亲爱的子民们，暂时收藏起锄头和铁锹，把镰刀打磨锋利，准备收割麦子吧。来吧，亲爱的子民们，大好晴天，你们赶快挥镰收割吧。我一定率领百官走进这金色的土地，与大家一起体验劳动的快乐，分享丰收的喜悦。

旷野崛起一座新城

鄘风·定之方中

定之方中，作于楚宫。揆（kuí）之以日，作于楚室。树之榛栗，椅桐梓漆，爰伐琴瑟。

升彼虚矣，以望楚矣。望楚与堂，景山与京。降观于桑，卜云其吉，终焉允臧。

灵雨既零，命彼倌人。星言夙驾，说（shuì）于桑田。匪直也人，秉心塞渊，騋（lái）牝（pìn）三千。

【微指导】

1. 诗歌大意

《鄘风·定之方中》是一首讴歌先民重建楚国、建国兴邦的赞歌。诗歌刻画了一个勤于政事、深谋远虑的君主形象，在其统治下楚国日臻富强。

2. 诗境想象

（1）树之榛栗，椅桐梓漆。

老百姓重建家园有着一番怎样的情景？

（2）升彼虚矣，以望楚矣。

人们登上荒废的旧城池，遥望新的楚国，看到了什么？

（3）星言夙驾，说于桑田。

大清早君主来到哪里视察？他看到了什么？

3. 身临其境

假如你是一名老百姓，看到君主亲临乡村田野关心人民，你会有怎样的想法？

【新拓展】

卫文公大布之衣，大帛之冠，务材训农，通商惠工，敬教劝学，授方任能。元年革车三十乘，季年乃三百乘。

（节选自《左传·闵公二年》）

【下水文】

旷野崛起一座新城

“定之方中，作于楚宫。”黄道吉日，吉星高照。

卫文公受任于亡国之时，奉命于危难之间。为了复兴卫国，他在楚丘主持了简单而隆重的新城奠基仪式。

十里楚丘，建城工地上热火朝天，旌旗飘扬，劳动的号子响彻云霄。男人们挖土筑墙，挥汗如雨；妇女、孩子们送水送饭，不亦乐乎。劫后余生的卫国人民，有钱出钱，有力出力，同心协力，只为了早日建起新城。

……

辽阔的楚丘上矗立起一座新城。卫侯的宫殿巍峨壮观，老百姓的民居简洁而古朴，一座挨着一座，鳞次栉比。“树之榛栗，椅桐梓漆。”多么美丽的家园呀，屋门前种着高大挺拔的梓树、栗树，门前垂柳依依，漆树亭亭玉立。屋旁种着梧桐树，希望引来凤凰筑巢歌唱。一条清澈见底的河流绕城而过，那是卫国的母亲河，滋养着千家万户。流离失所的卫国人民结束了流浪的岁月，回到了卫文公为他们修建的新家，过上了安居乐业的生活。

“升彼虚矣，以望楚矣。”一个阳光明媚的日子，人们登上高高的山峦，眺望自己的家园。多么美丽的新城呀，北倚高山，东西皆是蜿蜒的山脉，南面是千里沃野，稻菽稷黍长势正好，绿油油的一片。真心感谢我们伟大的卫文公，他高瞻远瞩，历尽千辛万苦，亲自选择了这块风水宝地，奠定了卫国的万年基业；他亲自领导我们建设这宜居的家园，绿树掩映下的各家各户，夫妻琴瑟和鸣，老少和睦相处。

昨夜细雨如丝。“好雨知时节”，今早刚雨过天晴，卫文公就驾车赶往桑田，亲自指导农人种桑、种茶，点豆、种瓜……

多么勤劳的卫文公呀！正是因为他正直无私，心系国民，才有了卫国田野上庄稼绿浪万顷，山坡上骏马如云……

今朝有酒今朝醉

小雅·頍弁

有頍（kuǐ）者弁（biàn），实维伊何？尔酒既旨，尔肴既嘉。岂伊异人，兄弟匪他。茑与女萝，施（yì）于松柏。未见君子，忧心奕奕。既见君子，庶几说（yuè）怿（yì）。

有頍者弁，实维何期？尔酒既旨，尔肴既时。岂伊异人，兄弟具来。茑与女萝，施于松上。未见君子，忧心怲（bǐng）怲。既见君子，庶几有臧。

有頍者弁，实维在首。尔酒既旨，尔肴既阜。岂伊异人，兄弟甥舅。如彼雨雪，先集维霰（xiàn）。死丧无日，无几相见。乐酒今夕，君子维宴。

【微指导】

1. 诗歌大意

《小雅·頍弁》是一首沉湎于享乐生活的宴饮作乐之歌，以赴宴者的口气写成，不仅描写了宴席的丰盛、气氛的热烈，还弥漫着一种珍惜生活、及时行乐的情绪。

2. 诗境想象

（1）有頍者弁，实维伊何？

前来赴宴的是什么人？有着怎样的穿着打扮？

（2）尔酒既旨，尔肴既嘉。

宴席是怎样丰盛？

（3）既见君子，庶几说怿。

有朋自远方来，会说些什么话？

3. 身临其境

假如你也被邀请参加这盛大的宴会，你会怎样评价这个盛会？

【新拓展】

自　遣

［唐］罗　隐

得即高歌失即休，多愁多恨亦悠悠。

今朝有酒今朝醉，明日愁来明日愁。

【下水文】

今朝有酒今朝醉

冬日的夜晚，天气很冷，下着雪。

侯王的府第暖意融融，火盆已燃起。这里灯火通明，正在举行一场隆重的晚宴。嘉宾贵客纷至沓来，他们身着华贵的裘衣，戴着时尚的鹿皮礼帽，脸上洋溢着笑容。主人笑脸相迎。鞠躬、作揖，寒暄，王府里弥漫着喜庆、欢快的气息。

琴瑟和鸣，晚宴开场。

高朋满座，美酒飘香。好丰盛的宴席呀，尽是山珍海味、时鲜水果，有的甚至来自遥远的异域。餐桌上五彩缤纷，千姿百态，每一道菜皆有造型，皆有命名，什么“龙凤呈祥”，什么“金猴望月”，什么“三阳开泰”……宾客们在大饱口福之前，先大开了眼界。

尊贵的侯爷闪亮登场，大家不约而同肃立鼓掌致敬。好一个谦谦君子，侯爷伟岸壮硕，一袭红袍，头上也戴着时尚的鹿皮礼帽，笑容可掬。他的气质、他的风度，一下子征服了现场所有的宾客。

宴席上觥筹交错，大家推杯换盏，相互敬酒。

“茑与女萝，施于松柏。”一位中年男子高举酒杯来到侯爷面前，醉意微醺地说：“尊敬的侯爷，您是高耸入云的松柏，我是卑微的茑萝藤蔓，是攀着您的高枝才有了美满的生活。哪一天没有聆听您的教诲，我的心就忧愁不安，见到了您就像黑夜里迷路时望见北辰。”

“哪里，哪里。”侯爷笑容可掬，连声说，“别见外，别见外，这里没有外人，都是自家甥舅，请大家开怀畅饮！”

一个老者奉酒紧随而来，满心欢喜地奉承：“尊敬的侯爷呀，我们是大树底下好乘凉，大事小事没有您做主，我们会六神无主，心里发慌。我们就像那茑萝攀附松柏一样，紧紧围绕在您的身旁，见到您就像在沙漠里见到了绿洲，就像在寒冷中见到了太阳。”

“哈哈哈——”侯爷开怀大笑，乐呵呵地说，“过奖了，我们都是一家人，兄弟叔伯有事大家帮忙。”

……

屋外寒风呼啸，雪花飞舞；屋内鼓乐声声，美酒飘香。

一个歌者似一片五彩云霞飘进宴会厅，她载歌载舞：“如彼雨雪，先集维霰。死丧无日，无几相见。乐酒今夕，君子维宴……”

是呀，人生苦短，譬如这漫天飞雪，落地便悄然融解，化作水汽蒸腾。天底下没有不散的筵席，为什么不珍爱今夕、尽情欢乐呢？

遥远森林的邀约

小雅·伐木

伐木丁（zhēng）丁，鸟鸣嘤嘤。出自幽谷，迁于乔木。嘤其鸣矣，求其友声。相彼鸟矣，犹求友声。矧（shěn）伊人矣，不求友生。神之听之，终和且平。

伐木许（hǔ）许，酾（shī）酒有藇（xù）。既有肥羜（zhù），以速诸父。宁适不来，微我弗顾。於（wū）粲洒扫，陈馈八簋（guǐ）。既有肥牡，以速诸舅。宁适不来，微我有咎。

伐木于阪，酾酒有衍。笾豆有践，兄弟无远。民之失德，乾餱（hóu）以愆（qiān）。有酒湑（xǔ）我，无酒酤我。坎坎鼓我，蹲蹲舞我。迨我暇矣，饮此湑矣。

【微指导】

1. 诗歌大意

《小雅·伐木》是一首宴乐诗歌，歌唱真情友谊。诗人由伐木起兴，由鸟鸣及人，说到友情可贵，新朋旧友要互相关心。

2. 诗境想象

(1) 伐木丁丁，鸟鸣嘤嘤。

听到了什么声音？这是在什么地方？

(2) 於粲洒扫，陈馈八簋。

主人为迎接客人做了哪些准备？

(3) 坎坎鼓我，蹲蹲舞我。

亲友相聚是一个怎样的场面？

3. 身临其境

假如你是受邀的一位好友，参加在森林中举办的宴会时会有什么感想？

【新拓展】

山里的小诗

冯雪峰

鸟儿出山去的时候，
我以一片花瓣放在它嘴里，

告诉那住在谷口的女郎，
说山里的花已开了。

【下水文】

遥远森林的邀约

幽远的森林，山岚迷漫，水雾缭绕。

这是一个被世界遗忘的地方，一群伐木工人远离尘嚣，过着日出而作、日落而息的生活。在这古木参天的原始森林里，虽然寂寞，但与花草树木为伴，与飞禽走兽为邻，却也别有一番意趣。

春天是森林最美丽的季节，百花齐放，树木抽出了新枝，长出了新叶。积雪融化了，小溪淙淙地流着。

“伐木丁丁，鸟鸣嘤嘤。”伐木工人们又开始砍树了，叮叮当当的伐木声，是他们敲击出的美妙音符。一只鸟儿站在高高的枝头引吭高歌，一群鸟儿不知从什么地方蜂拥而来。这一群穿花衣的歌者欢唱着，从这株树飞到那株树，从这个山坡飞到那个山坡，玩得好快乐、好尽兴呀！鸟儿们呼朋引伴，不亦乐乎，勾起了伐木工人们对居住在山外家乡的亲朋好友的想念。这自由飞翔的鸟儿啊，请飞到我的家乡，邀请我的亲朋好友来欢聚好吗？告诉他们春天里的森林有着别样的美。

“啾啾啾——”那只花鹧鸪居然像通人性似的，扇动着翅膀朝远处飞去。

……

伐木声声响，鸟儿声声叫，向山外的亲朋好友发出了盛情的邀约。“於粲洒扫，陈馈八簋。”伐木工人们把草屋茅舍打扫得干干净净，忙着宰杀肥羊肥牛，准备了各种山珍美味。他们的真心诚意感动了每一株花草、每一缕春风。

精诚所至，金石为开。鸟儿们把伐木工人的真诚带到了山外……

有朋自远方来，不亦乐乎？在古木参天的森林里，在溪畔空旷的草地上，熊熊的篝火燃起来了，一场盛大的聚会隆重开场。大伯、小叔、兄弟姐妹们来了，阿舅、阿姨，阿姑、阿嫂们来了，大家兴高采烈。烤全羊浓香扑鼻，珍贵的山珍八大盘令人垂涎欲滴。

“来，干！”豪爽的伐木工人端起一大碗美酒，欢迎远道而来的亲朋好友。

“今宵一醉方休！”热心的客人回敬一杯。

“今朝有酒今朝醉，莫待无酒空对月！”朋友们举杯畅饮。

……

古老的森林四野静悄悄，沐浴着皎洁的月光。

“坎坎鼓我，蹲蹲舞我。”酒过三巡，点点鼓声响起，大家酒兴渐酣，情不自禁地翩然起舞！

不知谁敲起了木鼓，不知哪个淘气的孩子吹起了口哨。溶溶月色，悠悠晚风，潺潺溪流，还有热闹的猜拳声，间杂着一声声夜莺的啼叫，那是远古森林的华美乐章！

森林醉了，月儿醉了。

“有酒湑我，无酒酤我。”伐木工人与远道而来的亲朋好友酩酊大醉，不知今夕何夕！

问 天

大雅·云汉（节选）

倬彼云汉，昭回于天。王曰於（wū）乎！何辜今之人？天降丧乱，饥馑荐臻。靡神不举，靡爱斯牲。圭壁既卒，宁莫我听？

旱既大（tài）甚，蕴隆虫虫。不殄（tiǎn）禋祀，自郊徂宫。上下奠瘗（yì），靡神不宗。后稷不克，上帝不临。耗斁（dù）下土，宁丁我躬？

旱既大甚，则不可推。兢兢业业，如霆如雷。周余黎民，靡有孑遗。昊天上帝，则不我遗。胡不相畏，先祖于摧？

旱既大甚，则不可沮。赫赫炎炎，云我无所。大命近止，靡瞻靡顾。群公先正，则不我助。父母先祖，胡宁忍予？

旱既大甚，涤涤山川。旱魃（bá）为虐，如惔（tán）如焚。我心惮暑，忧心如熏。群公先正，则不我闻（wèn）。昊天上帝，宁俾（bǐ）我遯（dùn）？

瞻卬昊天，有嘒（huì）其星。大夫君子，昭假无赢。大命近止，无弃尔成。何求为我。以戾庶正。瞻卬昊天，曷惠其宁？

【微指导】

1. 诗歌大意

《大雅·云汉》是一首周宣王祈雨禳灾的祭天诗。诗歌描写了周宣王面对旷日持久的旱情造成的惨重损失的焦虑与哀伤，抒发了周宣王为旱灾而愁苦的心情，祈盼上天和列祖列宗消除旱灾，降福人间。

2. 诗境想象

（1）天降丧乱，饥馑荐臻。

旷日持久的旱灾给广大老百姓带来了怎样的悲惨生活？

（2）不殄禋祀，自郊徂宫。

人们是怎样祭祀上天和列祖列宗的？

（3）旱魃为虐，如惔如焚。

旱魔王是怎样肆无忌惮地横行大地的？人们的心情如何？

3. 身临其境

你如果生活在对旱灾束手无策的远古时代，会发出怎样的感叹？

【新拓展】

夏日叹

［唐］杜　甫

夏日出东北，陵天经中街。
朱光彻厚地，郁蒸何由开。
上苍久无雷，无乃号令乖。
雨降不濡物，良田起黄埃。
飞鸟苦热死，池鱼涸其泥。
万人尚流冗，举目唯蒿莱。
至今大河北，化作虎与豺。
浩荡想幽蓟，王师安在哉？
对食不能餐，我心殊未谐。
眇然贞观初，难与数子偕。

【下水文】

问　天

“倬彼云汉，昭回于天。”浩瀚的天空，星光灿烂。你是如此壮美，令人神往，可是你为什么又如此绝情，日日骄阳似火，总不见洒下半点甘霖。

天哪，我们什么时候得罪了你？这连年的灾荒、饥饿、病痛，为什么无休无止？天下的老百姓是无辜的，请你怜悯他们。万方有罪，罪在朕躬，你就惩罚我一个人吧！天哪，你为什么这么铁石心肠？我们向所有的神灵祷告，毫不吝啬我们的祭品，祭祀你的玉器都快用完了，可是你怎么就没听见我们的祈求呢？你是多么不尽职的天呀！压根儿就把下雨的事抛到了脑后！

凶暴狂猛的旱灾如洪水猛兽，无法推开，无法阻拦。我大周千里江山，却成了千里赤地，饿殍遍野。我们真诚地祭天祭祖，可旱灾为什么依然威胁着我们？仿佛每一天都生活在雷霆包围中，好恐怖、好可怕呀！你瞧见了吗？大周的黎民都快要死光了，渺渺苍天，你为什么熟视无睹？作为君王的我怎能不忧愁惶恐?

“旱既大甚,涤涤山川。”旱魔王纵横天地间,肆虐逞凶。每天都是赤日炎炎,山秃了,河流干涸了,天地间就像一个偌大的蒸笼,到处热浪滚滚。我们无处躲避,我们“忧心如熏”,难道只有死路一条?在天的父母之灵呀,为何忍心看我们受煎熬?在天的王公大臣之灵呀,为什么不好言劝劝天?渺渺苍天呀,为什么任由我们悲痛呼号?我们何处求生?

“瞻卬昊天,有嘒其星。”满天星辰,美丽无比。亲爱的子民们,周朝已到了生死存亡的危难时刻,我们不要放弃,我相信,精诚所至,金石为开,我们继续真诚地祈祷,一定会感动上苍的。

“瞻卬昊天,曷惠其宁?”仰望苍天默默祈祷,高高在上的天啊,何时才能赐予我们安宁?

花开堪折直须折

秦风·车邻

有车邻邻,有马白颠。未见君子,寺人之令。
阪有漆,隰有栗。既见君子,并坐鼓瑟。今者不乐,逝者其耋(dié)。
阪有桑,隰有杨。既见君子,并坐鼓簧。今者不乐,逝者其亡。

【微指导】

1. 诗歌大意

《秦风·车邻》是一首迎接宾客、与宾客欢度良宵的祝酒词。诗歌劝告人们珍惜时间,过好每一天,莫等闲,白了少年头。

2. 诗境想象

(1)有车邻邻,有马白颠。

这是什么季节?驾车的人去往哪里?怎样兴高采烈?

(2)并坐鼓瑟。

宾主亲密无间,他们并坐说了什么话?又是什么人在鼓瑟吹笙?

(3)今者不乐。

主人有可能是怎样招待客人的?

3. 身临其境

假如你置身其中,受到朋友的盛情款待,你会作何感想?

【新拓展】

金缕衣

［唐］无名氏

劝君莫惜金缕衣，劝君惜取少年时。
花开堪折直须折，莫待无花空折枝。

【下水文】

花开堪折直须折

最是人间四月天。

平坦的官道上，两匹宝马，一辆香车，悠然前行。车上是一位身披黑袍的中年绅士，他魁梧英俊，风流倜傥。今天，他应邀与一位地位显赫的朋友会面，心里甭提有多高兴了。路边草长莺飞，万紫千红，绅士神采飞扬，一会儿吹口哨，一会儿哼山歌，不时挥动长长的马鞭轻点马背，一声轻喝，马儿又加快了步伐。

“有车邻邻，有马白颠。”春阳送暖，和风轻拂，马蹄声碎，撒下一串清脆的马铃。绅士快活的心儿恨不得飞到朋友的府上。这华丽的香车是君上赠送的，只有上朝议政或拜访贵客时他才乘坐。两匹宝马是异域朋友赠送的，是名贵的“戴星马”，膘肥体壮，浑身枣红，头上顶着一簇纯白的鬃毛，好像戴着一顶桂冠。

“未见君子，寺人之令。”风送轻车来到朋友府上，侍者早已恭候门前。寒暄过后，侍者回身传令。望着侍者走进庭院通报主人的背影，绅士想要见到朋友的心情更加急切。

朋友疾步而来，热情洋溢，宾主携手走进深深庭院。

宴席摆好，接风洗尘，山珍海味、美酒佳肴应有尽有。最让绅士感动的是，朋友还为他举行了一个别开生面的家庭音乐会。舞女歌姬，衣袂飘飘，恍若天仙下凡。“既见君子，并坐鼓瑟。”朋友与绅士并排而坐，亲密无间。舞者翩然起舞，歌者放声高歌：你唱“阪有漆”，郁郁葱葱，我歌“隰有栗”，生机勃勃；你唱“阪有桑”，青翠欲滴，我歌“隰有杨”，亭亭玉立……此曲只应天上有，人间能得几回闻！宾主也情不自禁地鼓瑟吹笙，放声歌唱，在鼓声、歌声伴着琴瑟和鸣的音乐世界里，放飞心灵，让烦乱的思绪、流浪的灵魂找到精神的皈依。

“人生几何，对酒当歌。”

“今者不乐，逝者其耋。”

是啊，我们何必感叹生命短暂？“花开堪折直须折，莫待无花空折枝。”趁着春色如此美好，莫辜负了青春年华，让我们尽情歌唱吧，让我们纵情奏乐吧，让我们开怀畅饮吧！

宾主欢歌达旦，不知今夕何夕……

第三章

心有千千结

家国只在梦萦里

卫风·竹竿

籊（tì）籊竹竿，以钓于淇。岂不尔思？远莫致之。
泉源在左，淇水在右。女子有行，远兄弟父母。
淇水在右，泉源在左。巧笑之瑳（cuō），佩玉之傩（nuó）。
淇水滺（yōu）滺，桧楫松舟。驾言出游，以写我忧。

【微指导】

1. 诗歌大意

《卫风·竹竿》描写了一位远嫁他国的卫国女子对家乡的深深思念。故乡的淇水梦绕情牵，诗人回首往事，淇水、家乡、亲人很自然地浮现在脑海之中。

2. 诗境想象

(1) 籊籊竹竿，以钓于淇。

诗人垂钓于淇水，有可能看见什么？听见什么？

(2) 岂不尔思？远莫致之。

诗人思念什么？为什么思念之情如此强烈？

(3) 驾言出游，以写我忧。

诗人能排解心中的忧愁吗？

3. 身临其境

请你猜一猜，这位远嫁他国的卫国女子幸福吗？

【新拓展】

据考证，本诗作者为许穆夫人，姬姓。其出生于春秋时期卫国都城朝歌（今河南省淇县），长大后嫁给许国许穆公，故称许穆夫人。她不仅是中国文学史上见于记载的第一位爱国女诗人，也是世界文学史上最早的爱国女诗人。

【下水文】

家国只在梦萦里

许国都城有一条泉源河，它日夜不息地向卫国流去，在卫国的朝歌城外，汇成了美丽的淇水河。

许穆夫人想家时，就会来到泉源河畔。她偷偷地洒下清泪，让潺潺的流水捎去她对卫国的思念，或者划一叶小舟，排遣心中的惆怅。

“籊籊竹竿，以钓于淇。”清晨，清澈的泉源河荡漾着微微的波纹，年轻的许穆夫人仿佛回到了豆蔻年华。也是这样春风轻拂的清早，淇水河畔的一丛绿竹下，她与几位女伴握着长长的钓竿，一边说着少女们才能听懂的俏皮话，一边钓鱼。淇水里游鱼可数，清波荡漾，竹影洒在水面，那是一首写在水里的诗。

“我钓到啦!”“好大的鱼啊!”“嘻嘻——”“哈哈——”少女们的欢呼声、欢笑声仿佛一串串银铃，落在淇水中，溅起层层水花……多么快乐的生活啊，遥远的淇水，你还能流到我的身边吗?

夕阳染红了一河流水，倦鸟归巢了。美丽的许穆夫人又想起了那个生离死别的黄昏。

淇水河畔，秋风萧瑟。“女子有行，远兄弟父母。”她一身珠光宝气，红粉袭人，踏上了远嫁许国的路途。弟弟妹妹牵着她的衣襟，兄长和母亲拉着她的手，说不完的祝福，嘱咐不完的保重，她无言以对，只有以泪作答。她与母亲宣姜一样美丽，“巧笑倩兮，美目盼兮”。她倾国倾城，征服了天下的诸侯，她的芳心为齐国燃烧，本想以自己的婚姻换取齐国对弱小卫国的庇护，君主却让她远嫁小小的许国。她是带着一腔的怨恨告别淇水，告别亲爱的卫国的。从此，她由卫国公主变成了许穆夫人，潺潺的淇水呀，只在她的梦里流淌……

“驾言出游，以写我忧。”婚姻不如愿，许穆夫人的惆怅比淇水还多。

春末夏初，草长莺飞，碧草如茵，许穆夫人驾一叶松舟，划着桧木之桨，荡舟泉源，让春风吹散她心里的烦闷。她仿佛又回到了少年时代，回到了卫国，淇水悠长，潺潺地流着，映着蓝天与白云。河畔绿竹亭亭，垂柳依依，蒹葭苍苍。红男绿女们踏青来了，大家都打扮得花枝招展。少男少女们在河畔追逐着，欢笑着，五彩的裙裾在花丛中飞舞，腰间的佩玉叮叮当当响。一阵清风拂过，一朵朵蓓蕾在眼前开放，一只只小鸟洒落下清脆的歌声，大自然一切生灵的眼睛和耳朵都在刹那间打开了……“巧笑之瑳，佩玉之傩”，少男少女们是春天最美丽的花。

青春易逝，繁华不再。许穆夫人用桧桨拨动潺湲而去的流水，不知撩拨起多少人生的感慨，一片诗情涌上笔端：“籊籊竹竿，以钓于淇……”

一只母鸟的哀号

豳风·鸱鸮

鸱（chī）鸮（xiāo）鸱鸮！既取我子，无毁我室。恩斯勤斯，鬻（yù）子之闵斯！

迨天之未阴雨，彻彼桑土，绸缪牖（yǒu）户。今女下民，或敢侮予！

予手拮据，予所捋荼，予所蓄租，予口卒瘏（tú），曰予未有室家。

予羽谯（qiáo）谯，予尾翛（xiāo）翛。予室翘（qiáo）翘，风雨所漂摇，予维音哓（xiāo）哓。

【微指导】

1. 诗歌大意

《豳风·鸱鸮》是一首寓言诗。诗人运用拟人化的手法，假托一只小鸟诉说其因遭到鸱鸮的欺凌迫害而感到的种种痛苦，含蓄地表达了劳动人民对残暴的统治者的愤恨之情。

2. 诗境想象

(1) 鸱鸮鸱鸮！既取我子，无毁我室。

此刻，母鸟在什么地方？她遭受了怎样的悲痛？

(2) 迨天之未阴雨，彻彼桑土，绸缪牖户。

在雨季来临前，母鸟忙着干什么？

(3) 予羽谯谯，予尾翛翛。

母鸟有着怎样的形象？

3. 身临其境

面对这样一只心中充满悲伤但勤劳勇敢的母鸟，你会向她投去怎样的目光？

【新拓展】

女人是弱者，但母亲是强者。

——（法）雨果

【下水文】

一只母鸟的哀号

“鸱鸮鸱鸮！既取我子，无毁我室……”

你听见一只母鸟的哀号了吗？从《诗经》里传出，穿过两千五百年悠悠的岁月，在21世纪的春风与阳光中依然发出一阵阵颤音，震颤着我们的心扉。

在这声声凄厉的鸣叫声里，你看到那只弱小的母鸟了吗？她瘦骨嶙峋，面容枯槁，目光浑浊。她那稀疏的灰色羽毛黯淡无光，像穿着一件破烂的衣裳。寒风萧瑟，可怜的母鸟不住地打着寒战。

这是一位多么勤劳的母亲呀，为了她的家，为了她那一窝可爱的雏鸟，她未雨绸缪，赶在雨季来临前，早早把巢筑好。她把巢搭得严严实实的，用桑树根的皮和苇絮把巢垫得厚厚的，终于有了一个温暖的家。巢搭好了，可怜的母鸟却积劳成疾，她疲惫不堪，爪子弯曲了，结了厚厚的老茧，嘴唇上竟渗出了殷殷的血来，但望着自己的孩子终于有了一个温暖的家，她觉得都是值得的，露出了欣慰的笑容。

“鸱鸮鸱鸮！既取我子，无毁我室……”母鸟的一声声哀鸣，叫得人不寒而栗。她站在一株矮树上，仰头惊恐地望着对面老松树高耸入云的树梢。一只鸱鸮嘴里正叼着一只刚孵化的雏鸟，猩红的血淅沥沥地往下滴。那是可怜的爱子呀，母鸟悲痛欲绝。可是贪得无厌的鸱鸮圆溜溜的眼睛依然对着母鸟虎视眈眈，好像随时都会俯冲下来。母鸟张开双翅守护着自己的巢穴，几只刚刚孵化出来的雏鸟伸出水红色的脖颈，张着小嘴嗷嗷待哺。

“鸱鸮鸱鸮！既取我子，无毁我室……”母鸟形单影只，声声哀号传遍了整个森林。可是为什么没有人帮助她？她的丈夫呢？她的朋友呢？为什么没有人见义勇为、挺身而出呀？多么无助的母亲，嗜血成性的鸱鸮依然虎视眈眈，阴森森的眼睛闪着绿幽幽的寒光。

这是一位多么英勇的母亲！她虽然形单影只，但心中有爱，有担当，她乍起全身的羽毛，怒目冷对鸱鸮。“可恶的家伙，快把孩子还给我，你残害了我的孩子，难道还想捣毁我的家吗？我跟你拼了！”母鸟用嘶哑的喉咙冲着鸱鸮叫喊，拍打着羽毛稀疏的双翅，随时准备豁出去与鸱鸮拼个你死我活。

“鸱鸮鸱鸮！既取我子，无毁我室。恩斯勤斯，鬻子之闵斯……”

你听见了吗？那可怜、可敬、柔弱的母鸟，依然在叫着，几声凄厉，几声悲愤！

致硕鼠的一封公开信

魏风·硕鼠

硕鼠硕鼠，无食我黍！三岁贯女，莫我肯顾。
逝将去女，适彼乐土。乐土乐土，爰得我所。
硕鼠硕鼠，无食我麦！三岁贯女，莫我肯德。
逝将去女，适彼乐国。乐国乐国，爰得我直。
硕鼠硕鼠，无食我苗！三岁贯女，莫我肯劳。
逝将去女，适彼乐郊。乐郊乐郊，谁之永号！

【微指导】

1. 诗歌大意

《魏风·硕鼠》是一首描写劳动人民反剥削的政治讽刺诗。诗人把不劳而获的贵族比作大老鼠，他们吞食百姓的劳动果实，却忘恩负义。老百姓幻想离开这些“吸血鬼”，到没有剥削的乐土生活。

2. 诗境想象

（1）硕鼠硕鼠。

大腹便便的硕鼠有着一副怎样的尊容？

（2）三岁贯女。

一年年来贫苦的老百姓是怎样侍奉硕鼠的？

（3）逝将去女，适彼乐国。

贫苦的老百姓幻想中的“乐国”是一番怎样的景象？

3. 身临其境

你恨硕鼠吗？你对它有什么话说？

【新拓展】

乐　土

山海经·大荒西经

有西王母之山、壑山、海山。有沃民之国，沃民是处。沃之野，凤鸟之卵是食，甘露是饮。凡其所欲，其味尽存。爰有甘华、甘柤、白柳、视肉、三骓、璇瑰、瑶碧、白木、琅玕、白丹、青丹，多银铁。鸾鸟自歌，凤鸟自舞，爰有百兽，相群是处，是谓沃之野。

【下水文】

致硕鼠的一封公开信

敬爱的硕鼠先生：

提笔给您写信，我的眼前自然就浮现出您的音容笑貌。您身材魁伟，披着一件银灰色的大氅，四条细腿撑起一个圆滚滚的大肚子，再加上一条高高翘起的尾巴，一副养尊处优的模样。虽然您位高权重，但我们一点儿也不喜欢您，长长的脸，小耳朵，一双三角眼贼溜溜地转，还有那六根白须做作地抖动，故意炫耀自己高贵的身份。好可憎的面孔啊，一见到您的这副尊容，我们恨不得退避三舍。

“硕鼠硕鼠，无食我黍！”敬爱的硕鼠啊，您总是不劳而获，但请不要再糟蹋我们的庄稼了，请不要再窃取我们的粮食了。我们的田园已经荒芜了，我们的仓库早已空空如也，我们已经穷得叮当响，一贫如洗！我们一年年辛辛苦苦地劳作，自己吃糠咽菜，却把您当作贵宾一样供奉着，把您养得膘肥体壮、大腹便便。

俗话说“滴水之恩，当涌泉相报”，可是衣冠楚楚的您对面黄肌瘦的我们熟视无睹。您身居高位，为什么对我们的供奉您一点儿也不心存感恩？为什么对我们的辛劳一点儿也不施舍仁德？为什么对我们的不幸命运一点儿也没有慈悲之心？

敬爱的硕鼠啊，请您高抬贵手，无食我黍！无食我麦！无食我苗！我们再也经受不住您的践踏与蹂躏了。惹不起，躲得起，“逝将去女，适彼乐土”。我们唯有选择逃离，离您这贪得无厌的寄生虫远远的。别了，我们将逃到您看不到的地方。可是，前路茫茫，哪里是快乐的天国？哪里有幸福的乐土？哪里有充满欢歌笑语的天堂啊？

敬爱的硕鼠先生，我们“逝将去女”，请您好自为之。我们找寻乐土，哪怕找到天涯海角，踏破铁鞋，也在所不辞！因为我们再也不愿听到同胞们的悲叹之声，再也不愿看到您道貌岸然的模样了！

祝您过好每一天！

一介百姓
某年某月某日

向死而生，惊艳世界

曹风·蜉蝣

蜉蝣之羽，衣裳楚楚。心之忧矣，於（wū）我归处？
蜉蝣之翼，采采衣服。心之忧矣，於我归息？
蜉蝣掘阅，麻衣如雪。心之忧矣，於我归说（shuì）？

【微指导】

1. 诗歌大意

《曹风·蜉蝣》是一首慨叹人生短暂的诗。诗人借朝生暮死的蜉蝣赞叹生命的美丽，抒发了对生命的珍惜之情。

2. 诗境想象

(1) 蜉蝣之羽，衣裳楚楚。

从网络上查找一下，蜉蝣长什么样子？是如何华美？

(2) 心之忧矣。

诗人“忧”什么呢？

(3) 蜉蝣掘阅。

蜉蝣生命虽短，但它们是怎样珍惜自己的生命的？

3. 身临其境

你会向翩跹起舞、只有一天生命的蜉蝣投去怎样的目光？

【新拓展】

蜉蝣赋

［晋］傅　咸

有生之薄，是曰蜉蝣。育微微之陋质，羌采采而自修。不识晦朔，无意春秋。取足一日，尚又何求？戏停淹而委余，何必江湖而是游。

【下水文】

向死而生，惊艳世界

你见过蜉蝣吗？在黄昏，在清水粼粼、鲜花碧草环绕的池塘，一群宛若蜻蜓的小昆虫在翩翩起舞，那就是蜉蝣，那就是可怜、可叹、可爱、可敬的蜉蝣！

“蜉蝣之羽，衣裳楚楚。”蜉蝣是地球上最古老的居民之一，人类还不曾诞生之时，蜉蝣就翩然起舞了。多么美丽的蜉蝣呀，纤细的身子，有一对相对其身体而言显得很大、完全透明的翅膀，还有两条长长的尾须，仿佛连接着远古的历史。蜉蝣们仿佛一群穿着五彩霓裳羽衣的舞者，在清凌凌的池面、在泛着霞光的碧潭上空飞舞，那姿态纤巧而动人。它们在空中划出了一道道淡绿的、浅红的、轻黄的弧线，偶尔尾尖轻点一下池水，荡开了一圈圈银亮的涟漪。

可是你知道吗？这幸福的陶醉对蜉蝣而言只有一天的时间，对人类而言只是昙花一现。之后，蜉蝣们便悄然谢幕，在皎洁的月光下，池塘里漂满了它们美丽的尸体……

“蜉蝣之翼，采采衣服。心之忧矣，於我归息？”

可怜的蜉蝣呀，是生命最短暂的昆虫。它从羽化成虫到生命谢幕只有短短一天！多少人为之叹息，为之怜惜。可是也因为生命匆匆，微弱的蜉蝣为了展示生命的美丽，没有时间叹惋，没有时间哀伤，没有时间流泪。清晨，它破茧而出，羽化成虫，迎接第一缕阳光，体验崭新的翅膀轻触晨风的快乐，享受阳光的温暖。

蜉蝣们薄得透明的双翼在飞行中渐渐刚劲，越飞越远，越飞羽衣越华艳。它在偶然间朝前一望，猛然发现，啊，在水一方有它的另一半，而且正朝它抛绣球呢。“窈窕淑女，君子好逑”，蜉蝣喜出望出，它们俩一见钟情。翩翩君子般的蜉蝣开始了“漫长”的恋爱时光，享受着爱情的甜蜜。

“绿树浓阴夏日长，楼台倒影入池塘”，午后的阳光是那样灿烂，蜉蝣们收获了爱情。雌蜉蝣披上了婚纱，“麻衣如雪”，挽着新郎的胳膊走进婚姻的殿堂，开始了又一段美丽的新生活。它们忙着交配、怀孕、保胎，体验准妈妈、准爸爸的快乐，生命得到了又一次升华……

时光如水，生命如花。蜉蝣们不因生命短暂而庸庸碌碌，而是珍惜生命中的每一分、每一秒，活得实实在在，活得踏踏实实。

多么令人敬重的蜉蝣啊！

今夜，梦归何处

小雅·小弁（节选）

弁彼鸒（yù）斯，归飞提（shí）提。民莫不穀，我独于罹。何辜于天？我罪伊何？心之忧矣，云如之何？

踧（dí）踧周道，鞫（jū）为茂草。我心忧伤，惄（nì）焉如捣。假寐永叹，维忧用老。心之忧矣，疢（chèn）如疾首。

维桑与梓，必恭敬止。靡瞻匪父，靡依匪母。不属于毛，不罹于里。天之生我，我辰安在？

菀（yù）彼柳斯，鸣蜩嘒嘒，有漼（cuǐ）者渊，萑苇淠（pèi）淠。譬彼舟流，不知所届，心之忧矣，不遑假寐。

鹿斯之奔，维足伎（qí）伎。雉之朝雊（gòu），尚求其雌。譬彼坏木，疾用无枝。心之忧矣，宁莫之知？

相彼投兔，尚或先之。行有死人，尚或墐之。君子秉心，维其忍之。心之忧矣，涕既陨之。

【微指导】

1. 诗歌大意

《小雅·小弁》是一首充满着忧愤情绪的哀怨诗。父亲听信谗言，放逐儿子。诗人触景生情，满腹幽怨哀伤，泣泪悲怀。

2. 诗境想象

（1）弁彼鸒斯，归飞提提。

看到鸟儿在枝头快乐翻飞，放逐之路上的诗人有着怎样的心情？

（2）心之忧矣，疢如疾首。

诗人头痛欲裂，此时，他走在什么地方？看到了什么景物？

（3）君子秉心，维其忍之。

父亲把儿子放逐天涯，儿子心中充满怨与恨。他怨什么？又为什么而恨呢？

3. 身临其境

你会向一个孤苦无依、远走天涯的不幸游子投去怎样的目光？

【新拓展】

十　五

［宋］王安石

将母邗沟上，留家白纻阴。
月明闻杜宇，南北总关心。

【下水文】

今夜，梦归何处

“弁彼鸒斯，归飞提提。”夕阳挂在天边，小鸟在柳枝中穿梭，唱着欢快的歌儿。农夫荷锄而归，脸上洋溢着晚归的轻松与喜悦。可是，独独我的心像压着一块磐石般沉重而难受。亲爱的父亲，您为什么狠心把我逐出家门？我究竟犯了什么滔天大罪？“何辜于天？我罪伊何？”

“踧踧周道，鞫为茂草。”眼前的大道平坦宽阔，却野草丛生。徘徊在黄昏的夕晖中，我忧伤，今夜何处安歇？我悲痛欲绝，为什么亲生父亲如此决绝？我好几天夜不能寐，头痛欲裂！

一株桑树映入我的眼帘，我又想起了我慈爱的母亲，那是我依恋的母亲啊，您怎么也救不了我？一棵梓树进入我的视线，我又想起了我爱戴的父亲。都说血浓于水，我的每一根毛发都是父母给的，我是你们的至亲骨肉。既然老天要我做你们的孩子，我为什么得不到春天的爱抚？我为什么得不到阳光的温暖？

夕阳照出我长长的影子，我的忧愁比影子还长。

“鹿斯之奔，维足伎伎。雉之朝雊，尚求其雌。”忽然，一群小鹿从草丛里蹿出来，急急忙忙地往森林跑去。它们一定是正要回到自己温暖的家哩。几只野鸡站在枝头呼朋引伴地叫着，一声声鸣叫是那样悦耳动听。可是，我的家呢？我的朋友呢？我的兄弟姐妹呢？亲爱的父亲啊，您怎能听信别人的谗言，任由别人离间我们父子的关系呢？“譬彼坏木，疾用无枝。”都说家就是一棵枝繁叶茂的大树，而我是树上的枝条，是树上的一朵花儿、一颗果实呀。砍下枝条，一定痛在树根，痛在树身，当把枝条砍光，还有如伞如盖的巨树吗？

夕阳坠下了山头，一抹惨淡的余晖留在天边。苍茫暮色中，路上一个人影也没有，只有晚风一阵紧似一阵，一阵冷似一阵。我俨然听见了母亲的哭泣，哭得人肝肠寸断，看见了父亲还在发疯般的痛骂，像利刃戳在我柔软的心上，鲜血淋淋，痛不欲生！亲爱的父亲，野兔被捕，尚且有人网开一面；陈尸路边，尚有人埋葬。“君子秉心，维其忍之。”而您为何如此残忍，不顾父子亲情，狠心把我放逐？忧伤充满我心中，我泪落千行。

最后一抹霞光也无情地消失了，夜幕徐徐降落。

回头看，朱红大门紧闭，我无家可归；向前望，四野茫茫，哪儿是我的生命与心灵的归依之处呢？

我不禁抬头问天：“心之忧矣，宁莫之知？”

大厦将倾，我为之一恸

小雅·十月之交（节选）

十月之交，朔月辛卯。日有食之，亦孔之丑。彼月而微，此日而微。今此下民，亦孔之哀。

日月告凶，不用其行（háng）。四国无政，不用其良。彼月而食，则维其常。此日而食，于（xū）何不臧。

烨（yè）烨震电，不宁不令。百川沸腾，山冢崒（zú）崩。高岸为谷，深谷为陵。哀今之人，胡憯（cǎn）莫惩。

皇父（fǔ）卿士，番维司徒。家伯维宰，仲允膳夫。聚（zōu）子内史，蹶维趣马。楀（jǔ）维师氏，艳妻煽（shān）方处。

抑此皇父，岂曰不时？胡为我作，不即我谋？彻我墙屋，田卒汙莱。曰："予不戕（qiāng），礼则然矣。"

【微指导】

1. 诗歌大意

《小雅·十月之交》是一首内容充实且情感迸发的政治抒情诗。诗人不满当政者在其位不谋其政，不管社稷安危，只顾中饱私囊，给人民带来痛苦，表达了诗人的忧患意识。

2. 诗境想象

（1）今此下民，亦孔之哀。

发生了什么事，使老百姓为之哀伤？

（2）高岸为谷，深谷为陵。

发生了什么自然灾害？有多么可怕？

（3）胡为我作，不即我谋？

万恶的皇父是怎样欺压"我"的？

3. 身临其境

如果你置身于"烨烨震电，不宁不令。百川沸腾，山冢崒崩"的场景中，会是怎样的心情？

【新拓展】

据天文学家考证，这首诗中记载的日食发生在周幽王六年十月初一（公元前 776 年 9 月 6 日），是世界上较早的一次日食记录。

【下水文】

大厦将倾，我为之一恸

大厦将倾，苍天为什么不保佑？

十月初一，本应是秋高气爽、阳光灿烂的日子，可是煌煌红日被天狗吞没了。"彼月而微，此日而微"，天地间一团漆黑，一片死寂，只听见狂风在呼啸。“今此下民，亦孔之哀。”好可怕啊，百姓们恐慌起来，难道世界末日来了？难道上天抛弃了人类？

可是我至高无上的周王啊，却无动于衷，依然醉生梦死，依然任人唯亲，依然视老百姓为草芥，依然草菅人命！我大周王朝江河日下，无限的忧伤萦绕着我的心。

一波未平，一波又起。

苍天又一次震怒了。

那天，乌云密布，又是日月无光，狂风怒吼。“烨烨震电，不宁不令。”一道道闪电划破了天空，一声声巨雷震撼着大地，暴雨倾盆而下。“百川沸腾，山冢崒崩”，山崩了，地陷了，天塌了，洪水翻江倒海般沸腾起来。狂风暴雨过后，山川翻覆，“高岸为谷，深谷为陵”。房屋倒了，良田毁了，庄稼被淹没了，百姓们流离失所，哭声震天。这是一幅多么恐怖的家园灾变图呀，可怕的情景令千年后的人们仍感到惊心动魄。

苍天啊，是周王无道，为什么惩罚老百姓？

我的心中充满了忧愁，可恨执政者依然无所忌惮、胡作非为。心怀叵测的皇父把持朝政，贪得无厌的人掌管财政大权，贪生怕死的人攫取军事大权，无德无才的人担任教育大臣……尤其那个千夫所指的狐狸精褒姒扰乱朝政，打着周王的旗帜欺压百姓，对我大周老臣傲慢无礼。多少人敢怒不敢言，多少人对大周王朝失去了信心。

“彻我墙屋，田卒汙莱。”那罪大恶极的皇父啊，对老百姓横征暴敛，要是谁胆敢说声“不”，就强拆房屋，水淹田园！可恶的皇父啊，看到天降灾害，他逃之夭夭，迁都向邑，还带走了万贯家财。

大厦将倾，大周王朝的江山岌岌可危！我忧心忡忡，我不能袖手旁观，可是我的兢兢业业、任劳任怨遭到了人们的冷嘲热讽，说我不识时务。我的心中充满了惆怅。黎民百姓遭受灾难，不是来自苍天，而是因为暴政！不是天灾，而是人祸！

我的大周王朝啊，大厦将倾兮，天为何不佑之？我独木难支，只有恸哭！

唱不尽心中悲愤

小雅·巷伯

萋兮斐兮，成是贝锦。彼谮（zèn）人者，亦已大甚！
哆（chǐ）兮侈兮，成是南箕。彼谮人者，谁适与谋？
缉（qī）缉翩翩，谋欲谮人。慎尔言也，谓尔不信。

捷捷幡幡，谋欲谮言。岂不尔受，既其女（rǔ）迁。

骄人好好，劳人草草。苍天苍天！视彼骄人，矜（jīn）此劳人！

彼谮人者，谁适与谋？取彼谮人，投畀（bì）豺虎。豺虎不食，投畀有北。有北不受，投畀有昊。

杨园之道，猗于亩丘。寺人孟子，作为此诗。凡百君子，敬而听之。

【微指导】

1. 诗歌大意

《小雅·巷伯》是一首对造谣诬陷者的讨伐诗。诗人被谣言中伤，悲愤不已，对搬弄是非的小人进行了无情的诅咒。

2. 诗境想象

（1）彼谮人者，亦已大甚！

诗人为什么说“谮人者”太过分了呢？造谣害人者是一副怎样的嘴脸？

（2）缉缉翩翩，谋欲谮人。

“谮人者”是怎样到处散布谣言的？

（3）取彼谮人，投畀豺虎。豺虎不食，投畀有北。有北不受，投畀有昊。

诗人对“谮人者”有着刻骨的仇恨，他是怎样诅咒“谮人者”的？

3. 身临其境

请你对当面说人好话、背后说人坏话的人进行评价。

【新拓展】

诗人们把谣言描写成了一个怪物。他们形容她的时候，其措辞一部分是美秀而文雅的，一部分是严肃而深沉的。他们说，你看她有多少羽毛，羽毛之下有多少只眼睛；她有多少条舌头，多少种声音；她能竖起多少只耳朵来！

（节选自培根《论谣言》）

【下水文】

唱不尽心中悲愤

“萋兮斐兮，成是贝锦。彼谮人者，亦已大甚……”

辽阔的原野，通往杨园的大路边，衣衫褴褛的寺人孟子，敲着木鼓，一遍又一遍地唱着。他声情并茂，一声声诉说着心中的不幸与悲愤。

灵巧的双手将美丽的丝线纺织成五彩的贝纹锦缎。可是那个害人精用无中生有罗织罪名，编造出一个个天大的谎言，陷害了多少无辜的好人呀！好可怕的“谮人者”，你看他的那副嘴脸：嘴巴张开来就像一个大簸箕，大到像天上的簸箕星，像一个巨大的喇叭，到处传播着小道消息。请问你这德行，是谁传授给你的？又是谁在背后给你撑腰？

“缉缉翩翩，谋欲谮人。”寺人孟子继续唱着。

过往的行人，你们一定要提高警惕，那班“谮人者”，在阴暗的角落，像一群苍蝇又在摇唇鼓舌，叽叽喳喳，嗡嗡呀呀，说个不停。他们要阴谋诡计，不知又要诬陷哪个好人，不知哪位忠良又要惨遭祸害。唉，这小人当道的世界，多少好人忧心忡忡，每天都要提防有人暗箭伤人，有人栽赃陷害！

“苍天苍天！视彼骄人，矜此劳人……”寺人孟子向上苍请求：“老天，老天，看看那些害人精的所作所为吧！可怜可怜受害人的不幸命运吧！”寺人孟子唱得义愤填膺：“取彼谮人，投畀豺虎。”他们作恶多端，心肝都奇臭无比，即使把他们喂给豺狼虎豹，豺狼虎豹也不吃；把他们丢到北方蛮荒之地，蛮荒之地也不接受他们；还是把他们交给上苍，让上苍对他们进行正义的惩罚吧！

辽阔的原野，弯弯曲曲的大路边，一个被“谮人者”谣言中伤、冤受宫刑的寺人，孤独地站着，敲着木鼓，一遍又一遍地唱那满腔悲愤：“萋兮斐兮，成是贝锦。彼谮人者，亦已大甚……”他声泪俱下地唱着，咬牙切齿地唱着，唱了三千年。

“凡百君子”，亲爱的你，“敬而听之”了吗？

往事如梦，今非昔比

王风·兔爰

有兔爰爰，雉离于罗。我生之初，尚无为！我生之后，逢此百罹。尚寐无吪（é）！

有兔爰爰，雉离于罦（fú）。我生之初，尚无造！我生之后，逢此百忧。尚寐无觉！

有兔爰爰，雉离于罿（chōng）。我生之初，尚无庸！我生之后，逢此百凶。尚寐无聪！

【微指导】

1. 诗歌大意

《王风·兔爰》是一首伤时感事的诗。诗人自叹生不逢时，心中充满着无限的愁苦。以“我生之初”与“我生之后”做对比，表现出对昔日的怀恋和对现在的厌恶。

2. 诗境想象

(1) 我生之初，尚无为！

“我”出生的时候，天下太平，人民有可能过着怎样的生活？

(2) 我生之后，逢此百罹。

“我”长大以后，社会不太平，人民有可能遭受到了哪些苦难？

(3) 尚寐无吪！

诗人真的能长睡不醒吗？

3. 身临其境

假如你处在这样的乱世，你会有怎样的心情？

【新拓展】

胡笳十八拍（节选）

［汉］蔡　琰

我生之初尚无为，我生之后汉祚衰。
天不仁兮降乱离，地不仁兮使我逢此时。
干戈日寻兮道路危，民卒流亡兮共哀悲。
烟尘蔽野兮胡虏盛，志意乖兮节义亏。
对殊俗兮非我宜，遭恶辱兮当告谁？
笳一会兮琴一拍，必愤怨兮无人知。

【下水文】

往事如梦，今非昔比

“有兔爰爰，雉离于罗”，狡兔网外任逍遥，凤凰落网不如鸡。

我拥有幸福的童年，那时候伟大的周天子礼贤下士，天下太平，没有徭役，没有兵役，路不拾遗，夜不闭户。可是幽王烽火戏诸侯，失信于天下，周王朝如大厦倾倒，周平王仓皇东迁。从此，这美丽的童年成为永久的记忆。

“我生之后，逢此百罹”，长大后的我啊，幸福不在。东周王朝，烽烟四起，各路诸侯逐鹿中原，天下大乱。异族进犯，国破家亡，多少人妻离子散！那野蛮的犬戎兵士如狼似虎，到处烧杀抢掠。老百姓纷纷逃亡，历尽千辛万苦！天哪，伟大的周王朝一去不复返。“尚寐无吪”，往事如梦，我们生不逢时，面对乱世，我们敢怒不敢言，但愿能长睡不起，远离乱世。

“有兔爰爰，雉离于罦”，狡兔三窟，凤鸟落难。

幸福的童年再也不会有了，不用服劳役的日子已成奢望了，天下太平已成明日黄花。“我生之后，逢此百忧”，我们生不逢时，苛政猛于虎，无穷无尽的徭役致使民不聊生。春天筑城墙，冬日修宫室，今天挖城池，明日演武场练兵……田园荒芜了，庄稼绝收了，老百姓衣不蔽体，食不果腹，只有那些达官贵人依然锦衣玉食。“尚寐无觉”，统治者残酷盘剥，苍天呀，你为什么不睁眼看看这无良的世道，为什么不为民做主？

“有兔爰爰，雉离于罿”，狡兔自在逍遥，凤鸟落网悲戚。

幸福的童年不再有了，清明的朝代如春花凋谢了。“我生之后，逢此百凶”，为了抵御外侮，保家卫国，多少热血男儿应征入伍。可是战争没完没了，战场上血流成河，白骨累累，留给白发父母、爱妻弱子无尽的思念和哀恸。那些当权者却依然是“美人帐下犹歌舞”，而不顾“战士军前半死生”，神州到处哀鸿遍野！“尚寐无聪”，上苍啊，你为什么装聋作哑，不闻不问？

乡　愁

小雅·四牡

四牡騑（fēi）騑，周道倭（wēi）迟（yí）。岂不怀归？王事靡盬（gǔ），我心伤悲。

四牡騑騑，啴（tān）啴骆马。岂不怀归？王事靡盬，不遑启处。

翩翩者鵻（zhuī），载飞载下，集于苞栩。王事靡盬，不遑将父。

翩翩者鵻，载飞载止，集于苞杞。王事靡盬，不遑将母。

驾彼四骆，载骤骎（qīn）骎。岂不怀归？是用作歌，将母来谂（shěn）。

【微指导】

1. 诗歌大意

《小雅·四牡》是一首描写为王事奔波的羁旅诗。诗人奔走四方，漫漫征程，他满脑子想的尽是故乡和劳苦的父母。

2. 诗境想象

（1）周道倭迟。

漫漫路途，蜿蜒曲折，乘坐着四马快车的人有着什么样的表情？他的心里想着什么？

（2）王事靡盬。

他有可能在执行君王交付的什么任务？

（3）不遑将母。

他又想起了关于母亲的什么事？

3. 身临其境

请你评价一下诗中的主人公是一个怎样的人。

【新拓展】

醉落魄·离京口作

［宋］苏　轼

轻云微月，二更酒醒船初发。孤城回望苍烟合。记得歌时，不记归时节。

巾偏扇坠藤床滑，觉来幽梦无人说。此生飘荡何时歇？家在西南，常作东南别。

【下水文】

乡　愁

夕阳挂在天边，一条宽阔的官道朝着远方逶迤而去。

“四牡騑騑，周道倭迟。”四匹高大健硕的公马，一辆豪华的马车，风尘仆仆地在赶路。车上坐着一位衣着华贵的官人，他双手抱胸，无精打采，身子随着马车的颠簸而无力地晃悠着。

奔驰的马车渐渐地放慢了速度，官人睁开惺忪的双眼望向前方。夕阳坠下了山头，只留下火红的晚霞。“四牡騑騑，啴啴骆马。”四匹公马奔波了一天，显然已疲惫不堪。那匹黑鬃的白公马，是四匹马中的“美男子”，也不堪劳累，开始微微喘息起来，官人心疼呀！

傍晚是最想家的时候，可是我的家在哪儿呢？今夜又在何处归栖呢？“王事靡盬”，官人有使命在身，弯弯曲曲的大路尽头不是自己的家乡，是要出使的异国。“我心伤悲”，官人想起越离越远的家，想起温柔贤惠的妻子，想起活泼可爱的儿女，越来越渴望家的温馨，浓得化不开的乡愁一阵又一阵袭上心头。

倦鸟都归巢了，路旁的一株大树上，聚集着一群美丽的鹁鸠鸟。它们欢快地叫着，与兄弟姐妹、父母叔伯们嬉戏着，五彩的尾羽在霞光中飞舞，画出了一幅五光十色的“鸟舞红霞”图。“王事靡盬，不遑将父”，在风雨中、在烈日下劳作的父亲又一次跃入官人的脑海；“王事靡盬，不遑将母”，临行送子密密缝衣、倚门盼儿回的母亲的容颜又一次浮现在官人的眼前。都说为王家当差，香车宝马，锦衣玉食，光宗耀祖，可谁知“王事靡盬，不遑启处”，何处是归程啊？今天出使赵国，明天出使越国，王家有没完没了的差事，何时才能回到家乡，陪伴父母，以寸草之心报答三春之晖？官人不由得潸然泪下。

“驾彼四骆，载骤骎骎。”

“驾——”官人违心地挥起长鞭，落在心爱的马背上。四匹公马，一个激灵，纷纷扬起四蹄飞奔而去……

汤汤淇水流不尽

卫风·氓

氓（méng）之蚩（chī）蚩，抱布贸丝。匪来贸丝，来即我谋。送子涉淇，至于顿丘。匪我愆（qiān）期，子无良媒。将子无怒，秋以为期。

乘彼垝（guǐ）垣（yuán），以望复关。不见复关，泣涕涟涟。既见复关，载笑载言。尔卜尔筮（shì），体无咎言。以尔车来，以我贿迁。

桑之未落，其叶沃若。于（xū）嗟鸠兮，无食桑葚。于嗟女兮，无与士耽。士之耽兮，犹可说（tuō）也。女之耽兮，不可说也。

桑之落矣，其黄而陨。自我徂（cú）尔，三岁食贫。淇水汤汤，渐车帷裳。女也不爽，士贰其行。士也罔极，二三其德。

三岁为妇，靡室劳矣。夙兴夜寐，靡有朝矣。言既遂矣，至于暴矣。兄弟不知，咥（xì）其笑矣。

静言思之，躬自悼矣。及尔偕老，老使我怨。淇则有岸，隰则有泮。总角之宴，言笑晏晏。信誓旦旦，不思其反。反是不思，亦已焉哉！

【微指导】

1. 诗歌大意

《卫风·氓》是一首描写弃妇自诉婚姻悲剧的长诗。诗中的女主人公以无比沉痛的口气，讲述了她和氓相识、相思、相爱、相别、相恨的过程。

2. 诗境想象

（1）氓之蚩蚩，抱布贸丝。

氓的相貌如何？他有可能对诗中的女主人公说了些什么话？

（2）既见复关，载笑载言。

远远地望见氓来，她是如何的高兴？相见时，她对氓说了什么话？

（3）自我徂尔，三岁食贫。

氓的家境十分清贫，她是怎样辛苦持家的？

（4）言既遂矣，至于暴矣。

氓是怎样对待诗中的女主人公的？

3. 身临其境

请你评价一下诗中的女主人公有哪些好品质。

【新拓展】

弃　妇

［唐］刘　驾

回车在门前，欲上心更悲。
路旁见花发，似妾初嫁时。
养蚕已成茧，织素犹在机。
新人应笑此，何如画蛾眉！
昨夜惜红颜，今日畏老迟。
良媒去不远，此恨今告谁？

【下水文】

汤汤淇水流不尽

淇水汤汤，从古流到今，流淌着多少离愁别绪和喜怒哀乐。

淇水汤汤，流不尽少女的纯情与天真。

那年春天，我于千万人之中遇见了你——氓。你抱着一大捆崭新的蚕丝来到我面前，痴情地笑着。憨厚的你口口声声说要优惠卖给我，又说当作九十九朵玫瑰献给我。你渴望爱情的目光仿佛要点燃我的青春。那一刻，我们一见钟情，可是，我又迟疑了，我是小家碧玉，我希望你能明媒正娶呀！我的犹豫令你不悦，怀疑我见异思迁。算了，既然少女的心已被月老拴上，就请你在枫叶秋红的时候来迎娶我吧。

送你到淇水河边，我们依依惜别。

自从别君后，我每一天都在等待你的婚车。燕子去了，菊花黄了，可是你的婚车怎么还没来呢？相思煎熬得我泣涕涟涟。啊，我终于望见你驾着婚车飞奔而来，我喜出望外，幸福地依偎在你身旁，涉过淇水成了你的新娘。人生若只如初见，我欢天喜地。潺潺的淇水呀，流淌着多少圣洁的祝福和美丽的憧憬！

淇水汤汤，流不尽少妇的汗水与迷惘。

“桑之未落，其叶沃若。”单纯天真的我满以为你是我生命的归依，虽说我们一贫如洗，但有爱就有一切！我拼命地劳作，采桑、养蚕、抽丝、织布，担水、劈柴、下地干活，起早贪黑。“夙兴夜寐，靡有朝矣”，夜以继日，饱经风霜，三年食贫无怨无悔，认定勤劳会改变贫穷，以为同甘共苦能营造温馨的家。

然而，“桑之落矣，其黄而陨”，汗水浸黄了花容，岁月催老了青春。人心易变，你却早已不见了“蚩蚩”之态，“士贰其行”“二三其德”，你将把青春芳华全然交与你的我视如敝屣，横竖看不顺眼，竟然打我骂我。“言既遂矣，至于暴矣”，家暴、冷战仿佛狂风骤雨无情地抽打我柔弱的心。最终，你凶相毕露，居然向我发出了逐客令。

淇水汤汤，流不尽女子的泪水与悔悟！

“淇则有岸，隰则有畔。”负心人残忍的身心摧残宛如苦海深渊，犹如漫漫长夜，何处是岸，何时是尽头呀！

何事秋风悲画扇，与其被你抛弃，不如全身而退！我毅然独驾牛车，涉水归去。

“淇水汤汤，渐车帷裳”，浩荡无边的淇水翻起滚滚波涛。别了，曾经蚩蚩而笑的氓，昔日的信誓旦旦，昔日男耕女织的欢笑与欢颜都随淇水而去。别了，“二三其德”的氓呀，我对你的情深意长，因你的无情辜负而付诸淇水东流而逝。别了，我幡然醒悟，“女之耽兮，不可说也”，对你的百般迁就，只会使你对我更加轻视，我不愿遍体鳞伤、悲苦凄凉地活着。经受过情感的洗礼与考验，我要更加坚强，我要活出尊严！别了，淇水，别了，无情的氓，愿你好自为之……

一曲挽歌，寒彻万古

秦风·黄鸟

交交黄鸟，止于棘。谁从穆公？子车奄息。维此奄息，百夫之特。临其穴，惴惴其慄。彼苍者天，歼我良人！如可赎兮，人百其身。

交交黄鸟，止于桑。谁从穆公？子车仲行。维此仲行，百夫之防。临其穴，惴惴其慄。彼苍者天，歼我良人！如可赎兮，人百其身。

交交黄鸟，止于楚。谁从穆公？子车鍼虎。维此鍼虎，百夫之御。临其穴，惴惴其慄。彼苍者天，歼我良人！如可赎兮，人百其身。

【微指导】

1. 诗歌大意

《秦风·黄鸟》是一曲控诉生殉制度的挽歌。诗人集中描写了子车三兄弟殉葬时的情景，表达了对三位壮士的哀悼和惋惜、对惨无人道的殉葬制度的强烈抗议和无比愤怒之情。

2. 诗境想象

（1）交交黄鸟，止于棘。

成群的黄鸟怎样叫着？声音好听吗？为什么？

(2) 谁从穆公？子车奄息。

送葬的队伍是一番怎样的情景？子车奄息有什么表情？

(3) 临其穴，惴惴其慄。

人们是怎样胆战心惊？又是怎样悄悄议论？

3. 身临其境

假如你也走在为秦穆公出殡的队伍中，看着那么多人为其殉葬，你的心情如何？

【新拓展】

殉　葬

沙　鸥

因渴望不死　渴望重生
帝王的陵寝可谓登峰造极
为了那个梦
为了阴间继续花天酒地

竟让那么多活生生的人
守着自己冰凉的尸体
点亮长明灯
渴望着游走的灵魂重新复体

黑暗的世界里
长明灯不长明
活人等成了一片尸体
尸体一同化成泥

什么伟大　什么帝王
还不是和百姓一样
享受大地的同等待遇

【下水文】

一曲挽歌，寒彻万古

乌云黑沉沉的，压得天与地都快连起来了，北风呼啸着，一声比一声紧。“叽叽叽——”那自由快乐的黄鸟为什么叫声如此悲伤？它们成群结队地降落在枯黄的酸枣树上，一声声悲鸣着。

原来这儿正在举行一场隆重的葬礼，英明的君王秦穆公死了，哀乐低回，白幡、白旗猎猎飘扬，纸钱如雪片般在空中飘舞。

交交黄鸟为什么叫得越来越悲凄？简直把血都啼出来了！天哪，长长的殉葬队伍向穆公的墓穴缓缓走来。那都是鲜活的生命，那都是有妻儿子女、有父母兄弟的血肉之躯！让鲜活的生命为死去的亡灵陪葬，使得骨肉分离，把生离死别留给一个个无辜的家庭。

乌云翻滚，哭声震天，大地仿佛也在哭声中颤抖。那是谁？那不是大名鼎鼎的子车三兄弟吗？他们居然也要为穆公殉葬？大哥奄息，那是百里挑一的杰出人才，他学富五车，秉公做事，和气为人，是秦国的栋梁，是百姓的楷模。“彼苍者天，歼我良人！”苍天在上，为什么要坑害好人？你听，多少人在深深地呼唤：“用我的生命为奄息赎身，用我的生命为奄息赎命！”

二哥仲行、三弟鍼虎都是名扬四海的英雄，身经百战，为秦国屡建奇功。他们是秦人的战神，是少男少女的偶像，要英雄陪葬，这不是自毁长城吗？“彼苍者天，歼我良人！”苍天哪，你是瞎了眼，还是在装聋作哑？

“如可赎兮，人百其身。”送别的人白衣如雪，跪成一片，声声呼唤黑沉沉的苍茫长天。

子车三兄弟走到墓道，接过司仪递来的一碗满满的壮行酒，一饮而尽，将碗向天空抛去。他们双目炯炯，有多少的离愁别恨呀！他们环视四周，宝剑出鞘，仰天饮剑……

这一幕惨不忍睹，送别之人胆战心惊，掩面长哭……

交交黄鸟，声声凄厉。疯狂的秋风挟着黄沙呼啸而过，刮起的纸钱、白幡、白旗漫天飞舞。

顿时，大雨倾盆……

夕阳西下是故国

桧风·匪风

匪风发兮，匪车偈（jié）兮。顾瞻周道，中心怛（dá）兮。
匪风飘兮，匪车嘌（piāo）兮。顾瞻周道，中心吊兮。
谁能亨（pēng）鱼？溉之釜鬵（xín）。谁将西归？怀之好音。

【微指导】

1. 诗歌大意

《桧风·匪风》是一首描写游子思乡的诗。诗人离家东去，望见西归的马车扬尘飞来，引起了他对故土家乡的思念。

2. 诗境想象

（1）顾瞻周道。

诗人回望西去的大道，看见了什么？

（2）中心怛兮。

为什么诗人心中充满了忧愁？

3. 身临其境

你看见满腹愁绪的诗人了吗？他站在哪儿？他将去往何方？

【新拓展】

逢入京使

［唐］岑　参

故园东望路漫漫，双袖龙钟泪不干。
马上相逢无纸笔，凭君传语报平安。

【下水文】

夕阳西下是故国

夕阳西下，秋风萧瑟，黄叶像无数断线的风筝在空中狂舞。

大道西归。

瘦马东去，孤身一人，夕晖惨淡，不知今夜又在何方留宿？今宵梦醒，何处是“杨柳岸，晓风残月”？

“匪风发兮，匪车偈兮。”一辆马车飞驰西去，扬起的尘土裹着落叶纷飞，如同我纷乱的思绪。

一辆，又一辆……

马蹄声碎，仿佛踏在我心上；马鞭声疾，仿佛抽在我身上。他们绝尘而去，渐渐消失在灰黄的晚霞里。那霞光的尽头，是我日里想着、夜里梦着的故都，是昔日满目繁华的京城呀！

“匪风飘兮，匪车嘌兮。”疾风伴着快车归去，只留下空荡荡的大道与孤零零的人儿，形影相吊。我身负君王的使命，重如泰山，义无反顾，只好继续东去。这纷乱的世界，这纷争的世道啊，何时才能太平？

“顾瞻周道，中心吊兮。”日薄西山的王朝啊，你让人忧心忡忡。都说治大国如烹小鲜，可是“烹鱼”之人何在？谁又能力挽狂澜，复兴我大周王朝的雄风？西归的车马呀，请转告君王，如果需要，我愿意为他垒灶搬锅、劈柴烧火。西归的车马呀，请转告我大周王朝，一个游子对她的赤胆忠心，一个游子对她的美好祝愿。

夕阳落下了山谷，满天尽是血红的晚霞。又一阵萧瑟秋风，又一辆马车飞驰而去，又是落叶与尘土飞扬……

生命不如草木

小雅·苕之华

苕（tiáo）之华，芸其黄矣。心之忧矣，维其伤矣！
苕之华，其叶青青。知我如此，不如无生！
牂（zāng）羊坟首，三星在罶（liǔ）。人可以食，鲜可以饱。

【微指导】

1. 诗歌大意

《小雅·苕之华》是一首哀叹饥馑、感时忧民的悲愤诗。饥荒之年，民不聊生，诗人感慨万千，表达了对人民深深的同情与忧虑。

2. 诗境想象

（1）苕之华，芸其黄矣。

凌霄花攀缘着高高的乔木，是一番怎样的景象？

（2）心之忧矣，维其伤矣！

诗人忧虑什么？又为什么而悲伤呢？

3. 身临其境

这首诗中哪一句最令人触目惊心？为什么？

【新拓展】

逃　荒（节选）

佚　名

村边的溪，早断了流；
家里的缸，早断了米。
村子里的榆树，也没了皮，
能嚼的，都塞进了肚子里……
……
三三两两，七七八八，

一步一回头，一哭声一片，
前不巴村，后不着店，
漫漫的路上走成了一串。

【下水文】

生命不如草木

要是能做一株凌霄花该多好，我就可以大模大样地攀附着高大的乔木往上爬，就能够爬出一道美丽的风景。春天，开花了，千朵万朵缀满藤蔓，招展着金灿灿的黄色。那是我的欢笑，那是我美丽生命的盛装出场。

可是，我不是有大树可依附的凌霄花。我是一个无依无靠的普通百姓，需要一日三餐，需要衣裳棉被。可恨生逢乱世，到处战火纷飞，又遭遇天灾，赤地千里，饿殍遍地。我们一年四季衣不蔽体，食不果腹，这是什么世道呀？“心之忧矣，维其伤矣”，这饥寒交迫的日子该怎么度过呀？

要是能做一株凌霄花该多好，即使花谢了，但碧叶青青，沃若葱茏，依然招展着蓬勃旺盛的生命。我们脚下有泥土，头顶有阳光，还有翩飞的蜂蝶，还有呢喃的燕语。每一阵风拂过，我们都会舞蹈；每一场雨下过，我们都会歌唱。

可是，我们不是有大树可依附的凌霄花。我们是有七情六欲的人类，我们是主宰万物的生灵呀，为什么还不如草木一生的凌霄花呢？我们身处荒年，九死一生，度日如年。饥肠辘辘，本想宰杀家里唯一的母羊，可是这骨瘦如柴的母羊，脑袋竟比身子还大，看着都可怜。带着渔具打鱼去吧，可是只有一溪清水，连鱼儿的影子也看不到。竹篓里空空如也，只捕到几点寒冷的星光。

“知我如此，不如无生！”天地之间，以人为贵，可为什么反不如草木活得自在，生命旺盛？老天呀，既然生下我们，为什么不给我们生路？悲哉，痛哉！苍天在上，你看见了吗？纵然骨肉相残，同类相食，把这面黄肌瘦的人都吃了，又能填饱几个人的肚子呢？

要是能做一株凌霄花该多好。

翘首盼望，只有白云悠悠

召南·草虫

喓（yāo）喓草虫，趯（tì）趯阜螽。未见君子，忧心忡忡。亦既见止，亦既觏（gòu）止，我心则降。

陟（zhì）彼南山，言采其蕨。未见君子，忧心惙（chuò）惙。亦既见止，亦既觏止，我心则说（yuè）。

陟彼南山，言采其薇。未见君子，我心伤悲。亦既见止，亦既觏止，我心则夷。

【微指导】

1. 诗歌大意

《召南·草虫》是一首描写妻子思念远行丈夫的诗歌。她一次次登上南山，盼望夫君回家，然而，一次次失望，心中充满了忧愁。

2. 诗境想象

（1）喓喓草虫，趯趯阜螽。

这是什么季节？诗人看见了什么？听见了什么声音？

（2）未见君子。

“君子”去了哪里？去了多长时间？

（3）陟彼南山，言采其蕨。

诗人站在什么地方？望见了什么？心中又想到了什么？

3. 身临其境

“君子”突然出现在诗人的面前，你会看到她表现出怎样的喜悦？

【新拓展】

古诗十九首·凛凛岁云暮

凛凛岁云暮，蝼蛄夕鸣悲。
凉风率已厉，游子寒无衣。
锦衾遗洛浦，同袍与我违。
独宿累长夜，梦想见容辉。
良人惟古欢，枉驾惠前绥。
愿得常巧笑，携手同车归。
既来不须臾，又不处重闱。
亮无晨风翼，焉能凌风飞？
眄睐以适意，引领遥相睎。
徙倚怀感伤，垂涕沾双扉！

【下水文】

翘首盼望，只有白云悠悠

“喓喓喓——”“叽叽叽——”一声声草虫的鸣唱从遥远的岁月里传来。

"喓喓草虫，趯趯阜螽"，那淘气的蝈蝈、蚱蜢快乐地跳着蹦着，从东院跳到了西院，从篱笆下叫到了窗前，叫到了床前。

又是一年秋来到。这伤感的季节啊，草木枯萎，寒冬将至，无疑是最容易思家和思归的时候。

美丽的少妇珊儿，遥望北天，愁绪慢慢袭上心头。那年秋天，君王一纸军书，新婚的夫君义无反顾地踏上了遥遥无期的戍边之旅，把无限期的无眠留给了她。远行的征人啊，大雁南归，而你又什么时候归来？你是否会想起我？秋风萧瑟，你看见身边凋零的花朵了吗？你身边凋零的花朵，就是我憔悴的容颜。

那夜，天凉如水，月儿的一缕清辉把夫君送到了珊儿的床前，夫君一如出征前的英姿。"啊，亲爱的，你终于回来了……"珊儿一声呼唤，喜极而泣，她几年来悬着的心终于放下了。夫君朝着她笑，笑得她心花怒放，然而，当她正要上前牵手时，夫君却乘着月光飘然而去。"啊，我的——"珊儿梦醒，只有月光如水。

漫长的冬季，雪花纷飞。"未见君子，忧心忡忡"，珊儿的思念像漫天的雪花，像冬天的夜那样长……

春天在盼望中终于来了。

逆着光线向两千年前的山岗望去，春光葳蕤，百鸟鸣唱，蕨草有的刚刚吐芽，有的抽出了嫩茎。珊儿素面粗服，挽着竹篮，玉指轻采蕨草，仿佛采着柔弱的思念。夕阳西下，珊儿竹篮里的蕨草竟还没铺满篮底，而心中对征人的思念却盈满得就要倾泻而出。"未见君子，忧心惙惙"，珊儿时不时立身踮脚遥望村庄通往山外的小路，盼望能看见夫君凯旋的身影。"亦既觏止，我心则说"，只有盼到你啊，我的心才能落地，我的心田才能重新荡起春天的涟漪……

花开花落，山坡上树木葱茏。珊儿身背竹筐，"陟彼南山，言采其薇"，说是来采摘鲜嫩的巢菜苗，可她采的是不尽的相思。她翘首远望，我的征人啊，你何时归来？白云飘过，暖风吹过，珊儿的心中忽然有一种莫名的恐惧，会不会他已经负伤……

"未见君子，我心伤悲。亦既见止，亦既觏止，我心则夷。"珊儿无法控制自己的担忧，她几近崩溃，泪水夺眶而出。珊儿对见到夫君的渴望从来没有像今天这样强烈："我们不要君王的赏赐，我们不要军功章，我们不要光耀门楣，我只要夫君平平安安地回到身边。"夫君是珊儿的精神支柱，是珊儿全部生活欲望、唯一欢乐的所在，只要他平安回来，欢颜才能重新写上珊儿的粉脸，春风才能吹起心头的欢喜……

千年过去了，《诗经》里美丽的珊儿呀，你还在高高的南山"言采其蕨""言采其薇"吗？

一个工薪族的嗟叹

邶风·北门

出自北门，忧心殷殷。终窭（jù）且贫，莫知我艰。已焉哉！天实为之，谓之何哉！

王事适我，政事一埤（pí）益我。我入自外，室人交遍谪（zhé）我。已焉哉！天实为之，谓之何哉！

王事敦我，政事一埤遗我。我入自外，室人交遍摧我。已焉哉！天实为之，谓之何哉！

【微指导】

1. 诗歌大意

《邶风·北门》是一首下层官吏发牢骚之歌。他位卑任重，但君王不怜悯，家人也不理解，还常常抱怨、责难。诗歌表现了诗人无可奈何的哀伤和忧虑。

2. 诗境想象

（1）出自北门，忧心殷殷。

诗人走出厚重的王宫大门，有着怎样的表情？

（2）王事适我，政事一埤益我。

忙忙碌碌的一天，“我”为君王干了哪些事？

（3）室人交遍谪我。

家人又是怎样指责“我”的呢？

3. 身临其境

当你看到一个任劳任怨又忧心忡忡的小吏走在黄昏的回家路上时，会向他投去怎样的目光？

【新拓展】

最近比较烦（节选）

词：李宗盛

最近比较烦　比较烦　比较烦
总觉得日子过得有一些极端
我想我还是不习惯

从默默无闻到有人喜欢
最近比较烦　比较烦　比较烦
总觉得钞票一天比一天难赚
朋友常常有意无意调侃
我也许有天改名叫周转
最近比较烦　比较烦　比较烦
我看那前方怎么也看不到岸
那个后面还有一班天才追赶
哎唷　写一首皆大欢喜的歌
是越来越难
最近比较烦　比较烦　比较烦
陌生的城市何处有我的期盼
挥别了家乡的伙伴
现在的我更觉得孤单

【下水文】

一个工薪族的嗟叹

走出王宫的北门，已是满天星斗。

终于下班了！唉，我舒了一口气，总算忙完了一天，可以回家了，可是我一点儿也高兴不起来。

我是谁？看我这一身打扮不就知道了吗？一头长发，灰头土脸，像出土的文物。我身着灰色的葛衣布裳，扎着一条褐色的腰带，佩带一把短剑。看我趿着木屐，踩着青石路咔嚓咔嚓响，好听吧？对了，我是两千五百多年前卫国的一名小吏，哈哈，不好意思，算是一个小小的官吧。

问我为什么紧锁着双眉，“忧心殷殷”？还不是因为生活窘困，工作艰辛！我日出而作，日落而息，一年的工作忙得像车轮连轴转，可是君王给我的报酬少之又少，怎么养活我的妻儿老小啊？在邻居们眼里，我是吃皇粮的，有固定的收入，衣食无忧，可是谁知道我内心的酸楚呢？

夜色苍茫，我心苍茫。每天清晨一到王宫，君王就把一大堆的事情交给我。就说今天吧，上午到东村去收田赋，可是“苛政猛于虎”，看着老百姓衣不蔽体，我空手而回；下午西村的张姓兄弟分家产，大打出手，清官难断家务事，我费尽口舌，终于避免了一场同室操戈的悲剧；回到王宫，君王又把一大捆竹简文书交给我，要我修改……同事都说君王偏爱我，最信任我，他们对我既羡慕又忌妒。这不断加压、无休止的加班，算是对我的偏爱吗？

“王事适我，政事一埤益我。”敬爱的君王啊，我已经身心憔悴，筋疲力尽了，请您饶过我吧，能给我放一天假吗？能少分派一点任务给我吗？能给我加点俸禄吗？我兢兢业业，任劳任怨，为什么还是如此清贫？

……

我思潮翻滚。难道真的是“天实为之，谓之何哉”？

前方一灯如豆，啊，我到家了。可是我的双腿像灌了铅似的，怎么也迈不进家门。我不忍见面黄肌瘦的儿女，我不忍见一贫如洗的家，我不忍听妻子没完没了的哀叹与抱怨。我枉为君王的小吏，忙忙碌碌，却不能给父母妻儿一个温暖的家！

“出自北门，忧心殷殷。”一阵晚风拂来，好冷呀，回望巍峨、庄严的北门，前望我的家，一间茅屋，一灯如豆。

永远的绿衣

邶风·绿衣

绿兮衣兮，绿衣黄里。心之忧矣，曷维其已！
绿兮衣兮，绿衣黄裳。心之忧矣，曷维其亡！
绿兮丝兮，女所治兮。我思古人，俾无訧（yóu）兮。
絺（chī）兮绤（xì）兮，凄其以风。我思古人，实获我心。

【微指导】

1. 诗歌大意

《邶风·绿衣》是一首描写怀念亡故妻子的诗，是悼亡诗的鼻祖。诗人目睹亡妻遗物绿衣，浮想联翩，想到了妻子的心灵手巧与贤惠。

2. 诗境想象

（1）心之忧矣。

诗人忧什么？是什么引起了他的忧呢？

（2）我思古人。

早逝的妻子为什么会引起诗人如此痛彻心扉的思念呢？

（3）凄其以风。

这是什么季节？诗人思念亡妻时有着怎样的表情？

3. 身临其境

请你评价一下，诗人悼念的亡妻是个怎样的人？

【新拓展】

遣悲怀三首（其二）

［唐］元　稹

昔日戏言身后意，今朝都到眼前来。
衣裳已施行看尽，针线犹存未忍开。
尚想旧情怜婢仆，也曾因梦送钱财。
诚知此恨人人有，贫贱夫妻百事哀。

【下水文】

永远的绿衣

秋风萧瑟，寒意阵阵袭来。

伯来身穿单薄的葛衣，不住地打着哆嗦。他赶紧回家打开衣橱，一件绿色的棉衣映入眼帘。他情不自禁地捧起绿衣，又一次深情地端详起来。墨绿的颜色，衬着淡黄的里子，夹着厚厚的棉絮，柔软、轻便、温暖。这是结婚那年妻子亲手缝制的，这密密的针脚里藏着她多少柔情蜜意……

“绿兮衣兮，绿衣黄里。”睹物思人，伯来眼前渐渐模糊，绿衣渐渐幻化成妻子的倩影。皎洁的月光照在窗前，妻子一丝不苟地缝制新衣。昏黄的灯光照着她婀娜的身材、飘逸的秀发；照着她浅浅的笑容、多情的目光；照着她纤纤玉手飞舞着银针银线，把温暖与爱恋缝进厚厚的棉衣；照着她抬头望月的神韵，照着她回眸一笑的款款情深……

“啊，我的爱人！”伯来忍不住叫起来。无人回答，眼前的幻影随风而逝，只有无情的寒风敲打着窗户嘭嘭直响，仿佛敲打在伯来的心上。伯来双手捧着绿衣，泪如雨下。“心之忧矣，曷维其已！”“心之忧矣，曷维其亡！”这思念，这忧思，何时才能停止，何时才能淡忘？

“绿兮衣兮，绿衣黄裳。”“绿兮丝兮，女所治兮。”这满衣橱长长短短、花花绿绿的衣裳，哪一件不是妻子缝制的呀？可是老天不公，为什么不保佑好人平安？伯来心如刀绞，他的妻子是天下最贤惠、最温柔的女人。是她那爱的春风扬起了他对美好生活的信心，是她那清泉般的目光纠正了他对纷繁世事的看法，使他不再犯年轻时犯过的错。自从有了她，伯来如鱼有了水，如绿叶有了红花，夫妻俩琴瑟和鸣，无怨、无忧、无悔！

“我思古人，实获我心。”绿衣依然绿着，依然暖着伯来的身、伯来的心，可是“古人”何在？秋风阵阵，秋雨绵绵，谁为他缝衣，谁为他浆洗？伯来只觉得寒风彻骨……

望　乡

邶风·旄丘

旄（máo）丘之葛兮，何诞之节兮？叔兮伯兮，何多日也？
何其处也？必有与也。何其久也？必有以也。
狐裘蒙戎，匪车不东。叔兮伯兮，靡所与同。
琐兮尾兮，流离之子。叔兮伯兮，褎（yòu）如充耳。

【微指导】

1. 诗歌大意

《邶风·旄丘》是一首痛彻肺腑的流浪歌。诗人国破家亡，流亡在外，渴望得到人们的救助回到故国，却求助无门。

2. 诗境想象

(1) 旄丘之葛兮，何诞之节兮？

诗人看着漫山遍野疯长的葛藤，有着怎样的表情？心里想到了什么？

(2) 何其处也？必有与也。

迟迟未见卫国发兵，诗人心中是怎样猜测的？

(3) 琐兮尾兮，流离之子。

诗人看到辗转迁徙的小鸟，又想起了什么？

3. 身临其境

假如你就是诗中那个祖国已被他人侵占、寄人篱下的人，会有怎样的盼望？

【新拓展】

我有亡国之状，而彼无悯恤之意，我有恢复之念，而彼无拯救之心。

（《钦定诗经传说汇纂》引邹泉语）

【下水文】

望　乡

登上高高的旄丘山，遥望我的故国。天苍苍，山重重，而我的故国呢？我的家乡呢？

去年凶悍的晋国攻破了城门，血洗黎国，君臣仓皇出逃，来到卫国，指望卫侯能派兵拯救黎国。日子一天天过去了，这漫山遍野的葛藤枯了又长，黄了又绿。“旄丘之葛兮，何诞之节兮？”迟迟未见卫侯出兵帮助黎国，而我们对故国的思念就像这绵延疯长的葛藤。亲爱的叔伯啊，卫国的诸位大臣，我们如坐针毡，等得好心焦呀！

你们为什么不动声色？想必是在悄悄地聚集更多的兵马，等待更多友邦的支援。你们为什么拖延这么长的时日？难道还没有筹划妥当？也许是万事俱备，只欠东风。还是有其他的缘由？可是，对于国破家亡的人而言，每一天的等待都是如芒在背啊！

“狐裘蒙戎，匪车不东。”

一阵寒风从远处吹来，好冷呀，我不由得哆嗦了一下，原来客居卫国时间太久了，裘衣已破旧，无力抵御寒风。但我的心更冷，亲爱的卫国叔伯呀，你们这些士大夫口口声声说卫国之兵是正义之师，可是为什么不见你们兵车东进，替天行道，为弱小的黎国匡扶正义？哦，我明白了，“靡所与同”，你们只考虑自己的利益，与我们想的不同。你们一定不想得罪强大的晋国，可是你们知道吗？唇亡齿寒，黎国灭了，下一个目标说不定就是卫国！

“旄丘之葛兮，何诞之节兮？”葛藤漫山攀缘、缠绕、蔓延、疯长，我的思国思乡之情与日俱增。我们衣裳破旧，形容憔悴，是如此狼狈。无情的卫国叔伯，你们这群高高在上的贵族权臣，为什么见死不救，对我们的处境和遭遇袖手旁观，对我们的声声哀告充耳不闻？你们于心何忍？

山风吹乱了我的思绪，却吹不乱我对祖国的思念，吹不走我对卫国的期待。卫国呀，我对你又爱又恨、又敬又怨……

“旄丘之葛兮，何诞之节兮？”天苍苍，关山千万重，何处是祖国，何处是家乡……

少年流浪在黄河边

王风·葛藟

绵绵葛藟（lěi），在河之浒。终远兄弟，谓他人父。谓他人父，亦莫我顾。

绵绵葛藟，在河之涘。终远兄弟，谓他人母。谓他人母，亦莫我有。

绵绵葛藟，在河之漘（chún）。终远兄弟，谓他人昆。谓他人昆，亦莫我闻。

【微指导】

1. 诗歌大意

《王风·葛藟》中一首饱含凄楚的流浪歌。诗人流落黄河边，见到河边葛藤绵绵不断，联想到自己远离兄弟，不禁触景伤情。

2. 诗境想象

（1）绵绵葛藟，在河之浒。

流浪者在什么地方？看见了什么？听见了什么？

（2）终远兄弟，谓他人父。

为什么家人离散？流浪者有着怎样的衣着和神情？

（3）谓他人父，亦莫我顾。

当流浪者卑躬屈膝地称别人“爹、娘、兄弟”的时候，人们为什么还不可怜他？

3. 身临其境

这是一个怎样的流浪者？你会向他投去怎样的目光？

【新拓展】

拉兹之歌（节选）

（印度电影《流浪者》插曲）

到处流浪　到处流浪
命运唤我奔向远方　奔向远方
到处流浪
孤苦伶仃　露宿街巷
我看这世界像沙漠
那四处空旷没人烟
我和任何人都没来往　都没来往
活在人间举目无亲
任何人都没来往
好比星辰迷茫在那黑暗当中
到处流浪

【下水文】

少年流浪在黄河边

黄河，滔滔浊水奔腾而去。

河畔，碧草萋萋，野花点点。少年衣衫褴褛，踽踽独行，不知从何处来，也不知向何方去。他面黄肌瘦，蓬头垢面，神情沮丧，只有那双眼睛依然充满着少年的灵气。

少年被一丛野葡萄藤吸引住，停下脚步。“绵绵葛藟，在河之浒。”多么茂盛的野葡萄藤啊，叶子碧绿碧绿的，开着黄色的、紫色的、白色的花儿。少年忽然觉得这一丛丛野葡萄藤就像一个个生机勃勃的家，一条藤蔓就宛若一个兄弟，众多的兄弟姐妹簇拥着，相互攀缘着、嬉戏着、竞争着向四周疯长。粗壮的主茎就像他们的父亲和母亲，让纤长的藤蔓依偎在自己的身旁……

啊，野葡萄藤，家？我的家呢？这青翠欲滴的藤蔓勾起了少年的万千思绪……

少年的家在繁华的镐京，有父母宠着，有兄弟姐妹爱着，那是多么温馨的日子啊！可恨幽王为博得褒姒一笑而烽火戏诸侯，失信于天下。那夜犬戎攻破镐京，血流成河，幽王死，一夜之间，国破家亡。少年在逃亡过程中与家人失散，孤苦一人踏上了这无休无止的逃亡之路。

“绵绵葛藟，在河之涘。”可是家何在？爱我的父母、疼我的兄弟姐妹何在？流浪，流浪，少年一路流浪……

流离失所，饥寒交迫，命悬一线。

“大爷，我的亲爹，施舍一口饭吧！”黄昏里，少年轻轻扣开一扇柴扉，泪眼汪汪。

“发发慈悲吧，大娘，我的亲娘呀！”少年穿梭于人流如织的集市。

“可怜可怜我吧，我的哥哥呀！”月光下，少年举起破碗，对着匆匆而去的背影。

……

少年一次次乞讨，一声声悲叹，一句句真诚的呼唤，没能叩响人们柔软的心弦。大爷耸耸肩膀，双手一摊，爱莫能助；同样面呈菜色的大娘摇摇头，连一个怜悯的目光都吝啬施舍；而那些同样衣不蔽体的大哥哥大姐姐们置若罔闻，唯恐避之不及……

“绵绵葛藟，在河之漘。”多么美丽的野葡萄藤呀，一条条缀着碧叶、开着紫色小花的藤蔓，招展着春天的色彩，可是破碎的王国还能恢复吗？离散的家人还能团聚吗？

少年问那奔腾东去的黄河。

牵挂你的人是我

召南·殷其雷

殷（yǐn）其雷，在南山之阳。何斯违斯？莫敢或遑（huáng）。振振君子，归哉归哉！

殷其雷，在南山之侧。何斯违斯？莫敢遑息。振振君子，归哉归哉！

殷其雷，在南山之下。何斯违斯？莫或遑处。振振君子，归哉归哉！

【微指导】

1. 诗歌大意

《召南·殷其雷》是一首抒写妻子对远行丈夫的思念之歌。雷声飘忽不定，牵动了诗中的女主人公对漂泊在外的丈夫的万千挂念。

2. 诗境想象

(1) 殷其雷。

雷声一阵阵响起时，诗中的女主人公在什么地方？她看见了怎样的天气变化？

(2) 何斯违斯？莫敢或遑。

女主人公想起了远行的丈夫，他此刻有可能在什么地方？

(3) 振振君子。

女主人公的丈夫是怎样的人？

3. 身临其境

电闪雷鸣，风雨交加，亲人远行在外。如果你就是诗中的女主人公，你会有什么担忧？

【新拓展】

点绛唇

［宋］李清照

寂寞深闺，柔肠一寸愁千缕。惜春春去，几点催花雨。

倚遍阑干，只是无情绪。人何处？连天芳草，望断归来路。

【下水文】

牵挂你的人是我

夜幕沉沉。

“殷其雷，在南山之阳。”沉闷的雷声从山之南传来，这隐隐约约的雷鸣声也响在我的心上。窗外黑乎乎的，伸手不见五指。“何斯违斯？莫敢或遑。”我的思绪又飞到了你的身旁，我出门在外谋生的夫君啊，此刻你在何方？你走了，为什么要带走我的牵挂啊？家乡遭遇百年大旱，赤地千里，庄稼颗粒无收，为了全家人能够活命，你不得已外出经营。你浪迹天涯，风餐露宿，却把一颗忐忑的心留在了家里。都说在家千日好，出门一日难，回来吧，我勤劳有担当的夫君，家虽清贫，但有父母，有妻儿，就有温暖，就有平安啊！

寒风一阵紧似一阵，敲打在窗户上啪啪直响。

“殷其雷，在南山之侧。”“轰隆隆——”雷声越来越响，啊，要下雨了。声声雷鸣敲击着我柔软的心坎，亲爱的夫君，你离开祖祖辈辈劳作的土地，浪迹天涯，一定经历了千难万险。“何斯违斯？莫敢遑息。”此时，风雨将至，你住进客栈了吗？抑或还在路上跋涉？还在前不着村后不着店的地方寻找今夜归宿之处？赶快骑上你的马，快马加鞭，找到落脚的地方，要是被雨淋病了，谁为你熬药？谁为你烘衣？归来吧，我勤劳能干的夫君。还记得分别时的誓言吗？你说你会记得绿窗人似花，你会早归家。可是，春去了，秋又至，绿窗人比黄花瘦，而你却一去杳无音讯。

一道闪电撕裂了黑幕，也撕裂了我的心扉，“霹哒——”一声惊天动地的炸雷从南山之旁飞过，震颤着我的心弦。亲爱的夫君，你离开生于斯长于斯的家乡，为什么要带上我的牵挂、我的思念、我的担忧？“哗啦啦——”啊，大雨倾盆而下，我又惊又喜。终于下雨了，旱情即将解除，来年春天就可以播种，秋天就会有收获。我勤劳能干的夫君啊，你就可以结束漂泊流浪的生活。可是这雷电交加、风雨交织的夜啊，让我好害怕。“何斯违斯？莫或遑处。”今夜你找到栖身之处了吗？明天可以踏上回家的路了吗？

“振振君子，归哉归哉！”回来吧，我勤劳能干的夫君。都说家是永远的港湾，你这在大海中漂泊的一叶小舟啊，赶快回到停泊的港湾……

窗外，殷其雷，屋里，人无眠。

殷殷叮咛，忧忧我心

小雅·小宛

宛彼鸣鸠，翰飞戾天。我心忧伤，念昔先人。明发不寐，有怀二人。

人之齐圣，饮酒温克。彼昏不知，壹醉日富。各敬尔仪，天命不又。

中原有菽，庶民采之。螟蛉有子，蜾（guǒ）蠃（luǒ）负之。教诲尔子，式穀似之。

题（dì）彼脊令，载飞载鸣。我日斯迈，而月斯征。夙兴夜寐，毋忝尔所生。

交交桑扈，率场啄粟。哀我填寡，宜岸宜狱。握粟出卜，自何能穀？

温温恭人，如集于木。惴惴小心，如临于谷。战战兢兢，如履薄冰。

【微指导】

1. 诗歌大意

《小雅·小宛》是一首忧伤交织的抒情诗。诗人怀念死去的父母，对兄弟违背父母的教诲、嗜酒如命、不务正业感到忧心忡忡。

2. 诗境想象

（1）明发不寐，有怀二人。

诗人夜不能寐，是因为什么？他想到了什么？

（2）彼昏不知，壹醉日富。

看到不争气的兄弟终日沉醉于纸醉金迷的生活，诗人会怎样劝告？

（3）我日斯迈，而月斯征。

诗人是怎样为国事和家事奔波的？

3. 身临其境

假如你就是诗中的那个“壹醉日富”的弟弟，听了兄长的规劝，会有怎样的表现？

【新拓展】

春末闲谈（节选）

鲁　迅

那时候大约是盛夏，青蝇密集在凉棚索子上，铁黑色的细腰蜂就在桑树间或墙角的蛛网左近往来飞行，有时衔一支小青虫去了，有时拉一个蜘蛛。青虫或蜘蛛先是抵抗着不肯去，但终于乏力，被衔着腾空而去了，坐了飞机似的。

老前辈们开导我，那细腰蜂就是书上所说的蜾蠃，纯雌无雄，必须捉螟蛉去做继子的。它将小青虫封在窠里，自己在外面日日夜夜敲打着，祝道“像我像我”，经过若干日，——我记不清了，大约七七四十九日罢，——那青虫也就成了细腰蜂了，所以《诗经》里说：“螟蛉有子，蜾蠃负之。”螟蛉就是桑上小青虫。

【下水文】

殷殷叮咛，忧忧我心

——写给弟弟的公开信

“宛彼鸣鸠，翰飞戾天”，窗外一只只小小的斑鸠振翅冲天，飞翔于高远的天空。我又想起了你，亲爱的弟弟，斑鸠尚且志在蓝天，而你呢？老大不小了，却一事无成。你整天游手好闲，真令人忧心呀！每当夜深人静的时候，父母临终时的殷殷嘱托总会一次次地浮现在我的脑海，使我彻夜难眠。

请你改改酗酒的坏习惯吧。“人之齐圣，饮酒温克”，你看有修养的人虽也饮酒，但不为酒困，纵然是酒逢知己千杯少，但他们从来都是温和自持。“彼昏不知，壹醉日富”，而糊涂的你呢？同一群狐朋狗友一天到晚滥饮狂欢，醉在壶中不知今夕何夕。这醉醺醺的样子是君子的仪容吗？青春易逝，别虚度年华，时间是不会再回头的啊！

勤奋起来吧，亲爱的弟弟。种瓜得瓜，种豆得豆，一分耕耘，一分收获。你看广袤的田野上瓜果遍地，豆菽饱满，农夫收获着劳动的果实，脸上洋溢着丰收的喜悦。你知道吗？土蜂把螟蛉之子当作自己的孩子，含辛茹苦，无怨无悔。你已是一个当父亲的人了，也要以身作则，在子女面前做出榜样，将祖先留下的优良家风传承下去。

“唧——”一声清脆的鸟鸣划过天空，打断了我的思绪。“题彼脊令，载飞载鸣”，好快活的鹡鸰鸟呀，飞翔着，欢唱着。人为什么不能像鸟儿一样自由地飞翔呢？你曾问过我，为什么要如此舍命地工作，成年累月奔波于漫漫征途上？你知道吗？我这样夜以继日地操劳，只为了不辜负九泉之下双亲的期盼呀！希望有朝一日能重振家业，光宗耀祖。可是，亲爱的弟弟，你怎么不明白兄长的心呢？

“交交桑扈，率场啄粟。”“叽叽——”“喳喳——”瞧，小青雀成群结队地飞到打谷场偷吃谷粒。亲爱的弟弟，我们生逢乱世，的确有人不劳而获，但有多少人贫病交加，多少人蒙冤坐牢呀！你不能随波逐流，不能自暴自弃呀！

好了，暮色降临，今天就说到这里吧。最后，我希望你做个温文尔雅的正人君子，平平安安地过好每一天。行走在这多事之秋，你务必“惴惴小心，如临于谷。战战兢兢，如履薄冰”！

请你好自为之。

爱你的兄长

某年某月某日

一往情深复谁知

邶风·谷风

习习谷风，以阴以雨。黾（mǐn）勉同心，不宜有怒。采葑（fēng）采菲，无以下体。德音莫违，及尔同死。

行道迟迟，中心有违。不远伊迩，薄送我畿（jī）。谁谓荼苦，其甘如荠。宴尔新昏，如兄如弟。

泾以渭浊，湜（shí）湜其沚。宴尔新昏，不我屑以。毋逝我梁，毋发我笱（gǒu）。我躬不阅，遑恤我后。

就其深矣，方之舟之；就其浅矣，泳之游之。何有何亡，黾勉求之。凡民有丧，匍匐救之。

不我能慉（xù），反以我为雠（chóu），既阻我德，贾用不售。昔育恐育鞫，及尔颠覆。既生既育，比予于毒。

我有旨蓄，亦以御冬。宴尔新昏，以我御穷。有洸（guāng）有溃，既诒我肄。不念昔者，伊余来塈（xì）。

【微指导】

1. 诗歌大意

《邶风·谷风》是一首如泣如诉的怨妇诗。诗中的女主人公满腔幽怨地回忆与丈夫同甘共苦的日子，声讨丈夫用情不专、无情无信的恶劣行径。

2. 诗境想象

（1）习习谷风，以阴以雨。

这是个怎样的日子？诗中的女主人公有什么样的表情？她想起了什么？

（2）泾以渭浊，湜湜其沚。

女主人公走到了哪里？绝情的丈夫是如何对待她的？

（3）何有何亡，黾勉求之。

为了改变贫穷的家，女主人公是怎样做的？

3. 身临其境

诗中的女主人公勤俭持家，却被喜新厌旧的丈夫扫地出门，你会怎样安慰她？

【新拓展】

白头吟

［汉］卓文君

皑如山上雪，皎若云间月。
闻君有两意，故来相决绝。
今日斗酒会，明旦沟水头。
躞蹀御沟上，沟水东西流。
凄凄复凄凄，嫁娶不须啼。
愿得一心人，白头不相离。
竹竿何袅袅，鱼尾何簁簁！
男儿重意气，何用钱刀为！

【下水文】

一往情深复谁知

“习习谷风，以阴以雨。”

春天多么美好，阳光明媚，和风习习，可是为什么经常阴雨绵绵，甚至雷声震耳？家和万事兴，亲爱的你为什么总是喜怒无常？岁月老去我的容颜，你居然又有了新欢。“采葑采菲，无以下体”，你呀，采摘了萝卜青翠欲滴的叶子，竟然抛弃了埋在大地怀抱里的根块。你违背了往日美丽的承诺：愿我们的爱天长地久！

别了，我曾经的爱人。“行道迟迟”，我的心中充满了惆怅，只求你能送我一程，可负心的你只送我到门口，就关上了家门，把我扫地出门。还记得我们新婚时的日子吗？我们一贫如洗，但因为有爱，即使吃野菜也甘如甜蔗；因为有爱，我们相依相伴，难分难舍。

亲爱的，别让年轻貌美蒙蔽了你的双眼。“宴尔新昏，不我屑以”，我含泪祝福你又一次新婚宴尔，但千万不要在新人面前诽谤我呀，我的心已在流血了。请不要到我鱼池的堤坝上去了，请别打捞我的鱼篓了。唉，人生呀，我都身不由己了，为什么还牵挂身后的事呢？悲呀！

往事如烟。为了我们共同的家，我操碎了心，为了把贫穷的家渡到富裕的彼岸，深水之处，我撑着小船、划着竹筏过河；水浅的地方，我干脆游泳过河。还记得吗？秋天还未过去，我早早地做好了寒衣，储备好充足的食品，以迎接寒冬的到来。“昔育恐育鞫，及尔颠覆”，我们同甘共苦，相濡以沫；我们与邻居和睦相处，哪个邻居有什么事情需要帮助，我总是义无反顾，因此赢得了左邻右舍的尊重与爱戴。

“行道迟迟，心中有违。”我不奢望你珍惜我对这个家的辛勤付出，但为什么把我当作仇人呢？从前我们生活在恐惧与穷困之中，我们同甘共苦，生儿育女，自有欢乐。如今家境有所好转，你却无视我的美德，像厌恶毒虫一样厌恶我，像扔掉一件破衣服一样将我扫地出门！

月儿圆了人不圆

邶风·日月

日居月诸，照临下土。乃如之人兮，逝不古处。胡能有定？宁不我顾！
日居月诸，下土是冒。乃如之人兮，逝不相好。胡能有定？宁不我报！
日居月诸，出自东方。乃如之人兮，德音无良。胡能有定？俾也可忘！
日居月诸，东方自出。父兮母兮，畜我不卒。胡能有定？报我不述！

【微指导】

1. 诗歌大意

《邶风·日月》是一首抱怨丈夫变心的怨妇诗。诗中的女主人公内心充满了无限的幽怨，她指责丈夫绝情，但又很怀念丈夫，仍希望他能回心转意。

2. 诗境想象

（1）日居月诸，照临下土。

阳光下，或是月光下，那个满腔幽怨的女子是怎样的表情？她有着怎样的心思？

（2）乃如之人兮，逝不相好。

他们曾经有过怎样恩爱的日子？

（3）胡能有定？报我不述！

假如有一天破镜重圆，她会向他怎样诉说衷肠呢？

3. 身临其境

假如你看见了诗中女主人公的一腔幽怨，会向她投去怎样的目光？

【新拓展】

半个月亮爬上来（节选）

词：王洛宾

半个月亮爬上来
照着我的姑娘梳妆台
为什么我的姑娘不出来
请你把那纱窗快打开
半个月亮爬上来
照着我的姑娘梳妆台
为什么我的姑娘不出来
请你把那纱窗快打开
再把你那玫瑰摘一朵
轻轻地扔下来

【下水文】

月儿圆了人不圆

“日居月诸，照临下土。”

白天，明媚的阳光照耀着大地；夜晚，皎洁的月光洒满山川。万物在阳光里、在月色下，自由自在地生活着，度过一个又一个美丽的日子。

黄昏，夕阳西下。

一个年轻的女子慵懒地倚在柴门边，遥望晚霞红遍的西天。她头发凌乱，蜡黄的脸庞虽说难掩昔日的美丽，但已沧桑，尽显憔悴的神色。

她双眉紧锁，思绪又飞回到那个“桃之夭夭，灼灼其华”的日子。声声喜庆的钟鼓把婚车迎进了家，那是她一生中最快乐的日子，她有了许多美丽的憧憬，开始了全新的幸福生活。夫唱妇随，男耕女织，她与他用勤劳的双手编织美好的明天，饱含艰辛，但虽苦犹甜。

她要做他一生的爱人，“执子之手，与子偕老”，而他只想做她最初的情人。不知从什么时候起，他对她冷落了、淡漠了，甚至整夜不归。“乃如之人兮，逝不古处”，还是那个他呀，为什么往日的深情不再有？

“太阳下山了，明天还会爬上来！”她对着落下山谷的夕阳默默祷告，“愿我的人儿回心转意，停止心中的邪念，重新回到我的身边，从此永不变心……”

“日居月诸，出自东方”，月亮从东边的山头爬上来了。她转头遥望东方，想起了那个月色照临梳妆台的夜晚，是他的一曲山歌，拉开了她的纱窗，送来一束最鲜艳的玫瑰。月下，她与他一声声山盟海誓，说得月儿都羞红了脸，可是“乃如之人兮，德音无良”，还是那个他呀，为什么恩爱全无？为什么曾经的誓言都已烟消云散？她对着慢慢爬上树梢的月儿一声声呼唤：“亲爱的父母呀，你们视儿如心肝，你们养我爱我，为何把我嫁到他家？为什么不保我一生平安、一生幸福？我负心的人儿呀，你的山歌能再一次飞进我的纱窗，再送我一束玫瑰吗？”

“日居月诸，东方自出”，月亮越爬越高，皎洁的月光里，不知寄托着她多少希冀、多少哀怨、多少无助。

千里同相思

周南·卷耳

采采卷耳，不盈顷筐。嗟我怀人，寘（zhì）彼周行。

陟彼崔嵬（wéi），我马虺（huī）隤（tuí）。我姑酌彼金罍（léi），维以不永怀！

陟彼高冈，我马玄黄。我姑酌彼兕觥，维以不永伤！

陟彼砠（jū）矣，我马瘏矣，我仆痡（pū）矣，云何吁矣！

【微指导】

1. 诗歌大意

《周南·卷耳》是一首描写夫妻相思的抒情诗。采卷耳的女子在思念丈夫，千里之外的丈夫也在想念妻子。漫长的路途、疲惫的马儿、劳累的仆人，相思中的丈夫姑且喝尽杯中之酒，来消解难耐的思念。

2. 诗境想象

（1）采采卷耳，不盈顷筐。

女子在什么地方采卷耳？她是怎么采的？

（2）陟彼崔嵬，我马虺隤。

远行的人儿跋涉在山路上，他是怎样遥望家乡的？他看到了什么？

（3）我马瘏矣，我仆痡矣。

马儿怎么啦？仆人怎么啦？

3. 身临其境

对诗中相思着的女主人公与男主人公，你会投去怎样的目光？心中有什么祝愿？

【新拓展】

春闺思

[唐] 张仲素

袅袅城边柳，青青陌上桑。
提笼忘采叶，昨夜梦渔阳。

【下水文】

千里同相思

春天来了，美丽的淑姜背着一个竹筐采卷耳来了。漫山遍野的小草又绿了，花儿又红了，可是淑姜的春愁又增添了许多。去年春天，夫君骑着白马与仆人到遥远的地方去谋生，至今一点儿音讯也没有。

“采采卷耳，不盈顷筐。”淑姜采呀采呀采卷耳，可是她的心思一点儿都不在卷耳上，从清晨采到了黄昏，一个小小的竹筐也没装满。“嗟我怀人，寘彼周行。”她干脆把竹筐放在路边，望着夫君远去的方向痴痴地站着。我的夫君呀，你在哪儿？天冷时添衣了吗？天热时减衣了吗？挣到钱了吗？还记得临别时的叮咛“记得绿萝裙，处处怜芳草”吗？

夫妻千万里，两处同相思。

“陟彼崔嵬，我马虺隤。”千里之外，群山连绵，火红的夕阳嵌在山巅。一位青年男子风尘仆仆，伫立于山头，凝神遥望苍茫云海。他，就是淑姜的夫君——伯新。伯新双眉紧蹙，愁容满面，显然他也想家了，想他那新婚的妻子。伯新想起了临别时对妻子许下的心愿，这番远行一定要混出个人样来，挣个盆满钵满。谁知，一年来光阴虚度，他依然两袖空空，盘缠花光了，所有心愿都被雨打风吹去。他心力交悴，失望、羞愧与日俱增，多少离情别绪涌上心头，离恨却如这无边的春草，更行更远还生……伯新心里五味杂陈，难以自已。他忍不住取过犀牛角杯，斟一杯浊酒，谁知借酒浇愁愁更愁！

“我马瘏矣，我仆痡矣。”伯新喃喃自语，我苦了也就罢了，只是连累了我忠诚的童仆、我心爱的马儿。童仆？伯新下意识地扭头一看，与他一路同甘共苦的童仆疲惫不堪地躺在草地上，四肢张开，双目微闭，仿佛要把所有的劳累都铺在这黄昏的草地上。忠实的童仆呀，一年的奔波无怨无悔，壮实的身子瘦了一圈，白皙的皮肤被太阳晒得黝黑。再看看他的神情，面如菜色，双目深陷。啊，他显然是病了，他还能陪我一路流浪吗？我的马儿呀，也卧在一旁，之前膘肥体壮，双目炯炯有神，如今瘦骨嶙峋，皮毛失去了光泽，眼眸灰暗了、浑浊了。我心爱的马儿呀，你也想家了吗？想你的伴侣了吗？

夕阳坠落，夜色铺天盖地而来。荒山野岭，人困马乏，在这前不着村后不着店的地方，他们将在哪儿投宿呢？

今宵酒醒何处……

千里流放路

小雅·四月

四月维夏，六月徂暑。先祖匪人，胡宁忍予？
秋日凄凄，百卉具腓。乱离瘼（mò）矣，爰其适归？
冬日烈烈，飘风发发。民莫不穀，我独何害？
山有嘉卉，侯栗侯梅。废为残贼，莫知其尤。
相彼泉水，载清载浊。我日构祸，曷云能穀？
滔滔江汉，南国之纪。尽瘁以仕，宁莫我有？
匪鹑匪鸢，翰飞戾天。匪鳣（zhān）匪鲔（wěi），潜逃于渊。
山有蕨薇，隰有杞桋（yí）。君子作歌，维以告哀。

【微指导】

1. 诗歌大意

《小雅·四月》是一首悲愤的羁旅诗。诗人蒙冤遭罪离开京城，历经三个季节长途颠沛流离的艰难生活，贫病交加。

2. 诗境想象

（1）先祖匪人，胡宁忍予？

夏季赤日炎炎，诗人走在漫漫长途上，他仰天长叹，叹什么？

（2）乱离瘼矣，爰其适归？

诗人在流放途中遇到了哪些困难？心里是怎么想的？

（3）滔滔江汉，南国之纪。

诗人一路跋涉，终于来到了流放地，他看到了什么？又有一番怎样的感慨呢？

3. 身临其境

假如你就是这个为王国“尽瘁以仕”却遭遇迫害的人，心里会作何感想呢？

【新拓展】

江　汉

［唐］杜　甫

江汉思归客，乾坤一腐儒。
片云天共远，永夜月同孤。
落日心犹壮，秋风病欲苏。
古来存老马，不必取长途。

【下水文】

千里流放路

人间芳菲四月天，镐京城里杨柳依依，燕语呢喃。

离去镐京的通衢大道上，一个孤独的身影正一路南行。他不时回望京城，目光里尽是留恋与不舍。镐京，是他祖祖辈辈居住的地方，不知他得罪了哪个达官贵人，君王一纸公文，将他发配到遥远的南国。这一去不知何时才能返回生养他的家园……

一路南行，炎炎烈日晒黑了他的皮肤，迢迢山路磨破了他的双脚。之前四体不勤的他，双脚浮肿了，起泡了，结茧了。曾经白白胖胖的他，消瘦了，结实了，憔悴了。“先祖匪人，胡宁忍予？”他从没经受过如此苦难，不禁仰天长叹：“我的祖先啊，你们在高高的天上，看见无辜的子孙遭受如此劫难了吗？你们爱莫能助，心里该是怎样难忍！”

“秋日凄凄”，天气该转凉了，不再有烈日曝晒。他继续南行。

萧瑟的秋风卷着万千枯叶漫天飞舞，他的秋思比纷飞的黄叶还多。天外南飞的归雁啊，哪儿是你的家？我流放的家又在哪儿？“乱离瘼矣，爰其适归?”一想到这，他痛心疾首。

他一路颠沛流离，走过万木凋零的秋天，冬天又如约而至。“山有嘉卉，侯栗侯梅。”冰天雪地中，幸有梅花还迎风斗雪。

漫天飞雪，千山鸟飞绝。凛冽的朔风疯狂地呼啸着，仿佛发狂的狮子。天地间只有他艰难跋涉的孤独身影。他深一脚，浅一脚，跌倒了，爬起来，又摔倒了……他实在走不动了，倚在一株梅树下，思绪如雪花般飞舞。山间泉水，有浊有清，可是“我日构祸，曷云能穀”，我蒙受不白之冤，什么时候能够还我清白？“尽瘁以仕，宁莫我有”，我为王国鞠躬尽瘁、任劳任怨，为什么坏人当道，而我蒙冤遭罪？

千里跋涉，来年春天，他终于来到了流放地。他伫目远望，山上绿树红花，瀑布、泉水飞泻而下；山下长江之水奔腾而去，汉江之水滔滔而来。雄鹰在辽远的高空中振翅翱翔，鱼儿在碧波荡漾的河水中自由潜游。可是正直善良的人为什么躲不过坏人的迫害？上天啊，君王啊，什么时候还我自由？

山之上，何处是乡关

魏风·陟岵

陟彼岵（hù）兮，瞻望父兮。父曰："嗟！予子行役，夙夜无已。上慎旃（zhān）哉，犹来无止！"

陟彼屺（qǐ）兮，瞻望母兮。母曰："嗟！予季行役，夙夜无寐。上慎旃哉，犹来无弃！"

陟彼冈兮，瞻望兄兮。兄曰："嗟！予弟行役，夙夜必偕。上慎旃哉，犹来无死！"

【微指导】

1. 诗歌大意

《魏风·陟岵》是一首征人思亲之作。诗人每一次登上山冈，就情不自禁地想起自己的父母兄弟，想到他们也在思念自己。这首诗被誉为"千古羁旅行役诗之祖"，开创了中国古代思乡诗一种独特的抒情模式。

2. 诗境想象

（1）陟彼岵兮。

诗人在什么时间登上山头？看到了什么？想到了什么？

（2）陟彼屺兮。

诗人在什么时间登上山头？看到了什么？想到了什么？

（3）陟彼冈兮。

诗人在什么时间登上山头？看到了什么？想到了什么？

3. 身临其境

假如你就站在诗人的身旁，看到诗人如此思念家人，你会向他投去怎样的目光？

【新拓展】

九月九日忆山东兄弟

［唐］王　维

独在异乡为异客，每逢佳节倍思亲。
遥知兄弟登高处，遍插茱萸少一人。

【下水文】

山之上，何处是乡关

都说远望可以当归，这茫茫云海啊，何处是我心灵的归依？

君王的徭役遥遥无期，回家，成了役夫的奢望。

春天，思乡的情绪像疯长的草木，我背着沉重的乡思，一步一步向山上攀登。满山满坡葱葱茏茏，春花开得正艳，可是花瓣上沾着的露珠、树枝头挂着的露珠怎么像是离人的泪水呢？满山尽是杜鹃的一声声叫唤："不如归去，不如归去！"可是我归向何处呢？

"陟彼岵兮，瞻望父兮。"仰望苍天，我问："亲爱的父亲，你在哪里？为什么不来接我？"群山回响着我的呼喊，我恍然望见历尽沧桑的父亲伫立于家乡的后山顶上，用沙哑的嗓子对我呼唤："我亲爱的儿子，你没日没夜地劳作，别累坏了身体。他乡不可久留，回家吧，我的孩子！"

秋风吹落了黄叶，可是我的思乡之情愈来愈深。秋风萧瑟，我背上沉重的思家行囊，登上高山之巅，眺望我梦中的家园。荒芜的山坡，枯草连天，像燃烧的思念。

"陟彼屺兮，瞻望母兮。"我怅望苍天："我的母亲呀，我多么渴望得到您的慈爱、您的疼惜。"悠悠白云传递了我的心声，我恍然望见了白发母亲倚在家门口翘首盼儿回，听见了母亲的一声声呼唤："我心爱的小儿子，你的夜夜难眠是母亲的牵挂。回家吧，不要忘记了日日夜夜惦记你的母亲，母亲为你准备好了最可口的饭菜。"

冬日，一年又过去了，可是依然没有回家的音讯。我冰结心城，君王的徭役像纷飞的雪花一般多。我归心似箭，爬上那高高的山冈遥望我的家乡。冰天雪地，寒风刺骨，我心中对回家的渴望像江水一样澎湃。

"陟彼冈兮，瞻望兄兮。"我对着漫天大雪呼喊："我可亲可敬的兄长啊，你在哪里？为什么不来接我回家？"呼啸的北风传递着我的心声。我恍然望见，兄长登上家乡相思岗的望亲崖，对着我一声声呼唤："我血肉相连的弟弟啊，你夜以继日拼死拼活没个完，我好担心你的身体。快快回家吧，切莫客死他乡！"

风更狂了，雪更大了，只有孤独的我站在风雪中，站在思乡里。

"上慎旃哉，犹来无止！"

"上慎旃哉，犹来无弃！"

"上慎旃哉，犹来无死！"

天地之间，群山万壑，回响着亲人的一声声嗟叹、一声声叮咛、一声声希冀、一声声爱怜……

田园荒芜何时归

唐风·鸨羽

肃肃鸨羽，集于苞栩。王事靡盬，不能艺稷黍。父母何怙（hù）？悠悠苍天，曷其有所？

肃肃鸨翼，集于苞棘。王事靡盬，不能艺黍稷。父母何食？悠悠苍天，曷其有极？

肃肃鸨行（háng），集于苞桑。王事靡盬，不能艺稻粱。父母何尝？悠悠苍天，曷其有常？

【微指导】

1. 诗歌大意

《唐风·鸨羽》是一首反徭役剥削和压迫的诗作。农民服着沉重的徭役，无法耕种，田园荒芜了，父母无人赡养。诗人发出对沉重徭役的血泪控诉，强烈抗议统治者的深重压迫。

2. 诗境想象

（1）肃肃鸨羽，集于苞栩。

这是哪个季节？栖息在树上的鸨鸟是一番怎样的情景？

（2）王事靡盬。

诗人有可能服的是什么徭役？他想起了什么？

（3）肃肃鸨翼，集于苞棘。

这可能到了哪一个季节？诗人又想起了什么？

3. 身临其境

假如你是诗中的“父母”，会怎样思念久服徭役未归的游子？

【新拓展】

十五从军征

十五从军征，八十始得归。
道逢乡里人：“家中有阿谁？”
“遥望是君家，松柏冢累累。”
兔从狗窦入，雉从梁上飞。

中庭生旅谷，井上生旅葵。
烹谷持作饭，采葵持作羹。
羹饭一时熟，不知贻阿谁！
出门东向望，泪落沾我衣。

【下水文】

田园荒芜何时归

“肃肃鸨羽，集于苞栩。”

又是一年春来到，工棚旁的一株柞树又冒出了新芽，长出了新叶。天哪，一群野鸭怎么栖息到树枝上？它们不是生活在池塘里、水沼间的吗？

季容子不由得想起了自己。我本是农民，本应该在田野里劳作，怎么为君王服起了徭役？而且一干就是十几个春秋！一年之计在于春，自家田园该播种了，老水牛还健在吗？老父亲还犁得动田地吗？又是谁帮助种瓜、点豆呢？他掐指一算，离家时父母已年过半百，现在已是老态龙钟。这没完没了的王家徭役呀，我无法回家种稷种黍，那年老多病的父母呀，还能依靠谁？季容子仰天长叹：“老天呀老天，何时我才能回去，照顾我的爹娘？”

“肃肃鸨翼，集于苞棘。”

夏日，工棚旁的酸枣树枝繁叶茂，听不见清脆的鸟鸣，却见笨拙的野鸭站在树上，扇动着翅膀摇摇欲坠。

季容子不由得想起了自己。我本是农民，本应该在田野里劳作，怎么为君王服起了徭役？建好了王宫，又要建墓室……现在家乡农田的庄稼已长得很茂盛了吧？可是谁来锄草？谁来施肥？谁来灭虫呢？如果没有及时做好田间管理，庄稼将颗粒无收，我的父母又靠什么糊口呢？这没完没了的徭役啊，害得我无法回家种地！季容子望着那哀鸣的野鸭，触景生情，不由得仰天长啸：“高高在上的苍天呀！我们何时才能做完这无尽的苦工？”

“肃肃鸨行，集于苞桑。”

秋天，萧瑟的秋风刮落了工棚旁那株桑树的叶子。“啪啦啪啦——”树上的野鸭振翅飞行。

季容子望着越飞越远的野鸭，心潮起伏。它们是飞回自己的家吗？这栖不择所的野鸭可以飞离异乡，而自己呢？秋天是庄稼收割的季节，自家田地有庄稼吗？今年的收成如何？又是谁帮助收割呀？没完没了的王事徭役，害得我不能回家收割谷物。我那可怜的父母是怎样度过这饥寒交迫的残年的？季容子泪眼朦胧，怅望灰天：“苍天啊，哪年哪月才能结束王家的徭役，让我回到家乡，回到父母的身旁，过上正常人的生活？”

苍天无语，唯有问者泪水如断线的珠子滚落……

第四章 鲜花美酒敬先贤

一株甘棠绿荫三千年

召南·甘棠

蔽芾（fèi）甘棠，勿翦勿伐，召（shào）伯所茇（bá）。
蔽芾甘棠，勿翦勿败，召伯所憩（qì）。
蔽芾甘棠，勿翦勿拜，召伯所说（shuì）。

【微指导】

1. 诗歌大意

《召南·甘棠》是一首怀念召伯勤政爱民的诗。全诗睹物思人，思人爱物，要求人们保护甘棠树的一枝一叶。这也是最早反映我国古代人民文物保护意识的珍贵诗篇。

2. 诗境想象

（1）蔽芾甘棠。

甘棠树是如何的粗壮茂盛？

（2）召伯所茇。

召伯下乡巡视，住在甘棠树下，有可能为老百姓做过什么事？

3. 身临其境

假如你就住在甘棠树附近，看到有人要砍伐甘棠树，你会怎样劝说？

【新拓展】

别桥上竹

［唐］白居易

穿桥迸竹不依行，恐碍行人被损伤。
我去自惭遗爱少，不教君得似甘棠。

【下水文】

一株甘棠绿荫三千年

在家乡的城门口屹立着一株高耸入云的甘棠树。它盘根错节、虬曲苍劲的枝干缠满了岁月的皱纹，伸展着悲怆的历史造型。然而，它一点儿也不苍老，而是枝繁叶茂，郁郁葱葱，充满着蓬勃的生命力。听爷爷说，在他爷爷很小的时候，甘棠树就是这样苍翠欲滴。

每当有人挥刀想要砍伐甘棠树时，全村人都会挺身而出，语重心长地劝阻：“蔽芾甘棠，勿翦勿伐，召伯所茇。”这枝繁叶茂的甘棠树呀，千万剪不得，千万砍不得啊！召伯大人曾在树下住过。召伯爱民如子，每次来到这儿，从不打扰百姓，就在甘棠树下搭间草房子办公。谁家有困难，都可以找召伯帮助；谁家有冤屈，都可以向召伯申诉；谁家有好儿郎，都可以向召伯推荐。不信，你看斑驳的树皮还记得哩，召伯的恩情像高大的甘棠树庇佑着召地的千家万户。

春天，甘棠树开花了，一村都有花香，一村都有蜂蝶纷飞。孩子们在树下嬉戏，大人们在树下聊天，花瓣落在人们的身上，花香沁入人们的心间。要是哪个淘气的孩子想从树上摘下绿叶或采一朵花儿，老人一定会劝说：“蔽芾甘棠，勿翦勿败，召伯所憩。”孩子一定会立马住手，望着繁花似锦的甘棠树，目光里尽是崇敬与爱慕。是啊，甘棠树的一枝一叶都是那样美丽，那样圣洁。望着它仿佛看见了当年召伯坐在树下与深爱着他的百姓促膝谈心的情景，听到了他爽朗的笑声。

夏日，甘棠树绿荫匝地，妇女们在树下纺纱织布，老人们在树荫里品茶、对弈，孩子们在树下追逐嬉闹。树上的鸟儿在欢快地歌唱，享受甘棠树带给它们的快乐。如果有谁不经意间攀爬树干，弄弯了树枝，人们就会善意地提醒：“蔽芾甘棠，勿翦勿拜，召伯所说。”爬树者马上收回了手，顿时羞红了脸。是啊，绿意葱茏的甘棠树，伟大的召伯当年风尘仆仆地四处巡察民情，曾经在这儿勒马停车休息过，曾经在这儿问候过乡民。不信，那满树的绿叶都会点头作证；不信，那树上绿得发黑的苔痕还记忆犹新！

城门前的“蔽芾甘棠”啊，每一次望见它仿佛就望见了召伯爱民勤政的身影。“蔽芾甘棠”啊，春天奉献一树花香，夏天奉献一地绿荫，秋天奉献一树硕果，冬天奉献一片阳光，而且一年年重复着，直至百年、千年、万年……

英武韩侯的连连美事

大雅·韩奕

奕奕梁山，维禹甸之，有倬其道。韩侯受命，王亲命之：“缵戎祖考，无废朕命。夙夜匪解，虔共尔位。朕命不易，榦（gàn）不庭方，以佐戎辟。”

四牡奕奕，孔修且张。韩侯入觐，以其介圭，入觐于王。王锡韩侯，淑旂绥章，簟（diàn）茀（fú）错衡。玄衮赤舄（xì），钩膺镂钖（yáng），鞹（kuò）鞃（hóng）浅幭（miè），鞗（tiáo）革金厄。

韩侯出祖，出宿于屠。显父饯之，清酒百壶。其肴维何？炰（páo）鳖鲜鱼。其蔌维何？维笋及蒲。其赠维何？乘马路车。笾豆有且，侯氏燕胥。

韩侯取妻，汾王之甥，蹶（guì）父之子。韩侯迎止，于蹶之里。百两彭彭，八鸾锵锵，不（pī）显其光。诸娣从之，祁祁如云。韩侯顾之，烂其盈门。

蹶父孔武，靡国不到。为韩姞（jí）相攸，莫如韩乐。孔乐韩土，川泽讦讦，鲂鲊甫甫，麀（yōu）鹿噳（yǔ）噳，有熊有罴，有猫有虎。庆既令居，韩姞燕誉。

溥彼韩城，燕师所完。以先祖受命，因时百蛮。王锡韩侯，其追其貊。奄受北国，因以其伯。实墉实壑，实亩实藉。献其貔皮，赤豹黄罴。

【微指导】

1. 诗歌大意

《大雅·韩奕》是一首对接受国家重任的大臣的颂歌。全诗记叙了年轻的韩侯入朝受封、觐见、归途、迎亲的一系列活动。

2. 诗境想象

（1）韩侯入觐。

韩侯是从哪儿来的？是怎么来的？入觐时有什么表情？

（2）出宿于屠。

韩侯路过屠城时，发生了什么事？

（3）韩侯迎止。

韩侯迎亲的队伍是怎样的排场？

3. 身临其境

假如你是韩侯属地上的一个百姓，你喜欢这个诸侯国吗？为什么？

【新拓展】

雄峻奇伟，高华典丽兼而有之，在三百篇中亦为杰出之作。

——吴闿生评《大雅·韩奕》

【下水文】

英武韩侯的连连美事

镐京册封

“四牡奕奕，孔修且张。”

四匹公马膘肥体壮，拉着一辆华贵的大车，飞奔在通往镐京的大道上。年轻的韩侯身材魁梧，意气风发，激动的心恨不得长了翅膀飞到周王的殿堂，接受大王的册封……

巍峨殿堂。韩侯手持瑞圭恭恭敬敬地觐见周王，虔诚地汇报韩国百姓们安居乐业的兴旺景象。韩侯一表人才，治理属国有方，周王龙颜大悦，把正式册封韩侯的诏书颁发给他。“夙夜匪解，虔共尔位。”天子郑重其事地宣布：“这是大禹王开辟的国土，如今交给你了。希望你继承先祖的家业，不辜负我对你的委任，希望你勤勉工作，成为其他诸侯的榜样，希望我们的国家永远太平。我的册命永远不变。”

韩侯捧过诏书，也捧过了天子丰厚的赏赐：神圣的双龙日月旗，雕刻着精美花纹的花车，黑色的龙袍、红色的靴，还有一匹金鞍玉勒的宝马和一辆富丽堂皇的马车。

韩侯喜出望外，满载而归。

屠城盛宴

京城大道，阳光明媚。

“韩侯出祖，出宿于屠。”韩侯撮土为香，祭拜路神，感谢路神给他带来好运，祈祷继续保佑他一路顺风，平安回到自己的属国。

“驾——”韩侯策马扬鞭，归心似箭。“四牡奕奕”，马车风驰电掣，路上黄尘滚滚……

“显父饯之，清酒百壶。”韩侯的车马进入美丽的屠城，显父派人远道迎接。当晚，显父设宴饯行，盛情款待新封侯爵。好丰盛的宴席啊，百壶美酒醇香飘逸，美味佳肴令人垂涎欲滴。有哪些珍馔佳馐呢？有清蒸鳖鱼，有糖醋鲤鱼，有鲜美鱼汤……有什么时令蔬菜呢？有素油笋丁，有爆炒蒲芽……显父又赠送了什么礼物呢？啊，竟然是一辆香车、数匹宝马！好大排场的酒宴啊，那一夜，显父极尽豪奢，金杯玉碗盛美食，大盘小碗排满桌。那一夜，宾主相见恨晚，觥筹交错，杯盘狼藉，一醉方休！

结亲贵族

男大当婚，女大当嫁。韩侯就要做新郎啦，举国欢庆。新娘是谁？她是周王的外甥女，卿士蹶父的宝贝女儿，容貌倾国倾城，美德有口皆碑。

那一天，韩侯亲自到蹶城迎亲。百辆婚车披红挂彩，浩浩荡荡地向蹶城进发。一路上马蹄声声，“八鸾锵锵”，琴瑟和鸣，好不风光，好不体面。一路欢笑，尽是路人羡慕、祝福的目光。

……

韩侯抱得美人归，喜出望外。一个个美若天仙的陪嫁女郎衣袂飘飘，犹如五彩云霞铺在天上。韩侯频频回头，感谢蹶父大人的豪华嫁妆，只见岳父家喜气盈门，富丽堂皇。

望着迎亲的队伍渐渐远去，蹶父喜上眉梢。

千里姻缘一线牵。蹶父是个非同寻常的英雄人物，他身经百战，战功赫赫，深受周王的敬重。“蹶父孔武，靡国不到。为韩姞相攸，莫如韩乐。”为了给女儿找个如意郎君，蹶父曾暗地里到韩国考察了一番哩。多么美丽的韩国呀！河山秀丽，湖泊溪流里水产丰富，成群的鳊鱼、鲢鱼出没其间；山上森林茂密，鹿鸣呦呦，熊罴豹虎自由追逐；广袤的田野，稻黍菽麦丰收在望……蹶父十分高兴，宝贝女儿终于嫁了一个金龟婿，有了一个宜居的家园。

蹶父遥祝韩侯与韩姞夫唱妇随，白头偕老！

大周兴邦史诗

大雅·緜（节选）

緜緜瓜瓞（dié）。民之初生，自土沮漆。古公亶（dǎn）父，陶复陶穴，未有家室。

古公亶父，来朝走马。率西水浒，至于岐下。爰及姜女，聿来胥宇。

周原膴（wǔ）膴，堇荼如饴。爰始爰谋，爰契我龟。曰止曰时，筑室于兹。

迺慰迺止，迺左迺右，迺疆迺理，迺宣迺亩。自西徂（cú）东，周爰执事。

乃召司空，乃召司徒，俾立室家。其绳则直，缩版以载，作庙翼翼。

捄（jū）之陾（réng）陾，度之薨（hōng）薨，筑之登登，削屡（lóu）冯（píng）冯。百堵皆兴，鼛（gāo）鼓弗胜。

迺立皋门，皋门有伉（kàng）。迺立应门，应门将将。迺立冢土，戎丑攸行。

【微指导】

1. 诗歌大意

《大雅·緜》是一首描写周人创业兴邦的史诗。诗歌记叙了古公亶父率领大周先民从豳地迁往岐山之下兴邦立国以及文王以文明感化天下的过程。

2. 诗境想象

(1) 古公亶父，来朝走马。

古公亶父是怎样率领着大周先民离开祖辈居住的地方的？

(2) 周原膴膴，堇荼如饴。

先民们来到岐山脚下，发现了一望无际的肥沃土地，他们是怎样做建设新家园的准备工作的？

(3) 捄之陾陾，度之薨薨。

先民们是怎样热火朝天地建设新家园的？

3. 身临其境

假如你也参加了建设新家园的劳动，看到一座新城矗立在广袤的平原上，会作何感想？

【新拓展】

淇上田园即事

［唐］王　维

屏居淇水上，东野旷无山。
日隐桑柘外，河明闾井间。
牧童望村去，猎犬随人还。
静者亦何事，荆扉乘昼关。

【下水文】

大周兴邦史诗

“緜緜瓜瓞。”我大周部落就像绵延的瓜蔓，一路生根、发芽、长叶、开花、结果……

“民之初生，自土沮漆。”沮漆溪畔的黄土高坡是我们曾经的家。先民们掘穴而居，虽然没有搭建房屋，但依山而开凿的窑洞冬暖夏凉。先民们日出而作，日落而息，过着单调而快乐的生活。

在一个阳光明媚的清晨，太祖古公亶父和太母姜女率领整个部落离开了黄土高坡，去开辟更广阔的天地。好壮观的迁徙队伍啊，龙旗招展，大车小车沿着河岸迤逦而来。他们风餐露宿，一路向东，克服了千难万险，来到了岐山脚下。

“周原膴膴”，这里千里沃野，水草丰茂，古公亶父欣喜若狂。他占卦问天，显示这是苍天特别赐给大周部落的一份最好的礼物。这里宜居宜业，一定会使大周部落兴旺发达。

春风轻轻地吹着，阳光暖暖地照着，百鸟们也来歌唱。龙旗在风中轻轻地飘动，古公亶父率领着子民开始了开基立国的伟大工程。“向左，向右！”这边的老人认真丈量土地。“挖深些，挖浅些……”那边的壮汉在挖掘沟渠，规划田亩，划分边界。我辛劳的先民啊，就是这样一分一亩地开垦土地，使荒凉的大地变成了千顷良田。你瞧见了吧？这阡陌交通，沟渠纵横，从西到东一望无际的大好田亩，就是我大周子民的美丽家园。

草创的岁月充满了艰辛，但先民们“堇荼如饴”，即使吃野菜，风餐露宿，心里也是甜的。古公亶父任命司空、司徒主持营造城邑、管理徒役。建城的现场更是热火朝天，你听，“咔哧咔哧”铲土装筐的声音、“稀里哗啦”倒土的声音、“咚咚咚咚”夯土的声音、“唰唰唰唰”修整墙体的声音，再加上人们“嗨哟嗨哟”的劳动号子，汇成了一曲史诗般的开国建城的劳动之歌！这歌声气势恢宏，“鼛鼓弗胜”，连震天响的大鼓都相形见绌啊！

于是，一座崭新的都城拔地而起，矗立在岐山脚下。你看，城门是那样雄伟壮丽，宫殿是那样高大巍峨，祭坛是那样庄严肃穆，老百姓的房屋是那样整齐舒适。

这就是我大周都城。有了这壮丽的都城，八方壮士豪杰纷至沓来，外夷蛮族闻风而逃，四方小国纷纷归附。我大周八百年“緜緜瓜瓞”，永固江山，万寿无疆！

王是大树臣为枝

小雅·采菽

采菽（shū）采菽，筐之筥之。君子来朝，何锡予之？虽无予之，路车乘马。又何予之？玄衮及黼（fǔ）。

觱沸槛泉，言采其芹。君子来朝，言观其旂。其旂淠淠，鸾声嘒嘒。载骖载驷，君子所届。

赤芾（fú）在股，邪幅在下。彼交匪纾，天子所予。乐只君子，天子命之。乐只君子，福禄申之。

维柞之枝，其叶蓬蓬。乐只君子，殿天子之邦。乐只君子，万福攸同。平平左右，亦是率从。

汎汎杨舟，绋（fú）纚（lí）维之。乐只君子，天子葵之。乐只君子，福禄膍（pí）之。优哉游哉，亦是戾（lì）矣。

【微指导】

1. 诗歌大意

《小雅·采菽》描写了一幅春秋时代诸侯朝见天子时的历史画卷。全诗写了周天子等待诸侯之思、远望诸侯之见、觐见诸侯之仪和表彰诸侯功绩。

2. 诗境想象

(1) 君子来朝，何锡予之？

各路诸侯来朝觐，周王怎样思考赏赐给他们的礼物呢？

(2) 君子来朝，言观其旂。

各路诸侯驰马向京城而来，是一番怎样的情景呢？

(3) 乐只君子，天子命之。

诸侯们来京朝觐，为什么感到快乐呢？

3. 身临其境

假如你也是来朝觐的一个诸侯，你听见周天子是怎样表彰各路诸侯的？

【新拓展】

送毛伯温

［明］朱厚熜（明世宗）

大将南征胆气豪，腰横秋水雁翎刀。
风吹鼍鼓山河动，电闪旌旗日月高。
天上麒麟原有种，穴中蝼蚁岂能逃。
太平待诏归来日，朕与先生解战袍。

【下水文】

王是大树臣为枝

又是金秋，各路诸侯就要回京朝觐天子了，京城中洋溢着喜庆的气氛。

秋季采大豆，用筐盛来用篓装。诸侯朝觐天子，天子拿什么来赏赐？大夫们议论着。有的说：“纵然没有什么贵重的礼物，香车宝马是少不了的。”有的说：“谁说礼物不贵重？听说锦衣华服都做好了。”

泉水喷涌，水芹舞动。伟大的周天子率领王公贵族们穿着盛装，出城迎接。

诸侯进京的队伍多么壮观啊！一路上各色旌旗迎风招展，仿佛一条彩虹向京城飞来。旗上有绣龙蛇的，有绣鹰隼的。马蹄声声，车轮滚滚，更加上旌旗猎猎，还有旗上鸾铃叮叮当当的脆响，那是一首美妙的诸侯进京进行曲。诸侯们有的驾着三马并驱的车，有的驾着四马并驱的车，一路浩浩荡荡而来。他们一身戎衣，红色的护膝，斜扎的绑腿，显得精神抖擞、气宇轩昂。

普天之下，莫非王土，率土之滨，莫非王臣。诸侯们感恩天子，他们的封国、他们的权位、他们的荣华富贵都是天子的赏赐。他们远远望见天子就下车步行，近了近了，就倒头跪拜，山呼万岁！天子拉着诸侯的手，嘘寒问暖，君臣尽欢。

天子说："感谢你们把属国治理得政通人和，感谢你们把边境守卫得如铁壁铜墙，才有了我们大周的国泰民安、河清海晏！"

诸侯高呼："大王英明，天下太平！"

于是，周天子又给予了许多许多的赏赐。

多么和谐的一幕啊，君臣同心，百姓安康。

"维柞之枝，其叶蓬蓬。"伟大的周王朝是一株参天的柞树，天子是粗壮的树干，各路诸侯就是向四面伸展的树枝，老百姓就是那缀满枝头的绿叶。"汎汎杨舟，绋缅维之。"大周这艘巨大的杨木船，有了君臣团结、百姓协力这条缆绳系着，就不怕惊涛骇浪，就不怕狂风骤雨……

英武的三哥哥

郑风·大叔于田

叔于田，乘乘马。执辔如组，两骖如舞。叔在薮，火烈具举。襢（tǎn）裼（xī）暴虎，献于公所。将叔无狃，戒其伤女。

叔于田，乘乘黄。两服上襄，两骖雁行。叔在薮，火烈具扬。叔善射忌，又良御忌，抑磬控忌，抑纵送忌。

叔于田，乘乘鸨（bǎo）。两服齐首，两骖如手。叔在薮，火烈具阜。叔马慢忌，叔发罕忌，抑释掤忌，抑鬯（chàng）弓忌。

【微指导】

1. 诗歌大意

《郑风·大叔于田》是一首赞美猎人英勇善射的诗。年轻的猎人孔武勇猛，他徒手搏虎，驾驭车辆的本领高强，射箭收箭酣畅淋漓。

2. 诗境想象

（1）叔于田，乘乘马。

什么时间？什么地点？大叔有着怎样的驾车本领？

（2）襢裼暴虎。

老虎是怎么被发现的？大叔是怎样与它搏斗的？

（3）叔善射忌，又良御忌。

大叔怎样"善射"？又如何"良御"？

3. 身临其境

如果你也在现场观猎，会向大叔投去怎样的目光？

【新拓展】

观 猎

［唐］王昌龄

角鹰初下秋草稀，铁骢抛鞚去如飞。
少年猎得平原兔，马后横捎意气归。

【下水文】

英武的三哥哥

黄河流水奔腾，岸上秋草枯黄。郑国一年一度的狩猎随着清晨的日出拉开帷幕。

王公大臣们驾着一乘乘马车飞奔而来，路边聚集着不少观猎者。“叔于田，乘乘马”，领头的一乘是由四匹纯黄色骏马拉的，格外引人注目。车上那位英武的青年不就是三哥哥吗？

猎场上燃起了熊熊燃烧的火把。三哥哥是闻名遐迩的好猎手，少男少女们纷纷赶来一睹他的风采。他身材魁梧，身佩长弓、箭袋，腰挎宝剑，好不威风。“执辔如组，两骖如舞。”他手拉着缰绳，双目炯炯望着前方，厚实的双唇微闭着，显得那般刚毅与深沉，长风吹拂着他黑色的披风和红色的帽缨。好一个飒爽英姿的猎手！

三哥哥见观者如云，嘴角微微上扬，眉目间尽是笑意。瞧，他得意地“秀”起了车技，熟练地操纵着手上的辔绳，四匹马仿佛是他手上的“提线木偶”，不断变换着队形。他一会儿勒紧辔绳，四匹马齐刷刷地扬起前蹄，仿佛在向路人作揖；他一会儿轻轻一抖辔绳，四匹马一字排开，踏着音乐的节奏齐头并进。“两服上襄，两骖雁行。”你瞧，三哥哥晃动着辔绳，两侧骖马向两翼张开，这一乘马车宛如一只大雁展翅飞翔。这不，他干脆撒开辔绳，让马儿纵情飞奔……

“棒极了，再来一个！”少男少女们连连喝彩，掌声如雷。

“嘎嘎——”天上飞过了一群大鸟，只见三哥哥昂首向天，弯弓搭箭，“嗖、嗖、嗖——”一群鸟儿应声落地。三哥哥箭无虚发，箭袋里的箭越来越少，射下的猎物越来越多。三哥哥炉火纯青的执御本领和那百发百中的射猎技术，赢得路人一片尖叫声、叫好声。

“火烈具阜”，猎场上的火越烧越旺。忽然，一头吊睛白额大老虎蹿出来，仰天长啸，把围观的人吓得四散逃走。“畜生，哪里逃？看我的！”三哥哥大喝一声，翻身下车。他持剑赤膊猛冲上前，与老虎展开殊死搏斗。火光照亮了他那健美的臂膀和英俊的脸庞，也照亮了那头虎视眈眈的猛兽！大家屏住呼吸，都在为三哥哥捏一把汗。好英勇的三哥哥呀，以他的胆量和无敌的勇气制服了猛虎。望着三哥哥满身伤痕累累、血迹斑斑，大家好心疼呀！猛兽伤人不眨眼，可切莫与之草率搏斗，要爱惜自己的生命。

好令人敬佩的三哥哥呀，只见他把猎物恭恭敬敬地献给了尊敬的君王。君王不住地点头称赞，三哥哥一脸笑容，好像什么事都没发生似的。

猎场上的火渐渐熄灭，夕阳挂在天边。“叔于田，乘乘马。执辔如组，两骖如舞……”一场惊心动魄的狩猎落下帷幕，大家高唱凯歌，满载而归。

灵台之歌

大雅·灵台

经始灵台，经之营之。庶民攻之，不日成之。经始勿亟，庶民子来。

王在灵囿，麀鹿攸伏。麀鹿濯濯，白鸟翯（hè）翯。王在灵沼，於（wū）牣（rèn）鱼跃。

虡（jù）业维枞，贲鼓维镛。於论鼓钟，於乐辟雍。

於论鼓钟，於乐辟雍。鼍（tuó）鼓逢逢，矇瞍奏公。

【微指导】

1. 诗歌大意

《大雅·灵台》是一首记述周文王建筑灵台和游赏奏乐的颂诗。人们自告奋勇来修筑灵台，表达了老百姓对君王的拥护与爱戴。

2. 诗境想象

(1) 庶民攻之，不日成之。

老百姓怎样赶来修筑灵台？那是一番怎样热火朝天的场面？

(2) 王在灵囿。

周文王来了，园林里的鸟兽虫鱼有什么表现？

(3) 於乐辟雍。

周文王与游人们又是如何陶醉？

3. 身临其境

假如你作为一个老百姓置身在灵台游园，与周文王一同游乐，会有一番怎样的感叹？

【新拓展】

孟子·梁惠王上（节选）

文王以民力为台为沼，而民欢乐之，谓其台曰灵台，谓其沼曰灵沼，乐其有麋鹿鱼鳖。古之人与民偕乐，故能乐也。

【下水文】

灵台之歌

“要建造灵台啦!”伟大的周文王要修筑灵台的消息像长了翅膀一样飞遍了全国，老百姓奔走相告。

“经始勿亟，庶民子来。”各地的百姓像子弟听到父兄的召唤一样纷纷赶到京城，心甘情愿为周文王修筑灵台。大家有力的出力，有物的出物。工地上人头攒动，热火朝天，到处是劳动的号子声和欢声笑语。

人心齐，泰山移。短短几个月，一座气势非凡的灵台国家公园建成了！亭台楼阁掩映在绿树浓荫中，碧波荡漾的人工湖里有水草、荷花、游鱼。湖畔堆砌着千姿百态的奇石假山，垂柳依依，到处是奇花异木，香味扑鼻。

敬爱的周文王领着一群文武大臣游园来了，“麀鹿濯濯，白鸟翯翯”，鸟兽们都来欢迎。阳光透过密密层层的树叶洒下斑驳的光影，几头母鹿懒洋洋地卧在树荫下闭目养神，任凭小鹿们在一旁撒欢。多么健美的母鹿呀，膘肥体壮，身上的毛光滑而柔顺，望着就会让人产生一种想要触摸它的冲动。几声清脆的鸟鸣从树林深处传来，打破了公园的宁静。

“王在灵沼，於牣鱼跃。”周文王站在湖边如痴如醉地欣赏眼前的美景：几只白鹭身着洁白的羽衣在湖边嬉戏，那只从湖面掠过，叼起一条小鱼飞走了；那只站在碧绿的荷叶上在想心事哩；而那只更有意思，嘴喙插在翅膀里做它的美梦，好不礼貌的小白鹭呀，周文王来了也不打一声招呼！湖中的水草随着柔波轻轻摇曳，小鱼在荷花下、在水草间嬉戏。

王在灵沼，与民同乐。“嘭、嘭、嘭——”鼍鼓敲响了；“当、当、当——”铜钟敲起来了。钟鼓齐鸣，在公园里悠悠回荡，带动了森林里所有的天籁之音。和风拂过树梢，鱼儿跃出水面，湖水激起层层浪花，百鸟扇动翅膀引吭高歌……

“於论鼓钟，於乐辟雍。”啊，美丽的灵台国家公园是音乐的世界，是欢乐的海洋!

三遇“男神”

卫风·淇奥

瞻彼淇奥（yù），绿竹猗猗。有匪君子，如切如磋，如琢如磨。瑟兮僩（xiàn）兮，赫兮咺（xuān）兮。有匪君子，终不可谖兮。

瞻彼淇奥，绿竹青青。有匪君子，充耳琇（xiù）莹，会（kuài）弁如星。瑟兮僩兮，赫兮咺兮。有匪君子，终不可谖兮。

瞻彼淇奥，绿竹如箦（zé）。有匪君子，如金如锡，如圭如璧。宽兮绰兮，猗重较兮。善戏谑兮，不为虐兮。

【微指导】

1. 诗歌大意

《卫风·淇奥》是一首对文质彬彬的君子的赞美诗。男子相貌堂堂，仪表庄重，服饰华美，宽和幽默，充分展示了男子真正的美在于气质品格和才华修养。

2. 诗境想象

（1）瞻彼淇奥，绿竹猗猗。

这是什么地方？有什么景物？

（2）有匪君子，终不可谖兮。

那个帅气的男子有什么令人难忘之处？

（3）善戏谑兮，不为虐兮。

男子有什么个性特点？

3. 身临其境

你喜欢诗中的“有匪君子”吗？

【新拓展】

栖凤亭（节选）

［明］何景明

将军园中何所蓄，十尺亭子四面竹。
亭中一榻千卷书，将军昼游夜还宿。
……

至今遗爱思莱公，万古看诗想淇澳。
将军能武兼能文，展卷一目数行读。

【下水文】

三遇“男神”

在《诗经》发黄的卷帙中，有一位绝色男子。不管是男人还是女人，遇见他都会情不自禁地发出一声赞叹。他风华绝代，玉树临风……

初遇“男神”

“瞻彼淇奥，绿竹猗猗。”

春日的淇河，一湾碧水潺潺流过一道又一道河湾。弯弯的河畔一丛丛新竹婀娜多姿，竹枝竹叶青翠欲滴。

那天清晨，我遇见一位俊美的男子，他手握一卷竹简，站在一丛绿竹前，若有所思，“如切如磋，如琢如磨”。

好一个风华绝代的男子！他神采奕奕，远远望他一眼也会心生爱慕，他的身材有如龙骨般硬朗，他的气质如象牙般高贵，他的面庞如美玉般光洁，他的毅力如磐石般坚定。他气宇轩昂，目不斜视，心无旁骛，显然他的心中装着天下，虚怀若谷。他是谁？他一定有着高贵的出身，一定有着显赫的身份！

他如此庄严，如此威武，透着高山般的气度。只远远一瞥，我就难以忘怀。

再遇男神

“瞻彼淇奥，绿竹青青。”

在一个夕阳如火的傍晚，在弯弯的淇水之畔，新竹已挺拔入云，我又一次邂逅了那个神采飞扬的男子。“充耳琇莹，会弁如星。”他一袭盛装，戴一顶鹿皮小帽，帽子点缀的宝石如夜空闪烁的星辰，一串五彩的珠玉从帽檐悠然垂下。

他步履匆匆，但那脚步是那样坚定，神情是那样潇洒。瞧他容光焕发的样子，是赶去赴一场盛宴，还是与心爱的人有约？河岸上一丛绿意盎然、高耸云天的翠竹，衬着他英武的身影，显得更加英姿飒爽。好一个典雅高贵的男子，只远远一瞥，就令人怦然心动。

三遇“男神”

“瞻彼淇奥，绿竹如箦。”

弯弯的淇水之畔，一丛丛婀娜多姿的绿竹已连成一片青翠幽谧的竹林。竹影摇曳，阳光透过竹梢洒下斑斑点点的光影，伴之以沙沙的风吹竹叶声，淇水淙淙，那是怎样一番诗意境界啊！

那天，他乘着一辆华贵的马车来到竹林。一群少男少女蜂拥而来，想要一睹他们心中的偶像，我也终于有机会与他近距离接触。他风流倜傥，一点儿也不高高在上，是那样平易近人，我与他一见如故。“善戏谑兮，不为虐兮。”他侃侃而谈，妙语连珠，博古通今，时不时幽之一默，逗得大家哈哈大笑。他的谈吐金声玉振，听之如吞珠嚼玉般顿觉齿颊生香、美不可言……

绝代“男神”永远活在《诗经》里。千年后的我们每一次与之邂逅都刻骨铭心，他的完美形象在我们心中永不磨灭。

后稷，为了华夏生生不息

大雅·生民（节选）

厥（jué）初生民，时维姜嫄（yuán）。生民如何？克禋克祀，以弗无子。履帝武敏，歆（xīn）！攸介攸止。载震载夙，载生载育，时维后稷。

诞弥厥月，先生如达。不坼（chè）不副（pì），无菑（zāi）无害，以赫厥灵。上帝不宁，不康禋祀，居然生子。

诞寘之隘巷，牛羊腓（féi）字之；诞寘之平林，会伐平林；诞寘之寒冰，鸟覆翼之。鸟乃去矣，后稷呱（gū）矣。实覃（tán）实訏，厥声载路。

诞实匍匐，克岐克嶷（yí），以就口食。蓺之荏菽，荏菽旆（pèi）旆。禾役穟（suì）穟，麻麦幪（méng）幪，瓜瓞唪（fěng）唪。

诞后稷之穑，有相之道。茀厥丰草，种之黄茂。实方实苞，实种实褎；实发实秀，实坚实好。实颖实栗。即有邰家室。

诞降嘉种：维秬（jù）维秠（pī），维穈（mén）维芑（qǐ）。恒之秬秠，是获是亩；恒之穈芑，是任是负，以归肇祀。

【微指导】

1. 诗歌大意

《大雅·生民》是一首对周人始祖后稷的赞美诗。诗歌记叙了后稷不平凡的诞生经历，赞扬了他幼年时所表现出的对农艺的天赋，歌颂了他长大后对农业发展的伟大贡献。

2. 诗境想象

（1）履帝武敏，歆！

姜嫄发现神奇的大脚印，怎样感到好奇？她是怎么做的？

（2）诞寘之隘巷。

人们是怎样对待刚出生的小后稷的？

（3）蓺之荏菽。

天资聪颖的小后稷种了哪些庄稼？

（4）实方实苞，实种实褎。

后稷带领百姓铲除杂草，种下优良的种子。种子是怎样破土而出，一天天茁壮成长的？

3. 身临其境

假如你置身在一望无际的丰收的稻田中，你的心情会怎样？

【新拓展】

史记·周本纪（节选）

［汉］司马迁

周后稷，名弃。其母有邰氏女，曰姜原。姜原为帝喾元妃。姜原出野，见巨人迹，心忻然说，欲践之，践之而身动如孕者。居期而生子，以为不祥，弃之隘巷，马牛过者皆辟不践；徙置之林中，适会山林多人，迁之；而弃渠中冰上，飞鸟以其翼覆荐之。姜原以为神，遂收养长之。初欲弃之，因名曰弃。

【下水文】

后稷，为了华夏生生不息

伟大的后稷啊，你是上天之子吧？

“克禋克祀，以弗无子。”那一天，伟大的母亲姜嫄向上天祷告，请赐给她一个英俊的儿子。

“履帝武敏”，那一天，母亲姜嫄踏着上天的足迹，忽然有一个新生命在腹中孕育了。十月怀胎，那一天，你顺利诞生了，却把大家吓了一跳，竟然是一个大肉球，鲜红鲜红的，裹着一层薄纱！

这是个怪胎！族人把你丢弃在陋巷，可奇迹发生了，母牛母羊纷纷走过来，都想庇护你，都想为你哺乳。族人把你丢弃在森林，谁知一群樵夫正好来伐木。狠心的族人啊，又把你丢弃在冰雪上，要把你活活冻死。这时飞来一只大鸟，用它那柔软的羽翼温暖你，小心地啄破那层裹着你的薄纱。

“哇——”一声清亮的啼哭划破了冰雪荒郊的宁静。族人们纷纷赶来，终于把险遭遗弃的你抱回，送到母亲姜嫄的怀抱里。

伟大的后稷啊，你是上天之子吧？你刚刚牙牙学语，就乖巧伶俐，那双水灵灵的大眼睛透露着与众不同的聪颖。你从不娇生惯养，刚刚学会爬行的时候，就能自己寻找食物，从来不用大人操心。

你是为天下百姓的温饱生活而降生的吧？少年时的你，天生会耕种。你种大豆，豆苗绿油油，茁壮成长；种植稻谷，稻秧青翠欲滴；种麦子，麦田一碧无际；种果树，果实压弯了枝头；种瓜，瓜瓞绵延。好一幅“蓺之荏菽，荏菽旆旆。禾役穟穟，麻麦幪幪，瓜瓞唪唪”的丰收图！

敬爱的后稷，你真是天才的种庄稼能手。是你教我们除去丛生茂盛的杂草，种上挑选好的良种。一分耕耘，一分收获。这不，禾苗吐芽出土啦！沐浴着春风和雨水，庄稼长粗长高啦！你教我们及时施肥、除草，庄稼拔节抽穗啦！禾穗沉甸甸、金灿灿……

伟大的后稷啊，你是上天之子吧？你是农业之神，是你赐给子孙万代黍、稷、菽、麦、稻等各种谷物的种子，是你教给我们春播秋收的本领。是你啊，教会中华儿女用勤劳和智慧播种庄稼、耕耘大地，使华夏大地千秋万代生生不息！

梧桐树与金凤凰

大雅·卷阿（节选）

有卷（quán）者阿，飘风自南。岂（kǎi）弟（tì）君子，来游来歌，以矢其音。

尔土宇昄（bǎn）章，亦孔之厚矣。岂弟君子，俾尔弥尔性，百神尔主矣。

凤凰于飞，翙（huì）翙其羽，亦集爰止。蔼蔼王多吉士，维君子使，媚于天子。

凤凰于飞，翙翙其羽，亦傅于天。蔼蔼王多吉人，维君子命，媚于庶人。

凤凰鸣矣，于彼高冈。梧桐生矣，于彼朝阳。菶（péng）菶萋萋，雝（yōng）雝喈喈。

君子之车，既庶且多。君子之马，既闲且驰。矢诗不多，维以遂歌。

【微指导】

1. 诗歌大意

《大雅·卷阿》是一首歌颂周王深受人民爱戴的赞美诗。诗歌记叙了周王与大臣们乘车来到一座大山上游乐时，一群凤凰从天边飞来，围着他们载歌载舞的情景。

2. 诗境想象

（1）来游来歌。

周王和大臣们来到高高的山顶，放眼远望，会看到什么景色？歌唱了什么内容？

（2）凤凰于飞。

凤凰从哪里飞来？是怎样歌舞的？人们看到凤凰歌舞时，心情是如何激动？

3. 身临其境

假如你随周王出游，看到眼前奇妙的景象，会发出怎样的感慨？

【新拓展】

凤凰涅槃（节选）

郭沫若

除夕将近的空中，
飞来飞去的一对凤凰，
唱着哀哀的歌声飞去，
衔着枝枝的香木飞来，
飞来在丹穴山上。

山右有枯槁了的梧桐，
山左有消歇了的醴泉，
山前有浩茫茫的大海，
山后有阴莽莽的平原，
山上是寒风凛冽的冰天。

【下水文】

梧桐树与金凤凰

群山连绵，万木葱茏。

蜿蜒的山路盘旋而上。路的两边尽是梧桐树，枝繁叶茂，生机勃勃，枝头缀满了洁白如雪的桐花，蜂喧蝶翔。“岂弟君子，来游来歌。”一队车马迎着和煦的阳光迤逦而来，那是我们敬爱的周王带领功勋卓著的王公大臣们登山春游来了。

山之巅，阳光灿烂，群花万紫千红。在这春日暖阳里，周王卸下在朝堂上的肃穆与威严，面露微笑，和蔼可亲。臣子们自然没有了局促与拘谨，宛如一夜春风拂面来，像刚吹绽的桃花笑逐颜开。“飘风自南”，一阵阵和风从山之南徐徐吹来，夹带着空气的湿润与草木的芳香，好舒心，好惬意啊！“尔土宇昄章，亦孔之厚矣。”周王翘首南望，只见蓝天白云，重峦叠嶂，江流千回百转，江山如此多娇！目之所及，心之所及，尽是大周疆域。周王不由得春风得意，情动辞发，欣然感慨放歌：“天作高山，大王荒之。彼作矣，文王康之……”

一曲吟罢，掌声雷动。

“我平易近人的大王啊，祝您一生辛劳换来万世太平。”大家纷纷向周王祝贺。

“祝大王福寿康宁！”

“愿大周国泰民安！”

……

笑语声声，祝福声声。“飘风自南”，心旷神怡，眼前俨然是一个天然舞池，鸟在鸣唱，风在鼓琴，满山红花绿树翩然起舞。

忽然，一群凤凰从云之涯、天之外飞来。

“凤凰于飞，翙翙其羽。”多么美丽、高贵的凤凰啊，成群结队地飞来，在周王和大臣们的头顶盘旋着、飞舞着，刹那间，晴朗的天空祥云缭绕。几只凤凰落在周王面前，舒展着火红的翅膀，载歌载舞。那歌声婉转悠扬，唱着吉祥，唱着祝福；那舞姿犹如九天仙女，那么优雅，那么曼妙，那么风姿绰约，舞着欢乐，舞着祥瑞。

“凤凰鸣矣，于彼高冈。”一曲终了，凤凰们一边鸣唱着，一边飞向那长满梧桐的山冈，继续歌舞。碧绿的梧桐叶，洁白的桐花，还有火红的凤凰，再加上明媚的太阳和温暖的春风，眼前的景致太美妙了！周王和大臣们陶醉于其中，忘了今夕何夕。

梧桐树长得那样茂盛，凤凰才鸣唱得那样动听！敬爱的大周之王啊，您高尚的人格魅力就像那生机勃发的梧桐树；追随您、爱戴您的贤人志士，就是那翩然起舞的金凤凰。

愿梧桐树常青，愿金凤凰常来。

月色·灯影·晨曦

小雅·庭燎

夜如何其（jī）？夜未央。庭燎之光。君子至止，鸾声将（qiāng）将。

夜如何其？夜未艾。庭燎晣（zhé）晣。君子至止，鸾声哕哕。

夜如何其？夜乡（xiàng）晨。庭燎有辉。君子至止，言观其旂。

【微指导】

1. 诗歌大意

《小雅·庭燎》是一首赞美周天子勤于政事的颂诗。诗以一问一答开始，形象地表现时间的推移，通过宫中忽明忽暗的庭燎之光，暗示勤政，含蓄有味。

2. 诗境想象

（1）夜如何其？

这是在什么地方？是谁在问？问谁？对方又是怎么回答的？

（2）庭燎之光。

火光亮吗？周围的环境怎样？

（3）夜乡晨。

这是什么时间？

3. 身临其境

如果你是值班的更夫，看到君王这样夜以继日地工作，会向他投去怎样的目光？

【新拓展】

奉和中书舍人贾至早朝大明宫

［唐］岑　参

鸡声紫陌曙光寒，莺啭皇州春色阑。
金阙晓钟开万户，玉阶仙仗拥千官。
花迎剑佩星初落，柳拂旌旗露未干。
独有凤凰池上客，阳春一曲和皆难。

【下水文】

月色·灯影·晨曦

夜，静悄悄的。

一轮冷月遥挂西天，几点疏星忽明忽暗。

夜幕下的周王宫肃穆、安详。如水的月光透过窗棂洒进殿堂阶前，殿堂之上火炬熊熊燃烧，庭燎通明，光影摇曳。

周宣王一夜未眠。他手握竹简，踱着方步，似乎在思考着什么，月影、灯影把他衬得更加伟岸。大周君臣同心协力，终于有了今日的中兴，宣王的嘴角露出一丝微笑。又是一年一度的冬祭，各路诸侯从各自的封地纷纷赶来陪祭，有的还是从千里之外赶来的。君使臣以礼，臣事君以忠，宣王很感动，好想早点儿见到他们。

“现在是什么时间？”宣王问廊下的更夫。

更夫答：“回大王，夜还没尽，天还未亮，大王请休息吧。”

“庭燎之光”，燃烧的火炬跳跃着火焰，窗外依旧月色溶溶。宣王看看窗外，隐隐约约听见诸侯们乘马而来，晨风吹拂着各色旌旗，佩铃叮当作响……

宣王批阅着一卷卷竹简，猛然抬头问："夜已到了什么时分？"

"夜未尽，黎明即将到来。"

熊熊火焰欢快地跳跃着，窗外月色消失，晨曦朦胧。"君子至止，鸾声哕哕。"宣王看看窗外，分明听见诸侯们正乘马而来，马蹄声声，划破了黎明前的宁静，龙王旗杆头的佩铃声声清脆……

时间静悄悄地过去，宣王批阅过的竹简越堆越高。

火炬的光芒似乎昏暗了许多，天边泛起了一抹淡淡的朝霞。啊，新的一天如约而至。宣王走出宫殿，遥望远方。各路诸侯迎着新一天的第一缕晨曦赶来参加大周王朝的隆重冬祭。"君子至止，言观其旂。"五色的旗帜如红霞万朵，声声马蹄伴着"鸾声将将""鸾声哕哕"，如春雷滚滚，又宛如奏响一曲雄壮的春之交响乐……

宣王灿然而笑。

金声玉振祭先王

商颂·那

猗（ē）与那（nuó）与！置我鞉（táo）鼓。奏鼓简简，衎（kàn）我烈祖。
汤孙奏假，绥我思成。鞉鼓渊渊，嘒嘒管声。
既和且平，依我磬声。於（wū）赫汤孙，穆穆厥声。
庸鼓有斁（yì），万舞有奕。我有嘉客，亦不夷怿（yì）！
自古在昔，先民有作。温恭朝夕，执事有恪。
顾予烝尝，汤孙之将。

【微指导】

1. 诗歌大意

《商颂·那》是一首描写殷商后代祭祀先祖的颂歌。钟鼓不绝其响，乐舞有序进行，场面盛大，表达对先祖的尊崇，以此求取先祖的庇护。

2. 诗境想象

（1）猗与那与！置我鞉鼓。

盛大的舞会开始之前，是怎样的场景？参加这一场祭祀活动的有什么人？

（2）奏鼓简简，衎我烈祖。

人们听见了什么声音？想起了什么？

（3）万舞有奕。

舞蹈的场面是怎样的？

3. 身临其境

假如你置身于钟鼓齐鸣、舞师们翩然起舞的欢乐场景里，会有一番怎样的感怀？

【新拓展】

琵琶行（节选）

［唐］白居易

大弦嘈嘈如急雨，小弦切切如私语。
嘈嘈切切错杂弹，大珠小珠落玉盘。

【下水文】

金声玉振祭先王

冬日，温暖的阳光。

殷商国都朝歌，富丽堂皇的太庙。

庄严肃穆，一面大鼓立在庙堂的中央，两旁摆着金、石、丝、竹等各种乐器。祭品摆好了，六畜兴旺，五谷丰登。感谢列祖列宗在天之灵，今年风调雨顺，又是一个丰收年。商王亲自担任主祭，各路诸侯远道而来陪祭。“猗与那与！”今年的冬祭盛况空前。

一场盛大的祭祖典礼就要拉开帷幕。

“嘭嘭嘭——”大鼓擂响啦，“咚咚咚——”小鼓也敲响啦！欢乐的鼓点像一封封有声的请柬飘向天庭，向伟大的商汤历代天子的亡灵发出盛情的邀请，回来吧，回到你们深爱的土地，分享子孙们丰收的喜悦。

大鼓、小鼓交叉错落地响着，大起大落地响着，敲得人心潮澎湃、热血沸腾。点点鼓声啊，时而像春雷从天边滚滚而来，时而如骤雨倾盆而下，时而仿佛有千军万马飞奔而去，又飞奔而来。忽然，一道清亮的笛声飘然而至，仿佛在千军万马中有一位牧童骑在牛背上，吹着竹笛慢悠悠地行走，清脆的笛声划过滚滚风尘。“咚锵——”铿锵有力的玉磬声骤然响起，“当当当——”洪亮的钟鸣也加入进来。声声乐音歌颂祖先们的丰功伟绩，赞美他们勤政爱民，表达子孙万民对祖先的敬仰与感恩，真诚地祈祷他们在天之灵时时赐福华夏，保佑江山永固、万世太平！

“鞉鼓渊渊，嘒嘒管声。既和且平，依我磬声。”钟鼓齐鸣，管弦合奏，再加上金声玉振般的玉磬之声，汇成音乐的天风海涛，简直要把这庙堂的金色屋顶都掀翻了！

祭祖典礼进入高潮。《万舞》开场了，一群青年舞者身穿红衣，踏着音乐的节拍鱼贯而入，翩然起舞。舞者们旋转如飞，舞池里红火热烈，仿佛有千百只金凤凰在火中涅槃再生。那场面惊动天地，动人心魄！不管是主祭汤王，还是陪祭诸侯嘉宾，都忘了身在何方，仿佛看见了烈祖先王驾鹤而来，也加入《万舞》的舞池与子孙们共舞一曲……

啊，天地同乐，人神共舞，“顾予烝尝，汤孙之将”！

欢乐就在今宵

鲁颂·有駜

有駜（bì）有駜，駜彼乘（shèng）黄。夙夜在公，在公明明。振振鹭，鹭于下。鼓咽咽，醉言舞。于胥（xū）乐兮！

有駜有駜，駜彼乘牡。夙夜在公，在公饮酒。振振鹭，鹭于飞。鼓咽咽，醉言归。于胥乐兮！

有駜有駜，駜彼乘駽（xuān）。夙夜在公，在公载燕。自今以始，岁其有。君子有穀，诒（yí）孙子。于胥乐兮！

【微指导】

1. 诗歌大意

《鲁颂·有駜》是一首赞颂鲁僖公和群臣饮宴、人人欢乐的诗。据史书记载，鲁国曾多年遭受饥荒，僖公登基后采取了一些措施，使人民获得了粮食的丰收，因此僖公被称为“中兴之君”。

2. 诗境想象

（1）駜彼乘黄。

这是什么时间？什么地方？谁坐着一乘马车？去向何方？

（2）在公明明。

鲁僖公怎样勤勉地工作？

（3）在公载燕。

鲁僖公与群臣们怎样快乐地饮酒？

3. 身临其境

假如你也身处其间，你看见了什么？听见了什么？

【新拓展】

纳后夕侍宴

［宋］徐　铉

天上轩星正，云开湛露垂。
礼容过渭水，宴喜胜瑶池。
彩雾笼花烛，升龙肃羽仪。
君臣欢乐日，文物盛明时。
帘卷银河转，香凝玉漏迟。
华封倾祝意，觞酒与声诗。

【下水文】

欢乐就在今宵

阳光明媚，通往鲁国郊外祈天祭庙的大路上鸟语花香。

"嗒嗒嗒——"马蹄声声由远而近。"有駜有駜，駜彼乘黄。"好膘壮的马啊，那是纯色的黄马，它们四匹齐头并进，拉着一辆华丽的宫车缓缓前进。车里坐着参加祭祀的大臣、礼宾，还有年轻美丽的红男绿女。

瞧，我们尊敬的鲁公也来了。他乘坐的马车由四匹黑色青骊宝马拉着，格外引人注目。路人纷纷驻足，向他注目行礼，有的还热情地向他打招呼。鲁公满面笑容，不住地挥手，频频点头。

鲁国祭祀的庙堂富丽堂皇，与鲁公一起参加祭祀活动真是光荣而快乐。这是多么令人难忘的一天呀，吃住在庙堂，娱乐在庙堂。

"咚咚咚——"鼓声响起，隆重的祭祀开始了。"振振鹭，鹭于下。"一群穿着洁白衣裳的少男少女手持白羽翩翩起舞，他们的舞蹈入情入境，仿佛一群白鹭从天而降，在碧波荡漾的湖面飞翔着、嬉戏着。庙堂里弦歌不绝，大家放声歌唱着，赞美鲁公的智慧和勇敢，歌唱大臣们的勤勉，歌唱鲁国的千里河山……

望着眼前歌舞升平的一幕，鲁公高兴极了。他心血来潮，举杯离座，对着大臣说："来，来，来，我们一起痛饮美酒！"大臣们纷纷把盏起舞，其乐融融。

欢乐就在今宵。庙堂里"鼓咽咽，醉言舞"，君臣同乐，君臣同醉。在这样的情境里，君臣忘记了平日的礼数，尽情地起舞，尽情地欢饮；在这样的情境里，快乐互相感染着，你的笑容映衬着我的笑容，你的快乐传递着我的快乐，你的激情燃烧着我的激情……

君臣忘记了时间，欢乐通宵达旦。

愿天下从今夜开始永远太平，愿国家年年风调雨顺，愿子孙世世代代幸福万年长！

“于胥乐兮！”

乐声伴着淮水飞

小雅·鼓钟

鼓钟将将，淮水汤（shāng）汤，忧心且伤。淑人君子，怀允不忘。

鼓钟喈喈，淮水湝（jiē）湝，忧心且悲。淑人君子，其德不回。

鼓钟伐鼛，淮有三洲，忧心且妯（chōu）。淑人君子，其德不犹。

鼓钟钦钦，鼓瑟鼓琴，笙磬同音。以雅以南，以籥（yuè）不僭（jiàn）。

【微指导】

1. 诗歌大意

《小雅·鼓钟》是一首描写聆听音乐、怀念君子的诗歌。诗人聆听盛世之音，怀想起周王朝开国之初的英雄豪杰，想想当下江河日下的处境，不禁悲从中来。

2. 诗境想象

（1）鼓钟将将，淮水汤汤。

音乐会在什么地方举办？舞台的布置怎样？观众有可能是些什么人？

（2）忧心且伤。

诗人为什么“忧心且伤”？他想起了哪些“淑人君子”？

3. 身临其境

诗歌描写音乐会的高潮有七八种乐器同时演奏，舞者步入舞台载歌载舞。你看到了吗？听到了吗？你的心情激动吗？

【新拓展】

赠花卿

［唐］杜　甫

锦城丝管日纷纷，半入江风半入云。

此曲只应天上有，人间能得几回闻。

【下水文】

乐声伴着淮水飞

这是一场露天音乐会。

春风送暖，阳光朗照。“鼓钟将将，淮水汤汤。”音乐会的舞台设在淮水之畔，台前碧波荡漾。舞台的四周古木森森，掩映着繁花绿叶，显得华丽而清幽。音乐会隆重、高雅，这是一次皇家乐团对老百姓的开放演出，观者如云。

周王来了，王公大臣也来了，彰显王家与民同乐，以粉饰太平。然而，周王朝日薄西山，没有人愿意挺身而出拯救国家于危亡之中，我的心情一点儿也不快乐。我“忧心且伤”，呼唤英雄，可是英雄在哪儿？

“鼓钟喈喈，淮水湝湝。”钟声高亢嘹亮，响起了雄壮豪迈的旋律，这是大周王家的“雅乐”啊！鼓钟喈喈，应和着淮河之水的声声波涛，听者仿佛回到了周初奠基立业那激情燃烧的岁月。那时，文王、武王、周公、召公、吉甫将军……英雄豪杰、仁人志士层出不穷，前赴后继。他们运筹帷幄，决胜千里，将士们同仇敌忾，血染疆场，终于打下了大周江山。他们实施德政，与民同甘共苦，赢来了周初路不拾遗、夜不闭户的太平世界。可是，昔日的繁华，而今安在？“忧心且悲。淑人君子，其德不回。”我大周的仁人志士啊，你们在何方？你们的德政，你们的仁治，你们胸怀天下百姓的抱负，什么时候重回我泱泱中华大地？

“鼓钟伐鼛，淮有三洲。”钟鼓齐鸣，雄壮的乐声回荡在淮上三洲。这是南国的音乐吧，同样令人心潮澎湃、热血沸腾。可是我大周的江山啊，为什么不再像乐声中那样蒸蒸日上、气象万千了呢？为什么不再像乐声中那样江山壮丽、人民安康了呢？到处看到的是饥饿的百姓，听到的是人民的嗟叹，“忧心且妯。淑人君子，其德不犹。”我大周的仁人志士啊，为什么一去不复返？何人能挽救这无边的苦难？

“鼓钟钦钦，鼓瑟鼓琴，笙磬同音。”激越的钟鸣，洪亮的大小鼓声，还有清亮的磬声、笙声，和着悠扬的琴声、瑟声，汇成音乐的海洋。一群身着霓裳彩衣的舞者款款而来。他们秉籥而舞，轻盈的舞步、曼妙的舞姿与乐团的演奏浑然一体，把音乐会推向了高潮。

音乐会万方乐奏，千人酣舞，令人叹为观止。观众们陶醉其间，不知今夕何夕。也许是众人皆醉我独醒吧，也许是杞人忧天吧，我却“忧心且伤”“忧心且悲”“忧心且妯”，在心底里一声声叹问：“为什么‘淑人君子，其德不回’？”

这屹立千年的古木知道吗？这奔腾不息的淮河之水知道吗？

自古英雄出少年

齐风·猗嗟

猗（yī）嗟昌兮，颀而长兮。抑若扬兮，美目扬兮。巧趋跄兮，射则臧兮。
猗嗟名兮，美目清兮。仪既成兮，终日射侯。不出正兮，展我甥兮。
猗嗟娈（luán）兮，清扬婉兮。舞则选兮，射则贯兮。四矢反兮，以御乱兮。

【微指导】

1. 诗歌大意

《齐风·猗嗟》是一首赞美英雄猎手的诗。全诗共三节，每节前半部分描写射手身材体态的健美，后半部分写他射箭技术的高超。

2. 诗境想象

（1）猗嗟昌兮，颀而长兮。

多么健美的少年啊，他的形象如何？

（2）仪既成兮。

少年射箭之前，举行了哪些礼仪？

（3）四矢反兮。

少年怎样弯弓搭箭，四箭连发？

3. 身临其境

当少年箭无虚发，现场观看的人有什么反应？

【新拓展】

少年行（其三）

［唐］王　维

一身能擘两雕弧，虏骑千重只似无。
偏坐金鞍调白羽，纷纷射杀五单于。

【下水文】

自古英雄出少年

齐国，临淄。

秋高气爽，阳光朗朗地照着。演武场里旌旗招展，人声鼎沸。这里正在举行一年一度的射箭比赛。各路英雄摩拳擦掌，志在必得！

观演台上，齐侯与大臣们正襟危坐。

“咚、咚、咚——”鼓声一阵紧似一阵。英雄们一个接着一个出场，各显神勇。比赛高潮迭起，异彩纷呈，观众连连喝彩。

又是一阵激越的鼓点。一乘马车飞奔入场，四牡骙骙，立于车上的少年英姿勃发，一下子成了全场观众关注的焦点。“猗嗟昌兮，颀而长兮。”少年身材高挑，如青松般伟岸，面庞宽阔，剑眉高扬，透着英气。“抑若扬兮，美目扬兮。”一双美目炯炯有神，仿佛秋日清泉那般清澈与明亮。再看看少年的打扮吧，肩佩长弓，象弭鱼服，烈烈长风吹动红色的披风和银色的帽缨，是那样英俊潇洒！少年气质优雅，豪气逼人，引起观众席一阵不小的躁动。

“巧趋跄兮，射则臧兮。”少年驾驭着马迈着稳健的步履绕场一周，面带微笑向大家拱手作揖致敬。礼成，只见他勒马、搭箭、弯弓、瞄准，这一连串动作完成得那样娴熟而富有美感。鼓声骤停，大家屏住呼吸，只听“咻、咻、咻——”少年连发三箭，箭无虚发，箭箭穿过靶心！

“棒极了！”

“这简直是后羿再世！”

……

人们的赞美之词脱口而出。平日里一脸威严的齐侯也情不自禁地带头起立为少年喝彩。

少年把弓背到背后，鼓声骤响。“四矢反兮”，“咻、咻、咻、咻——”少年反手拉弓，一连四发，依然箭箭都穿过靶心！全场欢声雷动，掌声响彻云霄。

少年满面春风，连连拱手，自谦地鞠躬致谢。

少年文质彬彬，风流倜傥，一下子成了少男少女的偶像。多少少女心花怒放，多少含情脉脉的目光投向了他。多少少男纷纷拜他为师，目光里流露出羡慕与敬重。齐侯与大臣们也感到分外激动，自古英雄出少年，齐国拥有这样武艺精湛的英雄，抵御外患有保证，齐国可以兴盛矣！

齐侯兴奋不已，举杯高声叫道：“为少年赐酒！”

激昂的鼓声响彻云霄。

我自豪是殷商的子民

商颂·玄鸟

天命玄鸟，降而生商，宅殷土芒芒。古帝命武汤，正域彼四方。方命厥后，奄（yǎn）有九有。商之先后，受命不殆，在武丁孙子。武丁孙子，武王靡不胜。龙旂十乘，大糦（chì）是承。邦畿千里，维民所止。肇域彼四海。四海来假（gé），来假祁祁，景员维河。殷受命咸宜，百禄是何（hè）！

【微指导】

1. 诗歌大意

《商颂·玄鸟》是一首赞美殷商先祖的乐歌。诗人热情洋溢地记叙了殷商祖先诞生、立国和中兴大业的丰功伟绩，表达了对先王的无比崇敬之情。

2. 诗境想象

（1）宅殷土芒芒。

看到了一片怎样辽阔的土地？

（2）受命不殆，在武丁孙子。

武丁是一位贤能的君王，他为殷商的强盛做了哪些事？

（3）四海来假，来假祁祁。

四海夷狄都来朝觐商王，朝堂上呈现出一番怎样的景象？

3. 身临其境

殷商王朝多么值得我们赞美，我们赞美它什么？

【新拓展】

史记·殷本纪（节选）

［汉］司马迁

殷契，母曰简狄，有娀氏之女，为帝喾次妃。三人同浴，见玄鸟堕其卵，简狄取吞之，因孕生契。

【下水文】

我自豪是殷商的子民

可爱的小燕子从天庭翩翩下凡，于是诞生了我的祖先——契。

契神通广大，心地善良。他是舜帝的大臣，因协助禹治水有功，被封在黄河之滨的商地。“宅殷土芒芒”，这里是一望无际的黄土高原，四野茫茫，土地肥沃，人民世代安居乐业。

夏桀残暴不仁，民不聊生，四方百姓怨声载道。“古帝命武汤，正域彼四方。”上天命令契的后人商汤替天行道，揭竿而起，推翻了暴虐成性的夏桀，结束了延续近五百年的夏朝统治，建立了商朝。我赞美伟大的商汤，他胸怀大志，英勇善战，征伐四方，铁骑所到之处，诸侯纷纷俯首称臣。我赞美强大的商朝，他拥有天下九州千里江山。我赞美商朝的历代君王们，他们承天受命，励精图治，使天下百姓安康幸福，神州大地河清海晏。

“武丁孙子，武王靡不胜。”最令后世景仰的君王要数武丁王了。他胸怀天下，热爱人民；他礼贤下士，平易近人。他任用傅说为相，妻子妇好为将军。伟大的商朝啊，迎来了一个无比辉煌的太平盛世。

十里官道，人流如潮。

四方诸侯朝贡来了，马蹄声声，车轮滚滚。“龙旂十乘，大糦是承。”通往朝歌的路上各色旌旗迎风飘扬，宛若七色的彩虹迤逦而来。仔细看那招展的旗帜，有的绘着飞龙，有的绘着飞蛇，有的绘着鹰隼……不同的图腾代表着不同的部落。

万民景仰的武丁王笑容可掬，迈着稳健的步伐亲自前来迎接，盛装的文武百官紧紧相随。

“四海来假，来假祁祁。”朝贡的典礼开始了，洪钟大鼓敲响了，声震百里。现场彩旗招展，弦歌不绝。诸侯们向大王献上最香的美酒，最丰硕的黍、稷、菽、麦、稻，同时也献上了最真诚的祝福，更献上了最忠心的表白，愿世世代代做殷商王朝忠实的子民。

一群青年人盛装出场，他们翩翩起舞，放声歌唱，歌唱商殷“邦畿千里”，幅员辽阔，山河壮丽，人民丰衣足食；歌唱武丁王的恩泽“肇域彼四海”，像黄河一样源远流长；歌唱殷商奉天承运，万寿无疆，吉祥万年。

遇见如花君子

小雅·裳裳者华

裳裳者华，其叶湑（xǔ）兮。我觏之子，我心写兮。我心写兮，是以有誉处兮。

裳裳者华，芸其黄矣。我觏之子，维其有章矣。维其有章矣，是以有庆矣。

裳裳者华，或黄或白。我觏之子，乘其四骆。乘其四骆，六辔（pèi）沃若。

左之左之，君子宜之。右之右之，君子有之。维其有之，是以似之。

【微指导】

1. 诗歌大意

《小雅·裳裳者华》是一首赞美青年君子德容兼美的雅歌。诗人在鲜花盛开的时节遇见一位风流倜傥的君子，被他的青春魅力所折服。

2. 诗境想象

（1）裳裳者华，其叶湑兮。

这是什么季节？有着怎样的景物？

（2）我觏之子，我心写兮。

“我”在哪里遇见君子？心情怎样？

（3）我觏之子，乘其四骆。

“我”遇见的君子是来做什么事的？

3. 身临其境

假如在演武场上看到一位君子精彩的表演，你会向他投去怎样的目光？

【新拓展】

清代学者方玉润评析《小雅·裳裳者华》：“末章似歌非歌，似谣非谣，理莹笔妙，自是名言，足垂不朽。”

【下水文】

遇见如花君子

“裳裳者华，其叶湑兮。”多么明艳美丽的花儿啊，碧绿的叶子簇拥着它，每一片花瓣都是淡淡的红润，沾着晶莹的露珠，都绽放着生命的光彩。

“我觏之子，我心写兮。”那天，我们去郊游，在鲜花盛开的路上，遇见了一位英俊的青年男子。他风华正茂，英姿飒爽，全身散发着青春迷人的魅力，尤其是那笑容，像清晨怒放的鲜花。我们一见如故，相伴而游，心情格外舒畅。春天的阳光洒在大地，更洒在我的心上。他的博学、他的热情、他的幽默，是这次交游最美丽的风景。

“裳裳者华，芸其黄矣。”遍地的花儿开得像金子般黄灿灿的。那天，在收获节的联欢会上，我们又遇见了那位如花般英俊的年轻男子。他一袭黄裳，上面绣着精美的鹰隼图案，佩一把精致的短剑。“维其有章矣，是以有庆矣。”原来他有着高贵的身份，但他依然露出谦谦君子彬彬有礼的微笑，那样亲切，是那样平易近人。篝火燃烧起来了，晚会拉开了帷幕，这英俊的男子翩然起舞。他那曼妙的舞姿宛如一朵旋转的太阳花，引来了少男少女们一阵又一阵的尖叫。

“裳裳者华，或黄或白。”遍地的花儿招展着金灿灿的黄、淡淡的白。那天，在演武场举行的冬季军演现场，我们又遇见了那个青春如花般绽放的年轻男子。“乘其四骆，六辔沃若。”一辆四匹黑鬃白马战车飞奔入场，他手上攥着六根辔绳控制着战车向左飞奔，向右冲锋。他气定神闲，容光焕发，驾驭自如，一身戎装映着斜阳闪着金光，好风光，好潇洒，赢得了多少人羡慕、仰慕的目光，现场掌声如雷。

裳裳者华，万紫千红。那天，在君王金碧辉煌的庙堂之上，我们又遇见了那位青春如花的英武男子。原来，他是君王倚重的大臣，是国之栋梁。他举止温文尔雅，又英气逼人。大周王朝有了这样一群文武双全的大臣辅佐君王，保佑百姓，一定能天下太平、人民安康。

我有美酒敬嘉宾

小雅·鹿鸣

呦呦鹿鸣，食野之苹。我有嘉宾，鼓瑟吹笙。吹笙鼓簧，承筐是将。人之好我，示我周行。

呦呦鹿鸣，食野之蒿。我有嘉宾，德音孔昭。视民不恌，君子是则是效。我有旨酒，嘉宾式燕以敖。

呦呦鹿鸣，食野之芩。我有嘉宾，鼓瑟鼓琴。鼓瑟鼓琴，和乐且湛。我有旨酒，以燕乐嘉宾之心。

【微指导】

1. 诗歌大意

《小雅·鹿鸣》是一首古代君王宴请群臣、民间宴请嘉宾时演唱助兴的乐曲。诗歌描写了主人的热情、礼节的恭敬和宴会的欢乐，情调轻松愉快。

2. 诗境想象

（1）呦呦鹿鸣。

这是在什么地方？成群的小鹿是怎样欢快地嬉戏的？

（2）承筐是将。

主人是怎样迎接远方的客人的？有可能说了些什么话？

（3）我有旨酒。

宾主是怎样互相敬酒的？有什么表情？

3. 身临其境

假如你也作为客人参加了这一场丰盛的宴会，你感受到主人的热情了吗？

【新拓展】

短歌行（节选）

［东汉］曹　操

呦呦鹿鸣，食野之苹。我有嘉宾，鼓瑟吹笙。
明明如月，何时可掇？忧从中来，不可断绝。

【下水文】

我有美酒敬嘉宾

辽阔的旷野，芳草碧连天。嫩绿的青蒿、香蒿、香艾，这儿一丛，那儿一片，散发着淡淡的香气。一群小鹿欢蹦乱跳，自由嬉戏。它们追逐着，亲昵着，欢叫着，时而俯身欣赏自己倒映在清清小溪里的美丽身影……

迎　宾

“呦呦鹿鸣，食野之苹。”

天下太平，四海归一。在这春天里，在这花海上，伟大的周天子正在举行一场盛大的欢宴，宴请各路诸侯。

彩棚搭起来了，红地毯铺上了，迎宾的姑娘花枝招展。“我有嘉宾，鼓瑟吹笙。”乐工们钟鼓齐鸣，吹拉弹唱，迎宾曲在春风中飘荡。

香车宝马，旌旗飘扬，各路诸侯盛装而来，欢天喜地。那是秦伯，带来西风铁马的问候；那是燕王，带来北国关山冷月的问安；那是齐侯，带来东海之滨的祝福；那是楚王，带来百里洞庭的丰年喜报……身材伟岸的周天子神采奕奕，和蔼可亲，亲自迎接来自四面八方的嘉宾。“吹笙鼓簧，承筐是将。”音乐声中，周天子赏赐给各路诸侯成筐成筐的贵重礼物。“人之好我，示我周行。”周天子说：“是大家对我的拥戴，才有江山美丽、人民安康的盛世华年。”周天子的一片真心诚意感动了各路诸侯，他们连忙躬身下拜。

胜　饯

“呦呦鹿鸣，食野之蒿。”

有朋自远方来，不亦乐乎！盛友如云，周天子盛情款待八方宾朋。“我有旨酒，嘉宾式燕以敖。”美酒飘香，山珍海味，令人目不暇接，直咽口水。周天子举杯致辞：“你们不仅仅是我的臣下，更是我最亲爱的兄弟、最信任的朋友。你们忠于职守，大公无私，品格高尚，爱民如子，是人民学习的楷模。因为有了你们各自家园的河清海晏，百姓生活蒸蒸日上，才有大周王朝的江山永固。”周天子第一杯敬皇天，第二杯敬大地，然后斟满一杯敬嘉宾，只见他脑袋一仰，先干为敬。“天子海量，天子豪爽，天子洪福！”大家掌声雷动。宴会上觥筹交错，敬酒声、喝彩声、碰杯声不绝于耳，君臣、主宾其乐融融。

歌　舞

“呦呦鹿鸣，食野之苓。”

碧绿的草地上，美丽的小鹿欢蹦乱跳，呦呦鸣唱。天子与民同乐，治酒敬臣。臣子们如沐春风，他们忘记了所有的辛劳与艰难，心中涌起万千感动、感激之情。“鼓瑟鼓琴，和乐且湛。”大家酒不尽情，歌以尽情，歌不尽情，舞以尽欢。大家醉意微熏，情不自禁地舞之、蹈之、歌之。你跳你的江南月明，我跳我的北国梅香，他跳他的凤凰朝日……周天子忍不住走进草坪，挥舞宝剑，一曲《文王操》惊天动地，征服了所有人的心……

乐工鼓瑟鼓琴，击鼓击钟。歌者齐声高歌：“我有嘉宾，鼓瑟鼓琴。鼓瑟鼓琴，和乐且湛。我有旨酒，以燕乐嘉宾之心……”

献给公刘的赞美诗

大雅・公刘（节选）

笃公刘，匪居匪康。迺埸迺疆，迺积迺仓，迺裹餱粮，于橐于囊，思辑用光。弓矢斯张，干戈戚扬，爰方启行。

笃公刘，于胥斯原，既庶既繁，既顺迺宣，而无永叹。陟则在巘（yǎn），复降在原。何以舟之？维玉及瑶，鞞（bǐng）琫（běng）容刀。

笃公刘，逝彼百泉。瞻彼溥（pǔ）原，迺陟南冈，乃觏于京。京师之野，于时处处，于时庐旅，于时言言，于时语语。

笃公刘，于京斯依。跄跄济济，俾筵俾几。既登乃依，乃造其曹。执豕于牢，酌之用匏。食之饮之，君之宗之。

【微指导】

1. 诗歌大意

《大雅・公刘》是一首反映周部落的首领公刘率领人民开基创业的史诗。诗篇生动地描绘了先民建立邦国的过程，仿佛将我们带进了远古时代，使我们看到了先民勤劳朴实的生活图景。

2. 诗境想象

（1）爰方启行。

人们踏上了开辟新家园的征途，那是一个怎样的场面？

（2）于胥斯原。

公刘到达豳地时，他是怎样考察的？看到了什么？心里有可能想些什么？

（3）俾筵俾几。

新家园落成的庆祝酒宴开始了，大家是怎么做的？有可能说了些什么话？

3. 身临其境

假如你追随公刘，参与了建设新家园的工作，你的心情如何？你会向公刘投去怎样的目光？

【新拓展】

公刘墓（节选）

［明］孙　礼

野径迂回黍稷香，四山如揖护幽堂。
藻萍自永三秦祀，瓜瓞能留万古芳。

【下水文】

献给公刘的赞美诗

爰方启行

我赞美先祖公刘的高瞻远瞩。

“迺埸迺疆，迺积迺仓”，伟大的公刘呀，你以小小的邰地作为部落发展的根据地，废寝忘食地带领大家平整土地、辛勤耕种，获得了一个又一个丰收年。啊，六畜兴旺，五谷丰登，金色的粮食满囤满仓。你不甘整个部落蜗居于邰地，你有更远大的理想，你组织大家准备充足的干粮，向更大的目标出发。

那一天，黄道吉日。男女老少告别居住了几世几代的老家出发了。好壮观的队伍啊，人们扶老携幼，欢歌笑语；“迺裹餱粮，于橐于囊”，牛车、马车载着大大小小一袋袋的干粮浩浩荡荡地前行；“弓矢斯张，干戈戚扬”，青壮年劳力英姿勃发，背上强弓，携带箭矢，肩荷枪戟，背负斧钺，信心满满地踏上寻找新家的征程。

京师之野

我赞美先祖公刘的躬身践行。

你带领大家来到一片广阔的原野，好一个富庶的宝地啊，人烟稠密，鸟语花香。大家喜出望外，好像找到了天堂。你马不停蹄地规划未来的京师。“维玉及瑶，鞞琫容刀。”多么威武雄壮的公刘，你扎着美玉镶嵌的腰带，挎着美玉装点刀鞘的宝刀。“陟则在巘，复降在原。”我们看到你在高高的山冈上眺望远方的英姿，看到你在辽远的平原上步履匆匆的背影，你时而又出现在清流奔涌的河畔，与乡亲们一起憧憬着未来美丽的家园。

蓝图一天天变成了真实的美景。“于时处处，于时庐旅，于时言言，于时语语。”广袤的京师原野，一座座新房拔地而起，到处是人们建设新家园的身影，到处都是欢声笑语。

酌之用匏

我赞美先祖公刘的高功厚德。

你的运筹帷幄，大家的同心协力，使一座雄伟的新城崛起于山川秀美的平原大地。你的人格魅力让“近者悦，远者来”。新都庆典的那一天好热闹啊！四方人才荟萃，宾客云集。厨师们忙得不亦乐乎，从圈里抓出牲口，宰猪杀羊，当筵烹饪。大家七手八脚铺排下筵席，摆好桌儿，贵宾好友入席落座。大家大快朵颐，大瓠斟酒，举杯欢庆，好不热闹！

在这举国欢庆的时刻，大家铭记着你的盖世功勋，向你举杯敬酒。敦厚诚挚的公刘呵，你笑容可掬，频频回敬。你胸怀天下，又向我们宣布更宏伟的目标……

啊，伟大的公刘啊，你就是我们的君王，你就是我们大周万世景仰的太阳！

美酒飘香兄弟情

大雅·行苇

敦（tuán）彼行苇，牛羊勿践履。方苞方体，维叶泥泥。戚戚兄弟，莫远具尔。或肆之筵，或授之几。

肆筵设席，授几有缉御。或献或酢，洗爵奠斝（jiǎ）。醓（tǎn）醢（hǎi）以荐，或燔或炙。嘉殽脾臄（jué），或歌或咢（è）。

敦（diāo）弓既坚，四鍭（hóu）既钧，舍矢既均，序宾以贤。敦弓既句（gōu），既挟四鍭。四鍭如树，序宾以不侮。

曾孙维主，酒醴（lǐ）维醹（rú），酌以大斗，以祈黄耇（gǒu）。黄耇台背，以引以翼。寿考维祺，以介景福。

【微指导】

1. 诗歌大意

《大雅·行苇》是一首描写家族聚会的诗歌。诗歌记叙了美酒飘香的宴会，也描写了射箭比赛活动，人们长幼有序，尊贤爱能。

2. 诗境想象

（1）敦彼行苇。

初春时节，路边的芦苇长得怎样？人们是怎么爱护这鲜嫩的花草的？

（2）肆筵设席。

来参加宴会的是什么人？从哪些方面能看出宴会的盛况？

（3）敦弓既坚。

射箭比赛时，现场是一番怎样的情景？

3. 身临其境

你发现宴会中那位鹤发童颜的长者了吗？人们是怎样向他敬酒的？他又是怎样回敬的？

【新拓展】

孟子·梁惠王上（节选）

老吾老，以及人之老；幼吾幼，以及人之幼。

【下水文】

美酒飘香兄弟情

春天，大路边。

“敦彼行苇，牛羊勿践履。”芦苇又冒出了新芽，抽出了新茎，长出了新叶。柔茎嫩叶的蒹葭呀，青翠欲滴，充满无限的生命力。一群牛羊从远处摇头晃脑地走来。啊，呆头呆脑的牛羊，请别来践踏这柔弱的新草嫩枝。

今天，周王在这里宴请王族的兄弟们。一张张竹席铺好了，一台台几案摆好了，好盛大的宴会呀！客人们纷至沓来，大家欢天喜地，说说笑笑。

酒宴开席啦。“戚戚兄弟，莫远具尔。”周王举杯敬酒，笑容满面地致欢迎词：“都是相亲相爱的兄弟，莫疏远，要团结一心，共同振兴我大周。”大家不约而同地捧盏回敬周王。宾主其乐融融，现场洋溢着融洽欢乐的气氛。

“或献或酢，洗爵奠斝。醓醢以荐，或燔或炙。”“爆炒羊排来啦！”“红烧牛舌来啦！”“香菇肉酱来啦！”“清蒸牛肚来啦！”侍者们捧着一盘盘山珍海味穿梭于宴席之间，忙得不亦乐乎。美酒佳肴香气弥漫，大家推杯换盏，大快朵颐，尽情享受主人的盛情款待。歌者欢歌助兴，乐者琴瑟和鸣，鼓声点点，不断把宴会推向一个又一个高潮。

“敦弓既坚，四鍭既钧，舍矢既均”，隆重的射礼开始啦！年轻人一个个离开座位，每人手持四支箭。风华正茂的王族子孙一个个信心满满，意气风发。他们弯弓如满月，只听“咻、咻、咻、咻”，啊，箭无虚发！箭箭射中靶心，现场掌声、欢呼声不绝于耳。

“后生可畏！”周王喜出望出，捧杯为成绩最好的射手祝贺。冠军射手一脸腼腆，憨态可掬，被大家簇拥着坐到主宾座位上。

周王斟满一大杯美酒向一位鹤发童颜的长者走去。长者连忙颤巍巍地从位子上直身起立。周王恭祝长者："吉祥如意，长命百岁！"众人纷纷举杯，愿其"寿考维祺，以介景福"！

千年之前的追星族

邶风·简兮

简兮简兮，方将万舞。日之方中，在前上处。硕人俣（yǔ）俣，公庭万舞。

有力如虎，执辔如组。左手执籥，右手秉翟（dí）。赫如渥（wò）赭（zhě），公言锡（cì）爵。

山有榛，隰有苓。云谁之思，西方美人。彼美人兮，西方之人兮。

【微指导】

1. 诗歌大意

《邶风·简兮》是一首描述公庭万舞盛大场面的诗歌，赞美了高大英武的舞师，表达了对舞师的爱慕和怀念。

2. 诗境想象

(1) 日之方中，在前上处。

这是什么时间？最前头的领舞人有什么令人难忘的地方？

(2) 硕人俣俣，公庭万舞。

舞师是怎样翩翩起舞的？

(3) 公言锡爵。

卫侯赐酒时有什么表情？是怎么赞美舞师的？

3. 身临其境

假如你也在观看这场盛大的舞会，你会向舞师投去怎样的目光？

【新拓展】

无　题

［唐］灵云禅师

三十年来寻剑客，几回落叶又抽枝。

自从一见桃花后，直至如今更不疑。

【下水文】

千年之前的追星族

“山有榛，隰有苓。”

高山之上挺立着茂盛的榛树，清清的湖泊里开着美丽的荷花，可我心中的美人为什么在遥远的西方？

望着窗外池塘里的并蒂莲花，季姜的心又一次飞到了卫国，飞到了那场盛大的宫廷舞会……

春光明媚，日之方中。巍峨的宫殿在金色阳光的映照下更加富丽堂皇。

一群宫女簇拥着国君缓步入场，大家起立躬身致敬。

“简兮简兮，方将万舞。”琴瑟和鸣，点点鼓声，盛大的《万舞》拉开了帷幕。一队舞者踏着鼓点飘然而来，观众的目光“唰”的一下齐聚舞池。舞者是一群风华正茂的青年壮士，他们身披钢盔铁甲，手持金戈，舞得雄赳赳、气昂昂，尽显阳刚之美。

那领舞的是谁？他身材魁梧，腰杆笔挺，在血气方刚的青年舞者中依然显得出类拔萃。多么健美的领舞人呀，年轻帅气，一下子攫住了季姜的目光。她心花怒放，心头好像有千万只兔子在突突直跳。

“咚咚、咚咚、咚咚咚——”鼓声越来越急促，仿佛有千军万马疾驰而来。领舞的青年男子舞得入情入境，如痴如醉。他舞姿刚健，双目圆睁，表情凝重，似乎在与猛虎搏杀，又似乎驾长车驰骋于金戈铁马的战场。“有力如虎，执辔如组。”如虎啸山林，如豹越溪涧，坚硬的缰绳在他的手中变成了飘飞的丝绸。太美了，这是力与美的完美结合。季姜看呆了，心潮澎湃……

鼓声渐小，琴声迤逦，仿佛一场暴雨渐渐停歇，和风扑面而来。舞池里仿佛一场大战刚刚结束，风平浪静。年轻的领舞人左手执籥，轻轻一吹，曼妙的乐声飞扬而出。伴着清脆的乐音，他挥动右手中五色的雉羽，翩然起舞……好潇洒啊，年轻的领舞人满脸红光，笑容可掬，眉目间脉脉含情。这炉火纯青的舞姿打动了卫侯，他居然亲自赐酒。领舞人捧爵豪爽地一饮而尽，然后弯腰作揖……

谦谦君子，彬彬有礼。季姜的心醉了，想入非非，要是能执子之手，与子偕老……季姜顿觉双颊微热，芳心荡漾……

自从别君后，季姜的脑海里尽是“硕人俣俣，公庭万舞”的场景，心中一遍又一遍地吟哦：“山有榛，隰有苓。云谁之思，西方美人。彼美人兮，西方之人兮。”

贵客来了有好鱼

豳风·九罭

九罭（yù）之鱼，鳟（zūn）鲂。我觏之子，衮衣绣裳。
鸿飞遵渚，公归无所，于女信处。
鸿飞遵陆，公归不复，于女信宿。
是以有衮衣兮，无以我公归兮，无使我心悲兮！

【微指导】

1. 诗歌大意

《豳风·九罭》是一首宴饮时的主人留客诗。主人打鱼请客，藏衣留客，表现主人留客的诚恳与真诚。

2. 诗境想象

（1）九罭之鱼。

主人捕鱼时有着什么样的神情？

（2）我觏之子。

主人遇见的贵客有着什么样的打扮？主客相见，有可能说了些什么话？

（3）是以有衮衣兮。

主人是怎样悄悄藏起客人的衣服的？客人见此情景有什么表现？

3. 身临其境

客人为什么能得到主人如此真诚的挽留？请你评价一下这是一个有着什么好品质的人。

【新拓展】

山行留客

［唐］张　旭

山光物态弄春晖，莫为轻阴便拟归。
纵使晴明无雨色，入云深处亦沾衣。

【下水文】

贵客来了有好鱼

“喳喳喳——”一大早喜鹊在梧桐树上不停地叫着，一声声唱得欢快，唱得热烈。当日上三竿的时候，一位贵客不约而至。他身材伟岸，衮衣绣裳，风度翩翩。他不就是德高望重的周公吗？大家喜出望外，奔走相告。人们从四面八方赶来欢迎周公。

可是，这穷乡僻壤拿什么招待周公呀？几个年轻人自作主张拿着细眼渔网捕鱼去了。

灿烂的阳光照着，清清的小河泛着粼粼的金色波纹。年轻人手抓渔网从下游捕到了上游，从上游捕到了下游。他们一遍遍对着小河说："快进网吧，鱼儿们，这可是为了招待敬爱的周公呀！"听他们说话的语气，一半风趣，一半庄重。

年轻人提起渔网，啊，天公作美，捕到好多欢蹦乱跳的鱼儿呀！这细皮嫩肉的是鳟鱼，这头尖尾长的是鲂鱼……年轻人兴高采烈，这么多的鱼儿足以招待周公了。他们七嘴八舌地议论着："这条大的可以一鱼多吃，鱼头煮汤，鱼尾干煎，而鱼身则可以清蒸；那几条小鱼儿可以烧烤……哈哈，可以烹饪一桌'百鱼宴'了。"

"鸿飞遵渚，公归无所，于女信处。"

忽然，两只大雁落在小河里，快活地游着。年轻人想起这飞往南方的过客，明天就要飞走了，我们敬爱的周公明天也会走吗？不，不能让他走！他是百姓的大恩人，他一年到头勤勤恳恳地工作，太辛苦了，我们要留他多住几日。"公归不复"，如果让他走了，日理万机的周公啊，他还会来吗？

"是以有衮衣兮"，乡亲们悄悄地把周公的锦绣礼服藏起来了。敬爱的周公啊，请您多住一晚吧！咱穷山沟里没有美味佳肴招待您，但乡亲们亲手捕获的这些鳟鱼、鲂鱼是我们的一片心意。"无以我公归兮，无使我心悲兮！"留下吧，我们爱戴的周公，这是我们对您真诚的挽留，是对您由衷的敬意。

朋友骑着白马来

小雅·白驹

皎皎白驹，食我场苗。絷（zhí）之维之，以永今朝。所谓伊人，于焉逍遥。
皎皎白驹，食我场藿。絷之维之，以永今夕。所谓伊人，于焉嘉客。
皎皎白驹，贲然来思。尔公尔侯，逸豫无期。慎尔优游，勉尔遁思。
皎皎白驹，在彼空谷。生刍一束，其人如玉。毋金玉尔音，而有遐心。

【微指导】

1. 诗歌大意

《小雅·白驹》是一首别友思贤诗。主人竭力挽留客人，不惜用绳索将小马驹的脚绊住。客人走后，仍希望他常寄佳音，毋绝友情。

2. 诗境想象

(1) 皎皎白驹，食我场苗。

洁白如雪的小白驹在什么地方？它的主人在做什么？

(2) 皎皎白驹，贲然来思。

洁白如雪的小白驹为什么飘然离去？它要去向何方？

(3) 皎皎白驹，在彼空谷。

诗人在什么地方找到了洁白如雪的小白驹？

3. 身临其境

请评价一下，白驹的主人是个怎样的人？

【新拓展】

思友人（节选）

［西晋］曹　摅

感时歌蟋蟀，思贤咏白驹。
情随玄阴滞，心与回飙俱。
思心何所怀？怀我欧阳子。
精义测神奥，清机发妙理。

【下水文】

朋友骑着白马来

皎皎白驹，你可记得？你驮着你的主人飘然来到我家时，那是杨柳依依的季节。小马驹呀，你如雪一样洁白，如玉一样纯洁，那双眼睛像泉水一样清澈。我赶快采来了嫩嫩的豆苗款待你。

有朋自远方来，不亦乐乎？你的主人是一个翩翩少年，我们一见如故。执子之手，我们谈天说地，相见恨晚。“絷之维之，以永今朝。”为了留住你的主人，亲爱的白驹，我绊住你的前蹄，勒紧你的缰绳，把你拴在一株粗壮的松树下。别担心这里没有青青牧草，没有清清山泉，我有满园的豆苗，青青的苗叶足以供你吃上一年半载，再说，这边的豆苗吃完，那边的豆苗又长起来啦。为了留住你，我还有什么舍不得呢？

“呦呦鹿鸣，食野之苹。我有嘉宾，鼓瑟吹笙。”相聚多么美好，亲爱的翩翩少年，白天，我们踏青郊外，放飞心情，登临高山。你指点江山，吟诗作对，抒发心中的万丈豪情。明月下，晚风轻拂，我们欢饮达旦，歌舞升平，你纵论天下大事，独到的见解令人钦佩……

可是，皎皎白驹呀，再鲜嫩的豆叶也留不住你的思归之情，再柔韧的缰绳也拴不住你的离别之心。天下没有不散的筵席，翩翩少年骑着你飘然而去，一如你之前飘然而至。你把一串长长的思念留给了我。

皎皎白驹呀，你驮着主人跑向了何方？他有经天纬地之才，胆识与才华之高堪做公侯。他真的选择避世而居，消失于红尘之外了吗？他真的选择游山玩水，再不管人间忧患了吗？不，大丈夫志在四方，我要请他结束悠游玩乐的生活，重出江湖为将为相，干一番惊天伟业！

“皎皎白驹，在彼空谷。”我千里追寻，终于在一个群山环绕的山谷里找到你。可是，只见你在自由自在、无拘无束地奔跑，而你的主人呢？那个满腹经纶的翩翩少年呢？我大声呼唤着他的名字，只有空谷回声，却听不见他爽朗的回应。望着这空空幽谷，我怅然若失，沮丧地离去。

皎皎白驹呀，我的庄园时刻为你准备着甘甜的牧草，我在等待你重新回来相聚。请转告你的主人，我们虽隔千山万水，心却紧紧相连。我的朋友呀，你的品德如美玉般纯洁，请珍惜一腔报国的理想，是金子就要闪光。当然，人各有志，你不愿这浑浊尘间玷污你的清高品格，但你也不要忘了我这个与你志趣相投的朋友。来吧，回到我的庄园，我们再做朋友，再来一个“以永今朝”，再来一个“于焉逍遥”！

南有嘉鱼，我有美酒

小雅·南有嘉鱼

南有嘉鱼，烝然罩罩。君子有酒，嘉宾式燕以乐。
南有嘉鱼，烝然汕汕。君子有酒，嘉宾式燕以衎。
南有樛（jiū）木，甘瓠累之。君子有酒，嘉宾式燕绥之。
翩翩者雏，烝然来思。君子有酒，嘉宾式燕又思。

【微指导】

1. 诗歌大意

《小雅·南有嘉鱼》是一首宴会上唱的劝酒雅歌。宴会设在露天的地方，良辰美景，又有琼浆佳肴，怎不令人一醉方休。

2. 诗境想象

（1）南有嘉鱼，烝然罩罩。

水里的鱼儿怎样快乐地悠游？这和主人与宾客有什么关系呢？

（2）南有樛木，甘瓠累之。

葫芦藤蔓攀附着树木向上爬，这和主人与宾客又有什么关系呢？

3. 身临其境

假如你置身在宴会现场，你会怎样敬酒？

【新拓展】

将进酒（节选）

［唐］李　白

人生得意须尽欢，莫使金樽空对月。
天生我材必有用，千金散尽还复来。
烹羊宰牛且为乐，会须一饮三百杯。
岑夫子，丹丘生，将进酒，杯莫停。

【下水文】

南有嘉鱼，我有美酒

美丽的江南，绿柳含烟。几间屋舍掩映在苍翠的古木下，一溪碧水绕着门前流过。

有朋自远方来，不亦乐乎？主人设宴款待，宴席就设在小屋门前、小溪之畔。

“南有嘉鱼，烝然罩罩。”小溪碧水清澈见底，鱼儿们三五成群，在水草间快乐地嬉戏着、悠游着。“君子有酒，嘉宾式燕以乐。”朋友们欢聚一堂，盛情的主人举杯敬酒，欢迎远方来的贵客。席间觥筹交错，大家笑语盈盈，其乐融融。人乐，鱼亦乐。你瞧，鱼儿们不时跃出水面，好像要为嘉宾跳一支舞蹈，以尽地主之谊。

“南有樛木，甘瓠累之。”溪畔古木枝干遒劲，覆盖着层层绿叶。葫芦藤缠绕着古树的树干往上爬，弯弯的藤上缀满了青的、白的葫芦。风过处，那大大小小的葫芦宛如无数只铃铛在摆动，仿佛能听到它们清脆的声音。“君子有酒，嘉宾式燕绥之。”朋友们欢聚一堂，美酒飘香，你举杯祝我平安，我回敬你事业有成。宾主的情谊就像藤蔓紧紧缠绕着树木，亲密无间，难舍难分。

“翩翩者鵻，烝然来思。”一群鹁鸪从天边飞来。人乐，鸟亦乐。也许是被酒香所吸引，也许是被宾主的欢乐氛围所感染，鹁鸪们纷纷落在古树的繁枝茂叶间，“咕噜咕噜”欢快地唱着。“君子有酒，嘉宾式燕又思。”美酒飘香，大家敬酒，再敬酒，劝酒，再劝酒！良辰美景，琼浆佳肴，有人已经醉了，有人情不自禁地放声高歌，有人不由自主地翩然起舞……

今天是您的生日

小雅·南山有台

南山有台，北山有莱。乐只君子，邦家之基。乐只君子，万寿无期。
南山有桑，北山有杨。乐只君子，邦家之光。乐只君子，万寿无疆。
南山有杞，北山有李。乐只君子，民之父母。乐只君子，德音不已。
南山有栲，北山有杻。乐只君子，遐不眉寿。乐只君子，德音是茂。
南山有枸（jǔ），北山有楰（yú）。乐只君子，遐不黄耇。乐只君子，保艾尔后。

【微指导】

1. 诗歌大意

《小雅·南山有台》是一首歌功祝寿的颂诗。在一位德高望重的老者的寿诞上，宾客一边端着酒杯，一边颂唱祝酒歌。

2. 诗境想象

(1) 邦家之基。

为什么说老寿星是“邦家之基”？他可能为建立国家立过什么功勋？

(2) 德音是茂。

老寿星拥有哪些优秀品格和高风亮节？

(3) 乐只君子。

老寿星听了大家的赞美，有什么表情？

3. 身临其境

假如你也参加了这场盛宴，你会感受到怎样的欢乐气氛？

【新拓展】

兴龙节集英殿宴教坊词致语口号（节选）

［宋］苏　轼

凛凛重瞳日月新，四方惊喜识天人。
共知若木初升旦，且种蟠桃莫计春。

【下水文】

今天是您的生日

今天是您的生日，我德高望重的长者，我流芳百世的英雄。我以三千年源远流长的江河圣水，以千古江山常开不败的鲜花祝福您。“乐只君子”，祝愿您万寿无疆！

“南山有台，北山有莱。”

南国秀丽，北国巍峨，想起当年风华正茂的您，带领着千军万马，披荆斩棘，开疆拓土的英姿；想起您和您的同辈人用辛勤的汗水和智慧，在这片荒凉的大地上打下锦绣江山，为我们子孙后代营造了一个快乐的家园。“乐只君子，邦家之基。”您是我们华夏大地的奠基之人，您的功业永垂史册！

“南山有桑，北山有杨。”

南国婉约，北国壮丽。曾记得当年多少异族觊觎华夏大地的万里河山，兵临城下，您拍案而起，带领热血男儿挥戈歼敌，让来犯者死无葬身之地。您血洒战场，是华夏大地的战神，立下了不朽的功勋。“乐只君子，邦家之光。”祝福雄姿英发的您万寿无疆！

“南山有杞，北山有李。”

南山枸杞花红，北国桃李芬芳。“乐只君子”，您功勋卓著，却不居功自傲，田间地头、百姓之家经常看到您风尘仆仆的身影。为了人民的幸福安康，您以德治国，鞠躬尽瘁，死而后已。“乐只君子，民之父母。”祝福您寿比南山，您高尚的道德品格永垂世范。

“南山有栲，北山有杻。”

南山栲树四季常青，北山杻树坚韧挺拔。“乐只君子”，您身为百姓的父母，勤俭节约，廉洁自律，以身作则，先天下之忧而忧，后天下之乐而乐。如今，天下太平，人民安居乐业。“乐只君子，遐不眉寿。”祝福您永远年轻，笑口常开，“德音是茂”！

“南山有枸，北山有楰。”

南山枝繁叶茂，北山花繁果硕。“乐只君子，遐不黄耇。”您鹤发童颜，功勋卓著，您的恩泽滋养着子孙万代。我们祝福您福如东海，寿比南山！

“乐只君子”，今天是您的生日。好酒好宴，祝福您永葆青春；好辞好章，歌颂您的丰功伟绩；好言好语，传递着一份份好心情，诉说着一个个美丽的好日子。

秦王狩猎

秦风·驷驖

驷驖（tiě）孔阜，六辔在手。公之媚子，从公于狩。

奉时辰牡，辰牡孔硕。公曰“左之”！舍拔则获。

游于北园，四马既闲。輶（yóu）车鸾镳（biāo），载猃（xiǎn）歇骄。

【微指导】

1. 诗歌大意

《秦风·驷驖》是一首描写狩猎过程的叙事诗。诗歌描写了出猎时的整装待发、狩猎时的轰轰烈烈以及狩猎结束后的欣喜。

2. 诗境想象

（1）从公于狩。

出猎时，现场是一番怎样的情景？

（2）公曰“左之”！舍拔则获。

立于马车上的国君有着怎样的外貌、神态、动作？

（3）游于北园，四马既闲。

狩猎结束后，现场又是一番怎样的情景？

3. 身临其境

假如你是“公之媚子”的一名随从，你会听见什么？

【新拓展】

观　猎

［唐］李　白

太守耀清威，乘闲弄晚晖。
江沙横猎骑，山火绕行围。
箭逐云鸿落，鹰随月兔飞。
不知白日暮，欢赏夜方归。

【下水文】

秦王狩猎

秋高气爽，八百里秦川一片金黄。

“驷驖孔阜”，四匹赤黑色骏马齐刷刷昂首挺胸，好像只要一声令下，就会赴汤蹈火。“六辔在手”，车夫手执六根缰绳，直挺挺端坐于车前，目视前方，整装待发。

秦王身材魁梧，一身戎装。他佩剑执弓，双目炯炯，恍若一尊雕像立于车上。

“出发——”秦王举起宝剑直指前方，四匹骏马腾空跃起，扬起一路黄尘。大大小小的猎犬捷足先行，跑在最前头。武士、仆夫或骑马，或徒步，簇拥着、紧随着秦王的战车，飞奔而去。

万马奔腾，旌旗猎猎，马蹄声、车轮声、猎犬们的狂吠声响成一片，何等壮观！

猎场，草枯叶黄。

“奉时辰牡，辰牡孔硕。”猎官打开樊笼，一只只膘肥体壮的公鹿争先恐后跳跃而出，四处奔跑。一头在前面灵巧地奔跑着的大公鹿进入了秦王的视线，远远看去是那样肥美硕大，好诱人啊！秦王兴致倍增。“快！快！追啊！”秦王大声吆喝着驾车的仆从，一边张弓搭箭，“嗖——”白羽之箭疾飞而去，大公鹿应声倒下，猎犬们蜂拥上前。

“神箭！”

“好箭法！”

“大王英明！”大家同声欢呼，狩猎场沸腾起来了。

秦王心花怒放，他收获满满，过足了瘾。

秦王满脸惬意地坐在马车上，随从们前呼后拥，随着他走向风光秀丽的北园。刚才还狂奔不息的马儿悠闲下来了，踏着细细的碎步；猎犬闲下来了，懒洋洋地趴在车上，调皮地吐着舌头。陪猎的王公贵族们乘坐的马车，一辆跟着一辆。马蹄声声，系在马脖上的铜铃叮叮当当地响着，多么美妙的音乐啊！

第五章

远去了的刀光剑影

风雪回家路

小雅·采薇

采薇采薇，薇亦作止。曰归曰归，岁亦莫止。靡室靡家，猃（xiǎn）狁（yǔn）之故。不遑启居，猃狁之故。

采薇采薇，薇亦柔止。曰归曰归，心亦忧止。忧心烈烈，载饥载渴。我戍未定，靡使归聘。

采薇采薇，薇亦刚止。曰归曰归，岁亦阳止。王事靡盬，不遑启处。忧心孔疚，我行不来。

彼尔维何？维常之华。彼路斯何？君子之车。戎车既驾，四牡业业。岂敢定居，一月三捷。

驾彼四牡，四牡骙骙。君子所依，小人所腓（féi）。四牡翼翼，象弭鱼服。岂不日戒，猃狁孔棘。

昔我往矣，杨柳依依。今我来思，雨（yù）雪霏霏。行道迟迟，载渴载饥。我心伤悲，莫知我哀！

【微指导】

1. 诗歌大意

《小雅·采薇》是一首描述战争的史诗。诗歌记叙了一位饱尝服役思家之苦的戍边战士在归途中的所思所想，表达了他爱国恋家、忧时伤事的感情。

2. 诗境想象

（1）采薇采薇，薇亦作止。

战士们为什么要采薇？他们经历了怎样的艰苦生活？

（2）曰归曰归，心亦忧止。

一年又过去了，老兵“忧”什么呢？

（3）四牡翼翼，象弭鱼服。

将军的形象是怎样的？

（4）今我来思，雨雪霏霏。

老兵怎样走在风雪回家路上？他的表情是怎样的？

3. 身临其境

假如你就是诗中的老兵，走在风雪回家路上，你会想起什么？

【新拓展】

陇西行

［唐］陈　陶

誓扫匈奴不顾身，五千貂锦丧胡尘。
可怜无定河边骨，犹是春闺梦里人。

【下水文】

风雪回家路

雪花飞扬，天地间白茫茫一片。

“今我来思，雨雪霏霏。”飘飘雪花里，一位老兵踽踽独行。将军百战死，壮士十年归。他一身破衣烂裳，神情凝重，思绪宛如这片片雪花，漫天飞舞。“啊，终于踏上归途了。”他自言自语着。你这雪花呀，告诉我哪片是喜？哪片是忧？哪片是哀？

往事如片片飞雪，从脑海里飘过。

“昔我往矣，杨柳依依。”那是一个花红柳绿的春天，君王一纸军书，玁狁犯境，军情紧急，他应征入伍。伊人折柳赠别，眼眸里尽是泪水。他不忍回首，走在花叶扶疏的路上，他的后背隐隐作痛，他深深感到背上尽是伊人焦灼的目光啊。离开了家，却带走了长长的思念。

苍凉的天幕，无垠的荒漠，这就是君王的边境吗？“采薇采薇，薇亦作止。”军粮短缺，战士们采薇充饥，从薇草刚刚冒出新芽，吃到它变得枯黄。来年又是“采薇采薇，薇亦柔止”……多少个饥寒交迫、惊心胆寒的日子，狡猾的敌人神出鬼没，战士们追击敌人，风餐露宿。战场上血雨腥风，多少战友英勇杀敌，长眠于边陲。什么时候才能结束这生灵涂炭的日子呀？“曰归曰归，岁亦莫止。”将军不止一次地许诺，等打完了这一仗就能凯旋，但每一次都爽约。

多少个天凉如水的月夜，多少个风雪交加的清晨，战事虽然暂时停歇，但相思煎熬着老兵。伊人还在依依绿柳下等待吗？又憔悴了多少容颜？白发老母是怎样倚门盼儿，望穿双眼？我这恍若断线风筝杳无音信的游子，还能活着回到那杨柳春风的家乡吗？想起那“忧心孔疚”的日子，两行清泪又挂在了沧桑的两颊。

一片雪花落在老兵的脸上。

老兵从“忧心烈烈”的回忆中回到了眼前蜿蜒的古道。“唉，战争总算结束了。”他轻轻地叹了口气。想起那场战斗，他心底又情不自禁地赞叹：“君王的军队战无不胜！”老兵的脸上露出了一丝骄傲。

想起对玁狁发起总攻的那场战斗，老兵依然热血沸腾。骏马战车，“四牡骙骙”，将军钢盔铁甲，象弭鱼服，手持戈矛，威风凛凛。战士们同仇敌忾，双眼燃烧着必胜的火焰。听见了吗？一声鼓响，惊天动地。“冲啊——”“杀啊——”将军冲锋陷阵，战士们奋不顾身，千军万马如洪水般冲向敌阵。我们的军队势如破竹，战场上血流成河。“一月三捷”，捷报像雪片一样飞向君王的殿堂。

玁狁终于投降，神州河清海晏。美丽的边城呀，终于棠棣花开……

老兵陶醉在胜利的喜悦中，愿神州永远和平！

好久，老兵抬头遥望。漫天大雪，皑皑群山下，几排茅房，炊烟袅袅……

纷飞的大雪，一定会带来一个杨柳依依的春天。

铿锵军歌扫六合

秦风·无衣

岂曰无衣？与子同袍。王于兴师，修我戈矛，与子同仇！

岂曰无衣？与子同泽。王于兴师，修我矛戟，与子偕作！

岂曰无衣？与子同裳。王于兴师，修我甲兵，与子偕行！

【微指导】

1. 诗歌大意

《秦风·无衣》是我国最早的一首爱国主义战歌。大敌当前，将士们一切行动听指挥，与“王”保持一致，奋勇向前，表现出崇高无私的品质和英雄主义气概。

2. 诗境想象

（1）王于兴师。

“王”为什么兴师？发现了什么事？

（2）修我戈矛。

战士们怎样备战？他们有什么表情？

（3）与子偕行！

战士们“行”在何处？什么时候“行”？遇到了哪些困难？

3. 身临其境

假如你也是这一支军队里的一名战士，唱着这样的军歌会有怎样的心情？

【新拓展】

义勇军进行曲

词：田汉

起来！
不愿做奴隶的人们！
把我们的血肉筑成我们新的长城！
中华民族到了最危险的时候，
每个人被迫着发出最后的吼声。
起来！起来！起来！
我们万众一心，
冒着敌人的炮火，前进！
冒着敌人的炮火，前进！
前进！前进！进！

【下水文】

铿锵军歌扫六合

烽火连天，边疆告急，西面异族长驱直入！我华夏大好河山沦入他人之手，百姓流离失所。

“王于兴师”，亲爱的战友们，赶快把戈矛磨得更锋利些，把刀戟打造得更坚韧些，把铠甲修理得更坚固些，我们就要出征了。

“岂曰无衣？与子同袍。”你还犹豫什么？你还迟疑什么？别担心你的铠甲还没打造好，你的征衣还没缝制好，我愿与你共用一副铠甲，同披一件征衣。“与子同仇”，既然我们同仇敌忾，我们就同生死，共患难，还分什么彼此？你就是我的兄弟，我就是你的亲人。你听，出征的战鼓已经擂响了，战士们唱起了雄壮的军歌：

“岂曰无衣？与子同泽。王于兴师，修我矛戟，与子偕作……”

演武场上，千军万马，枪戟如林。钢盔铁甲、尖兵利刃映着灿烂的阳光，闪着一片寒光。养兵千日，用兵一时，保家卫国是每一个公民的神圣使命，战士们心中充满了不可遏止的愤怒与愤慨。他们群情激愤，复仇的心中仿佛点上了一把火，这边的战士同声呼喊：“与子同袍！”“与子同泽！”“与子同裳！”那边的战士挥舞着手臂：“修我戈矛！”“修我矛戟！”“修我甲兵！”

出征了，青山绿水间回荡着战士们雄壮的歌声：“岂曰无衣？与子同裳。王于兴师，修我甲兵，与子偕行！”

战旗猎猎，兵车滚滚，战马萧萧，玄衣轻甲的十万秦师浩浩荡荡，奔赴前线。这是一支威武的仁义之师，他们很快收复了失地；这是一支攻无不克的铁军，他们不断开疆拓土……

“岂曰无衣”的军歌久唱不衰，这铿锵有力的节奏、这荡气回肠的旋律激励着秦国将士前赴后继，终于横扫六合，统一了中华。

临危出战

小雅·六月

六月栖栖，戎车既饬（chì）。四牡骙骙，载是常服。猃狁孔炽，我是用急。王于出征，以匡王国。

比物四骊，闲之维则。维此六月，既成我服。我服既成，于三十里。王于出征，以佐天子。

四牡脩广，其大有颙（yóng）。薄伐猃狁，以奏肤公。有严有翼，共武之服。共武之服，以定王国。

猃狁匪茹，整居焦获。侵镐及方，至于泾阳。织文鸟章，白旆央央。元戎十乘，以先启行。

戎车既安，如轾（zhì）如轩。四牡既佶（jí），既佶且闲。薄伐猃狁，至于大原。文武吉甫，万邦为宪。

吉甫燕喜，既多受祉（zhǐ）。来归自镐，我行永久。饮御诸友，炰鳖脍鲤。侯谁在矣，张仲孝友。

【微指导】

1. 诗歌大意

《小雅·六月》是一首赞颂周宣王时代中兴功臣尹吉甫战功的诗歌。猃狁来犯，尹吉甫带兵出征，打败敌人，胜利还朝。诗歌赞美主帅尹吉甫文韬武略，表扬他有万邦之宪的风范。

2. 诗境想象

（1）六月栖栖。

在这繁忙的六月，军民们是怎样备战的？

（2）共武之服。

外族入侵，战事紧急，战士们是怎样奔赴前线的？

（3）元戎十乘。

战士们是怎样驾驶着战车冲锋陷阵的？

3. 身临其境

假如你参加了这场抵御外族入侵的战争，你看到“文武吉甫”是怎样指挥战斗的？

【新拓展】

雁门太守行

［唐］李　贺

黑云压城城欲摧，甲光向日金鳞开。
角声满天秋色里，塞上燕脂凝夜紫。
半卷红旗临易水，霜重鼓寒声不起。
报君黄金台上意，提携玉龙为君死。

【下水文】

临危出战

“六月栖栖，戎车既饬。”

边关战事紧急，烽火连天！在这烈日炎炎的六月，举国上下忙碌备战。抵御外侮、保家卫国是每一个军人的神圣天职。兵车已经准备好了，战马膘肥体壮，战士们军服整齐，时刻准备奔赴前线。

“猃狁孔炽，我是用急。”战事越来越紧急，周王命令出征，以拯救王国于危亡之中。

演武场上，誓师大会。

主帅尹吉甫能文能武，治军有方。烈日之下，一辆辆兵车横成排，纵成列，气势磅礴。每辆战车配有四匹公马，“四牡脩广，其大有颙”。这一匹匹高头骏马，高大健硕，威风凛然。兵车上的战士身穿银色的铠甲，在阳光下熠熠发光，英姿飒爽。他们刀出鞘，箭上弦，双目炯炯，军容严整，现场弥漫着一股战无不胜的气势。

“薄伐猃狁，以奏肤公。”尹将军对战士们进行战前动员：“战士们，同心协力讨伐猃狁，建立无上功勋，我们有信心吗？”

“共武之服，以定王国。为了伟大的周王，我们一定战胜敌人，我们一定建功立业，我们能！我们能！我们能！”战士们同仇敌忾，他们的誓言如排山倒海！

“猃狁匪茹”，这可恶的猃狁呀，他们气焰嚣张，一路上居然势如破竹，周王朝的大好河山危如累卵！前方战事连连告急：焦获失守，镐城被围，方城沦陷，泾阳城破，太原兵临城下！

来者不善，善者不来，“王于出征，以佐天子”！

军情十万火急，尹将军率领着正义之师日夜赶路，奔赴前线。战士们顶着炎炎烈日，逢山开路，遇水架桥，千里驰援。“织文鸟章，白旆央央”，绣着各种图腾的旗帜迎风飘扬。奔驰在最前面的是十乘高大的战车，这是一支训练有素的铁军，他们所向披靡，无坚不摧！大大小小的战车翻山越岭而来。战士们前呼后拥，如履平地，敌人闻风丧胆。

“冲啊——”“杀啊——”短兵相接，战士们军容整齐，冲锋陷阵。战鼓声声，刀光剑影，马嘶人吼，血流成河……

终于，美丽的太原城又回到了周王朝的怀抱！尹将军率领大军乘胜追击，收复了失地，胜利归来。

“文武吉甫，万邦为宪。”尹将军呀，真是大周王朝的楷模、万民景仰的英雄！周王为他加官晋爵，赏赐万千金银珠宝。将军却说胜利来自战士们的智慧与勇敢，来自家乡父老乡亲的养育之恩。他犒赏三军，设宴招待亲朋好友。好丰盛的宴席呀，蒸鳖脍鲤，美酒琼浆……

哥哥参军到边关

卫风·伯兮

伯兮朅（qiè）兮，邦之桀兮。伯也执殳（shū），为王前驱。
自伯之东，首如飞蓬。岂无膏沐，谁适（dí）为容。
其雨其雨，杲（gǎo）杲出日。愿言思伯，甘心首疾。
焉得谖草，言树之背。愿言思伯，使我心痗（mèi）。

【微指导】

1. 诗歌大意

《卫风·伯兮》是一首描写一位妇女思念远征的丈夫的诗。她对丈夫能“为王前驱”而感到骄傲，但久久盼归一次次落空。

2. 诗境想象

（1）伯兮朅兮。

女子为英俊的夫君感到骄傲，除此以外，还有哪些方面更令她自豪呢？

（2）首如飞蓬。

夫君东征去，女子的外表发生了什么变化？那是为什么呢？

（3）愿言思伯。

女子是怎样思念她的夫君的？

3. 身临其境

如果这样一位因思念远征的丈夫而“甘心首疾”的妇女就是你的亲人，你会向她投去怎样的目光？

【新拓展】

新婚别（节选）

［唐］杜　甫

勿为新婚念，努力事戎行。
妇人在军中，兵气恐不扬。
自嗟贫家女，久致罗襦裳。
罗襦不复施，对君洗红妆。
仰视百鸟飞，大小必双翔。
人事多错迕，与君永相望。

【下水文】

哥哥参军到边关

春草年年绿，春花为君红。

“伯兮朅兮，邦之桀兮。”哥哥永远是妹妹心中的骄傲。哥哥出征那天骄人的一幕是妹妹一生中最美丽的定格。战旗猎猎，鼓角声声，王的军队军容整齐，浩浩荡荡地奔赴前线，最前头那位身材魁梧的年轻将军不正是哥哥吗？哥哥是国家的俊杰，是王倚重的大将。他骑着一匹枣红大马，手执长殳，面含微笑，一身银灰色的钢盔铁甲映着春日的阳光熠熠闪光。他神采奕奕，不时向送别的人们点头致意，乡亲们为他骄傲，少男少女们为他欢呼……每每想到那个场面，妹妹的脸上总抑制不住绽开一朵红花，掩饰不住内心的幸福。

春草年年绿，春花不再红。

“自伯之东，首如飞蓬。”哥哥呀，是妹妹挥之不去的思恋。哥哥东去守卫国土，把一个失魂落魄的妹妹留在家中。尘封的梳妆台远离妹妹婀娜的身影，斑驳的铜镜照不进妹妹如玉的脸庞，妹妹粉黛不施，衣裳不整。虽说凌乱的头发依然掩不住妹妹如泉水般的眼眸、如桃花般的脸庞、如垂柳般的身段，但女为悦己者容，没有哥哥的呵护，缺少哥哥爱的目光，缺少哥哥的欣赏，妹妹无力绽放花季的美丽。花儿得不到春风的呼唤，得不到春雨的滋润，她憔悴着，伤心着。哥哥呀，属于你的花儿在冬季里等待，等待着以最芬芳的姿态迎接你的凯旋。

春草年年绿，春花何时红？

“焉得谖草，言树之背。”都说忘忧草能让人忘却忧愁。北屋窗下的忘忧草花开了又谢了，妹妹的忧愁却如野火烧不尽，春风吹又生。哥哥的冷暖、哥哥的安危牵挂着妹妹的心，长长的思念折磨得妹妹夜不能寐，因为思念，妹妹病魔缠身，头痛难忍，但她心甘情愿，因为有了牵挂，生命才有了寄托。

秋风萧瑟，妹妹又来到了村前大路口，哥哥是从这儿奔赴前线的，也应从这儿凯旋。妹妹翘首远望，希望能看到哥哥凯旋的英姿。谁知黑云压城，竟下起了滂沱大雨，妹妹好心焦呀，哥哥啊，你在何方？是在浴血奋战，还是在长途跋涉？寒雨浸湿了衣裳，谁为你烘衣？谁为你煮姜汤？一会儿雨过天晴，又是艳阳高照……

妹妹的心也阴晴不定。妹妹背靠秋树，对着空落落的天空喃喃自语，对着迷茫的远方望穿秋水，那是一种痴心的等待、一种坚强的等待。那凄美的情态感动了两千五百年以来的人们……

徐州决战

大雅·常武

赫赫明明，王命卿士，南仲大祖，大师皇父。整我六师，以修我戎。既敬既戒，惠此南国。

王谓尹氏，命程伯休父：左右陈行，戒我师旅。率彼淮浦，省此徐土。不留不处，三事就绪。

赫赫业业，有严天子。王舒保作，匪绍匪游。徐方绎骚，震惊徐方。如雷如霆，徐方震惊。

王奋厥武，如震如怒。进厥虎臣，阚（hǎn）如虓（xiāo）虎。铺敦淮濆（fén），仍执丑虏。截彼淮浦，王师之所。

王旅啴啴，如飞如翰。如江如汉，如山之苞。如川之流，绵绵翼翼。不测不克，濯征徐国。

王犹允塞，徐方既来。徐方既同，天子之功。四方既平，徐方来庭。徐方不回，王曰还归。

【微指导】

1. 诗歌大意

《大雅·常武》是一首令人荡气回肠的战争史诗。全诗记叙了战前准备、向南行军、大征徐国和班师回朝的全过程，赞美了勇猛的将士，反映了当时人民要求和平统一的愿望。

2. 诗境想象

（1）王命卿士。

周王怎样命令文武大臣？战士们做了哪些战前准备？

（2）震惊徐方。

叛军因什么事震惊？怎样震惊？

（3）王奋厥武。

王师发起进攻了，叛军看到了怎样的场景？

3. 身临其境

假如你也参加了这一场平定徐国叛乱的战争，你感到正义之师强大的表现是怎样的？

【新拓展】

军　行

［唐］李　白

骝马新跨白玉鞍，战罢沙场月色寒。
城头铁鼓声犹震，匣里金刀血未干。

【下水文】

徐州决战

“赫赫业业，有严天子。”

徐国背叛大周，一路攻城夺池，朝京城杀来。周王勃然大怒，立刻调兵遣将，择日御驾亲征。

四牡骙骙，檀木战车、铠甲、宝剑，把周王本来就很魁梧的身材衬托得更加威风凛凛、英气逼人。英勇的军队沿着淮河岸边浩浩荡荡而去。战旗猎猎，各种兵器在阳光下闪着寒光。战士们一个个斗志昂扬，步伐齐整，显示出无坚不摧的气势。

王师威震敌胆。徐国城里一片慌乱，他们隐隐感到了战争的恐怖，来者不善，善者不来啊！

周王亲临战场，指挥若定，在接近徐国的原野先发动了一场外围攻坚战役。将帅们英勇神武，兵卒们如猛虎发威，冲向敌阵，迅速切断了前来驰援徐国的部队，抓获了大量的俘虏。首战告捷，至此，徐国成为一座孤城。

王师驻扎在淮河之畔，摆开战场，兵临徐国城下，虎视眈眈！这是一支势不可当的队伍。

“王奋厥武，如震如怒。进厥虎臣，阚如虓虎。”那一天，周王终于发出了攻城的号令！这是一场波澜壮阔的大决战，千军万马，战鼓声声如万钧雷霆，喊杀声惊天动地。王师的箭羽如千万只神鹰一跃冲天，遮天蔽日；王师的攻势如江水怒涛，席卷而来，摧枯拉朽；王师的防御如大山耸立，虎踞龙盘，无法撼动；王师的援兵如百川之水，前赴后继，“绵绵翼翼”，源源不断，横扫千军如卷席！

“不测不克，濯征徐国。”王师凭借着威不可测的气势、不可战胜的士气，终于大败徐国！徐国官兵无不心悦诚服，归顺大周，甘心做大周的子民。

天下太平了，周王兴高采烈，下诏：“班师回朝！”

战争，女人无法离开

邶风·雄雉

雄雉于飞，泄（yì）泄其羽。我之怀矣，自诒伊阻。
雄雉于飞，下上其音。展矣君子，实劳我心。
瞻彼日月，悠悠我思。道之云远，曷云能来？
百尔君子，不知德行。不忮（zhì）不求，何用不臧？

【微指导】

1. 诗歌大意

《邶风·雄雉》是一首描写妇人思念远行征人的诗。诗人由飞翔的野鸡，想起远征的亲人，不知他身在何方，何时凯旋。诗歌对造成家庭离散的统治者表达了深深的不满。

2. 诗境想象

（1）雄雉于飞。

这是在什么时间？妇人看到美丽的野鸡翩翩飞翔，想起了什么？

（2）展矣君子，实劳我心。

妇人为亲人担心什么？她为什么忧伤？

（3）百尔君子，不知德行。

妇人说这话的时候心情如何？

3. 身临其境

对诗中饱受思念之苦的妇人，你会向她投去怎样的目光？

【新拓展】

征妇怨

［唐］张　籍

九月匈奴杀边将，汉军全没辽水上。
万里无人收白骨，家家城下招魂葬。
妇人依倚子与夫，同居贫贱心亦舒。
夫死战场子在腹，妾身虽存如昼烛。

【下水文】

战争，女人无法离开

又是一个黄昏，少妇独倚柴扉，望断天涯。

“雄雉于飞，泄泄其羽。”一只孤单的雄野鸡拍打着花翅膀从少妇的眼前飞过。它为什么飞得如此缓慢？仿佛对这片大地有着无限的眷恋。美丽的野鸡飞飞停停，边飞边叫，它的鸣声为什么如此凄楚？仿佛心中有很多难言的痛楚。

啊，那不是自己被迫出征的丈夫吗？少妇想起了那一天清晨，太阳还没升起，丈夫就要跟着大队人马走了。她泪流满面，紧紧拽着他的胳膊，他对她千叮万嘱，一遍又一遍地山盟海誓，直到一个将军模样的人硬是把他从她的怀里拉走。他依依不舍地走了，一次又一次地回头，直到身影消失在初升的太阳里。

征人远去天涯宛若黄鹤杳然，把一个失魂落魄的少妇留在家里。“我之怀矣，自诒伊阻。”关山千万重，但与夫君离别时的一幕一遍又一遍地在眼前、脑海里浮现，有多少离愁别恨！关山千万重，盼星星盼月亮却见不到夫君一面。只有相思，千万重关山阻不断、隔不断！多少次夜不能寐，少妇梦里乘着月光飞越千山万水来到征人的身旁……

“展矣君子，实劳我心。”这折磨人的思念、担忧、害怕，憔悴了少妇美人的模样！

思念比日月还长，路途漫漫啊多么遥远。“亲爱的，你何时才能回到故乡？”少妇翘首遥问那天边飘过的云霞。

缥缈的云霞不答，少妇潸然落泪。她愤愤不平，那些高高在上的人每一天不是都在标榜自己是高尚之人，大讲仁义道德吗？可是你们口是心非，因为贪求别人的财富，为了夺取他人的权力，就发动了这一场场尔虞我诈的不义之战，却让真正“不忮不求”的老百姓用自己的鲜血和生命替你们这些道貌岸然的统治者做嫁衣裳啊！

少妇一腔愤懑，潸然泪下。

云霞渐落，月色凄清，少妇又是一夜无眠。

等待，竟然又是离去

周南·汝坟

遵彼汝坟，伐其条枚。未见君子，惄（nì）如调（zhōu）饥。
遵彼汝坟，伐其条肄（yì）。既见君子，不我遐弃。
鲂鱼赪（chēng）尾，王室如燬（huǐ）。虽然如燬，父母孔迩。

【微指导】

1. 诗歌大意

《周南·汝坟》是一首描写妇女思念征人的诗。汝水河畔，一位妇女一边砍柴，一边思念远征未归的丈夫，表达了对暴虐的王政的不满和对家人团聚的渴望。

2. 诗境想象

（1）遵彼汝坟，伐其条枚。

这是什么地方？谁在干什么？

（2）未见君子，惄如调饥。

砍柴的女子怎样盼望她的夫君？

（3）既见君子，不我遐弃。

多少次盼望，终于等到了夫君，女子有什么想法？

3. 身临其境

请你评价诗中盼望夫君归来的女子是个怎样的人。

【新拓展】

神女峰

舒　婷

在向你挥舞的各色花帕中
是谁的手突然收回
紧紧捂住了自己的眼睛
当人们四散离去，谁
还站在船尾
衣裙漫飞，如翻涌不息的云

江涛
高一声
低一声

美丽的梦留下美丽的忧伤
人间天上，代代相传
但是，心
真能变成石头吗
为了眺望远天的杳鹤
而错过无数次春江月明

沿着江岸
金光菊和女贞子的洪流
正煽动新的背叛
与其在悬崖上展览千年
不如在爱人肩头痛哭一晚

【下水文】

等待，竟然又是离去

秋日，清早。

“遵彼汝坟，伐其条枚。”一个单薄的身影出现在村前长满林木的堤坝上，她正挥舞着柴刀，奋力砍伐一株山楸树。这是一个美丽的少妇，葛衣粗布、草帽竹笠遮不住她苗条的身段。只是长年的劳作使她的皮肤不再白皙，长发不再飘逸。她孤苦无依，面色憔悴，大清早便强撑着衰弱的身体砍樵伐薪。

她终于砍下一株小楸树，抹了一下尽是汗水的脸，长长地舒了一口气。

坝外是碧波荡漾的汝河，坝内是村民们劳作的田地。堤坝上长着高大的乔木、一丛丛的灌木，村民们烧汤做饭的柴薪就是从堤坝上砍来的。长长的大坝仿佛一条苍龙一样横卧在辽阔的田野上，春天开着花，秋天结着果，是古老村庄的一道风景。可是村民们都无心欣赏，连年的征战，青壮年劳力都上前线去了。家园荒芜，留在村里的妇女们义无反顾地挑起了养家糊口的重担。

少妇踮着脚尖朝通往村外的大路眺望。她多么盼望奇迹能够出现，她远征的丈夫突然出现在村庄的路口。可是没有，一如昨天，一如前天，一如千万次的眺望、千万次的盼望、千万次的失望。她的丈夫在新婚的第二天就应征戍边，少妇不知等待了多少年，守候了多少年。她望眼欲穿，深陷的眼窝里尽是泪水，尽是对亲人回归的渴望……

树梢头的月缺了又圆了，堤坝上的花开了又谢了。

楸树留下的树桩又冒出了新芽，长出了新叶，长成了粗壮的新枝。

又是一个大雁南归的清早，瘦弱的少妇来到堤坝砍伐楸树的枝条，她又一次踮着脚尖遥望远方的大路。啊，终于望见了夫君熟悉的身影，他骑着白马，一身戎装，好英武啊！少妇喜出望外，飞一般地跑下堤坝，向前飞奔而去。

那天，苦命的少妇终于绽放开久违的青春美丽。远征的丈夫终于平安归来了。他毕竟思我、爱我，哪怕天涯海角他都会回到我身边！少妇苦尽甘来，心中涌动着无限的喜悦，她幸福地想：再见了，“遵彼汝坟，伐其条枚”的劳苦；再见了，“未见君子，惄如调饥”的伤感……

可是……

几天后，君王一纸军书。

丈夫宛如一条无家的鳊鱼曳着赤尾又游走了。王朝多难，江山摇摇欲坠，丈夫生是君王人，死是君王鬼，王命难违啊！可怜的妻子再一次跌落到绝望的万丈深渊，她欲哭无泪！

“虽然如燬，父母孔迩。”少妇望着征人依依不舍离去的身影，对着苍茫的天空喃喃自语：“夫妻团圆，纵然被无情的徭役毁灭，但是濒临死亡绝境的父母呢，难道他们的死活竟无人在乎？”

秋风落叶，大雁南飞，征人北去。

愿神州无狼烟，执子之手到白头

邶风·击鼓

击鼓其镗（tāng），踊跃用兵。土国城漕，我独南行。
从孙子仲，平陈与宋。不我以归，忧心有忡。
爰居爰处？爰丧其马？于以求之？于林之下。
死生契阔，与子成说。执子之手，与子偕老。
于嗟阔兮，不我活兮。于嗟洵兮，不我信兮。

【微指导】

1. 诗歌大意

《邶风·击鼓》是一首典型的军旅诗。一位卫国兵士远征他国，回忆起与妻子“与子偕老”的誓言，因残酷的战争而无法信守，内心流露出深深的自责与遗憾。

2. 诗境想象

(1) 击鼓其镗，踊跃用兵。

战鼓敲响，战士们挥戈上战场，那是一番怎样的场景？

(2) 不我以归，忧心有忡。

“我”为什么不能回家？“我”为什么忧呢？

(3) 死生契阔，与子成说。

“我”想起了什么？又有怎样的感叹呢？

3. 身临其境

请评价一下，诗中的“我”是个怎样的人？

【新拓展】

上　邪

［汉］佚　名

上邪！我欲与君相知，长命无绝衰。山无陵，江水为竭，冬雷震震，夏雨雪，天地合，乃敢与君绝！

【下水文】

愿神州无狼烟，执子之手到白头

声声战鼓，金戈铁马。

战士们如猛虎下山，扑向敌阵，直杀得天昏地暗、血雨腥风。

“我们胜利啦！”大家欢呼着，欢笑着。战争结束了，大家放下武器，还没擦干身上的血迹，又投入了修筑城墙、深挖战壕的劳役中，只为了防线更加坚固，只为了百姓离战争远些。

战争却死死缠着伯求，他被孙将军点名继续出征。军情紧急，军令如山，伯求不能与父母道别，不能执子之手，再说一声“与子偕老”，只能又跨上战马，踏上了漫漫的征途。

又是战鼓声声，又是狼烟四起。

伯求和战士们跟着孙将军所向披靡，平定了陈国的叛乱，为宋国的王收复了失地。可是将军好像卷入了战争的漩涡，又在筹划一场新的战争。

战事绵绵。回家，成了伯求一个遥不可及的梦想。

入夜，伯求孤独地站在凄清的月色里，四周死一般沉寂。他的大脑里一片空白，仿佛走进了梦中。他用力揉揉眼睛，让自己清醒，仰望夜空叩问月亮：“这是什么地方？我又要去向何方？”月儿无法告知他，没有人回答他，只有寒风拂动枯草，仿佛无数幽灵在低声嚎叫。

“啊，我的白驹!”伯求猛然发现，自己的马没了。白驹可是他的生命啊，他该到哪里去找啊?

“白驹——”伯求呼唤着战马的乳名，终于在一片小森林里找到了他的白驹。白驹面向北方，分明也在思念它的家。

月色如水，树林如梦。好熟悉的场景，伯求的思绪又回到了一年前那个美丽的夜晚。

一轮圆月挂于天空，晚风吹拂，树影婆娑。

伯求遇见了若兰，她一袭红裙，也牵着一匹白马，宛如天上的仙女一般妩媚。他们一见钟情，携手并肩坐在树下，谈月亮真圆，聊夜色多么美好，好像有说不完的话。他们那亲热的样子，连月儿都羡慕、忌妒得拉来一朵薄云遮住自己。那夜，他们互相许下了一生不变的诺言：“不管生死，我们都在一起，执子之手，与子慢慢变老……”可是，我的兰儿，你还到月下小树林等我吗?你的白马依然陪着你吗?我们相隔千山万水，战争遥遥无期，每天我们都面对着生死的考验。“执子之手，与子偕老”，我无法践约了，是我违背了月下誓言。我们生不逢时啊！下辈子吧，生在天下太平时，再“执子之手，与子偕老”吧！伯求心如刀绞，泪如雨下。

“咚、咚、咚——”忽然，一阵急促的鼓声响起，划破了月夜的寂静。伯求翻身上马，义无反顾地奔向战场……

归去，让战争离去

豳风·东山

我徂东山，慆（tāo）慆不归。我来自东，零雨其濛。我东曰归，我心西悲。制彼裳衣，勿士行（héng）枚。蜎（yuān）蜎者蠋，烝在桑野。敦彼独宿，亦在车下。

我徂东山，慆慆不归。我来自东，零雨其濛。果赢之实，亦施（yì）于宇。伊威在室，蠨（xiāo）蛸（shāo）在户。町畽鹿场，熠耀宵行。不可畏也?伊可怀也。

我徂东山，慆慆不归。我来自东，零雨其濛。鹳鸣于垤（dié），妇叹于室。洒扫穹室，我征聿至。有敦瓜苦，烝在栗薪。自我不见，于今三年。

我徂东山，慆慆不归。我来自东，零雨其濛。仓庚于飞，熠耀其羽。之子于归，皇驳其马。亲结其缡（lí），九十其仪。其新孔嘉，其旧如之何?

【微指导】

1. 诗歌大意

《豳风·东山》是一首著名的军旅诗。诗人以一位普通战士的视角，叙述东征归家时的复杂情感以及沿途所见，发出对战争的思考和对人民的同情。

2. 诗境想象

（1）我来自东，零雨其濛。

战争终于结束了，战士们可以回家了。那是个怎样的日子？诗人有着怎样的心情？

（2）敦彼独宿，亦在车下。

战争的艰难岁月又浮现在诗人的脑海里，他想到了什么？

（3）果臝之实，亦施于宇。

诗人回家沿途看到的是一番怎样的景象？

（4）之子于归，皇驳其马。

诗人想起了什么？

3. 身临其境

假如你是这位远征回家老兵的邻居，你会向他投去怎样的目光？

【新拓展】

塞下曲

［唐］李　白

五月天山雪，无花只有寒。
笛中闻折柳，春色未曾看。
晓战随金鼓，宵眠抱玉鞍。
愿将腰下剑，直为斩楼兰。

【下水文】

归去，让战争离去

“我徂东山，慆慆不归。”

东进，东进，我们的队伍不断地向东进发！这是一场永无止息的战争，王的疆域不断扩大，而我的家却越离越远！遥望西去的家呀，如血红的夕阳坠落山头，想家的思绪遥遥无期。

一个细雨霏霏的日子，将军下令班师回朝的喜讯像长了翅膀一样飞遍了每一个营盘。“回家，回家！”战士们欢呼雀跃，热泪盈眶。结束了衔枚夜行的雨夜行军，结束了像野蚕一样蠕动于桑叶的野外生活，结束了蜷缩于战车下枕戈待旦的提心吊胆的日子，结束了“晓战随金鼓，宵眠抱玉鞍”的岁月！回家了，终于可以脱下沉重的、冰冷的铠甲，穿着粗布麻衣，过上自由自在的平静生活！

细雨霏霏，我们行走在回家的路途中。沿途的景象让我们触目惊心。可恶的战争像一场狂风暴雨把美丽的家园洗劫一空，荒凉的村子，十室九空。“果赢之实，亦施于宇。”你看，破败的屋子，屋檐上蔓延着枯黄的瓜藤、果蔓，同样枯黄的葫芦、丝瓜在风中无力地摇曳。“伊威在室，蟏蛸在户。”门框上结着蛛网，蜘蛛稳坐八卦阵，等待自投罗网者，土虱成了房屋的主人，随处乱爬。“町畽鹿场，熠耀宵行。”你看哪，荒芜的田园成了野兽们的乐园，田埂上、小路边尽是野兽的蹄印。夜里四野茫茫，风雨潇潇，到处闪烁着幽幽的鬼火，好可怕呀！这，难道就是战争的杰作吗？望着眼前的一切，我的思绪一次又一次飞回家，我的家也像这样吗？我的妻子儿女、父母兄弟还在吗？也生活在这样的村子里吗？

归心似箭！

“我来自东，零雨其濛。”啊，那不就是我的家吗？小山旁，柳树上，鹳鸟声声鸣叫，好熟悉的声音，它们在迎接我回家。妻子也许听到了鹳鸟的鸣叫声了吧，从屋里飞奔出来。她说，她天天打扫房屋，早就修好了门户，堵住了鼠洞，天天盼望远征的亲人能平安回来。“自我不见，于今三年。”恨我们生在战乱年代，但总算活着回家，夫妻团聚，千言万语化作泪水千行。家，静悄悄的，我目光回望处，一个硕大的苦瓜静静地躺在一堆柴火上，仿佛在诉说着什么，难道它就是我们内心的真实写照？

“鹳鸣于垤”，我的思绪又回到了三年前。“仓庚于飞，熠耀其羽。”黄莺在明媚的春天里飞翔，羽毛在灿烂的阳光下闪着光彩。一匹黄白相间的高头大马拉着一辆装饰豪华的婚车向家门前缓缓驶来，声声唢呐吹得满村子都听得见。那天，美丽的新娘一身华服，光彩照人，她款款走下婚车，配饰叮当作响。在亲朋好友的祝福声中，我们举行了隆重的结婚仪式，从此男耕女织，虽然清贫，但很快乐。可谁知快乐的日子总不会长久，一天王命出征，刚刚新婚的夫妻就劳燕分飞，从此远隔天涯，不知生死。这漫漫三年，你又是怎样度过的呢！

想到此，我百感交集……

风雪逃亡路

邶风·北风

北风其凉，雨雪其雱（pāng）。惠而好我，携手同行。其虚其邪？既亟只且（jū）！

北风其喈，雨雪其霏。惠而好我，携手同归。其虚其邪？既亟只且！

莫赤匪狐，莫黑匪乌。惠而好我，携手同车。其虚其邪？既亟只且！

【微指导】

1. 诗歌大意

《邶风·北风》是一首描写因国破家亡而逃亡的诗。一路上风雪交加，生逢乱世的先民怀着悲悯之心，互相帮助，展现了一副虽然艰难，却处处有人间大爱的图景。

2. 诗境想象

（1）雨雪其雱。

雪下得有多大？逃亡的人在雪中有什么表现？

（2）惠而好我。

“我”遇到了什么困难？“他”又是怎么帮助“我”的？

3. 身临其境

假如你也在这兵荒马乱的逃亡之旅中，你看到的是怎样的场面？心情如何？

【新拓展】

小车行

［明］陈子龙

小车班班黄尘晚，夫为推，妇为挽。出门茫然何所之？青青者榆疗我饥，愿得乐土共哺糜。

风吹黄蒿，望见垣堵，中有主人当饲汝。叩门无人室无釜，踯躅空巷泪如雨。

【下水文】

风雪逃亡路

古城镐京，兵临城下。

寒风凛冽，鹅毛般的大雪铺天盖地。

“快逃啊!”

“城门破啦！犬戎攻进来啦!”

人们叫嚷着、推搡着、催促着，向城外跑去。

“北风其凉，雨雪其雱。”满目繁华的都城化作一片幽寂，只有雪花像白色的幽灵在横行肆虐。男女老少都踏上了逃亡之旅，老百姓扶老携幼，肩挑背扛着行李，深一脚浅一脚，一路艰难地行走着。贵族们乘车骑马，争先恐后，马蹄声声，车轮咿呀。

一位老者，衣衫褴褛，须发皆白，步履蹒跚。他不时回头，望着笼罩在风雪中的家园，神情忧郁，目光中流露出无限的不舍。“大爷，快走，别留恋了。”一位青年向他走来，一手搀扶着老者。“来，我们一起走吧。”青年身强力壮，面目慈善，显然有一副古道热肠。

“让我再看一眼好吗？这是生我养我的家园呀!”老者近乎哀求。

“不，情势紧急，别犹豫了!”青年几乎是以命令的口吻说道。“惠而好我，携手同行”，他搀起老者，迎着风雪走去。

“北风其喈，雨雪其霏。”

漫天皆白，山河裹素，北风呼啸，像极了鬼哭狼嚎，大雪纷纷扬扬，不知哪路天神撒下了片片纸钱。

逃亡之旅步履匆匆，迤逦而去。狂风吹落了衣帽，暴雪冻裂了肌肤，但阻挡不了难民们求生的决心。

一个少女走不动了，她靠在一株枯树旁，瑟瑟发抖，寒风随时都有可能把她吹倒。她面容惨白，神色憔悴，好可怜的人儿!

一辆马车飞奔而来，在少女的身边停下。

“上车，快上车!”一位中年妇女打开了车门，伸出了一只柔荑般的玉手。

少女抬头望去，出现在她面前的是和善的面庞、充满慈爱的目光。少女终于登车而去，可是她依然愁容满面。慌乱中，家人离散，不知他们此刻又在何方，她那双美丽的眼睛一直朝着车窗外张望。

“其虚其邪？既亟只且!”容不得迟缓，来不得磨蹭，逃命，逃命啊！你看，黑沉沉的天上，光秃秃的老树上，乌鸦在凄厉地鸣叫；荒芜的原野，一群群红色的狐狸也在狂奔乱窜。它们是来送别这群逃亡的难民，抑或为黑暗的乱世唱一曲葬歌？

“惠而好我，携手同归。”“惠而好我，携手同车。”有真情在，有好人在，风雪不再寒冷，逃亡不再孤单。只愿你们逃得越远越好，只愿你们在异国他乡骨肉团圆，寻找到属于自己的幸福天堂！

一曲挽歌千秋寒

唐风·葛生

葛生蒙楚，蔹（liǎn）蔓于野。予美亡此，谁与独处？
葛生蒙棘，蔹蔓于域。予美亡此，谁与独息？
角枕粲兮，锦衾烂兮。予美亡此，谁与独旦？
夏之日，冬之夜。百岁之后，归于其居。
冬之夜，夏之日。百岁之后，归于其室。

【微指导】

1. 诗歌大意

《唐风·葛生》是一首痛彻肝肠的悼亡诗。诗人独对旷野爱人的坟墓，诉说着无限的悲伤。今人评价这首诗“不仅知为悼亡之祖，亦悼亡诗之绝唱也”。

2. 诗境想象

(1) 葛生蒙楚，蔹蔓于野。

这荒凉的野外是一番怎样的情景？

(2) 予美亡此，谁与独处？

诗人独对爱人的坟墓，有着什么样的表情？她心中牵挂的是什么？

(3) 百岁之后，归于其室。

诗人对九泉之下的爱人有什么表白？

3. 身临其境

面对失去爱人而悲痛欲绝的诗人，你会向她投去怎样的目光？

【新拓展】

江城子

［宋］苏　轼

十年生死两茫茫，不思量，自难忘。千里孤坟，无处话凄凉。纵使相逢应不识，尘满面，鬓如霜。

夜来幽梦忽还乡，小轩窗，正梳妆。相顾无言，惟有泪千行。料得年年断肠处，明月夜，短松冈。

【下水文】

一曲挽歌千秋寒

君王开疆拓土光耀千秋，却把一次次生离死别留给弱小的女子。

结婚是人生中最美丽的日子，可谁知道第二天夫君就被强征入伍。望着征人远去时不断回头不舍的目光，婉儿分明感到她的心被牵走了。婉儿从征人的目光中拉出了一条悠长悠长的相思。

相思像攀缘的葛藤，像疯长的蔓草，等待了一年，盼望了一年，担忧了一年啊！思念憔悴了婉儿的容颜，岁月干枯了婉儿的明眸，谁知道等来的却是夫君马革裹尸还！那一刻婉儿的精神彻底崩溃了。

“葛生蒙楚，蔹蔓于野。”旷野芳草萋萋，蔓草依着山坡疯狂地绿着，招展着一点两点白的、蓝的花儿。偶尔儿声凄厉的鸦鸣更凸显了这荒野的空旷与荒凉。柔弱的婉儿在一座孤坟前撒下一串纸钱。“予美亡此，谁与独处?”亲爱的，你住在这荒野无人陪伴，只有冷月，只有流萤，只有凄风，只有苦雨……

葛藤攀着大树才能生长，树倒了，碧绿的藤蔓颓然滑落，黄了，黄了。夫君殉国，婉儿的天塌了，精神的大树倒了。婉儿的两行清泪悄然滑落。

暮婚晨告别，无乃太匆忙。往事又一次浮现在婉儿的眼前。那天，婉儿与夫君成为夫妻，洞房虽然简陋，但很温馨。两人相依而语，规划着美丽的明天。日出而作，你耕田来我织布；回落而息，你读书来我缝衣……可谁知老天如此吝啬，只给有情人一夜的温柔、一夜的呵护。如今婉儿住在空房里，住在哀伤里。夫君住在坟墓里，没有了刀光剑影，再也见不到生离死别，可是否睡得香?“角枕粲兮，锦衾烂兮。”亲爱的你是枕着贵重的牛角枕头吗?是铺着华丽的锦被吗?还在做着夫妻团圆的梦吗?

寒风吹过，冷雨飘零，婉儿的心一阵阵发寒。旷野葛藤蔓草覆盖下的夫君，该有多冷，该有多孤单啊！作为妻子的婉儿却爱莫能助。夏之日，冬之夜，婉儿无时无刻不惦记着埋葬在蔓草下的夫君，无时无刻不牵挂着夫君的冷暖，无时无刻不记着妻子的责任。婉儿暗暗许下一份庄严的承诺：虽不能执子之手，与子偕老，但“百岁之后，归于其居”。亲爱的，百年之后，我们欢聚一室，弥补未能团聚的遗憾，在美丽的天堂相依相伴。

夕阳下的等待

王风·君子于役

君子于役，不知其期，曷至哉？鸡栖于埘，日之夕矣，羊牛下来。君子于役，如之何勿思！

君子于役，不日不月，曷其有佸？鸡栖于桀，日之夕矣，羊牛下括。君子于役，苟无饥渴！

【微指导】

1. 诗歌大意

《王风·君子于役》是一首描写妻子思念征人的诗。夕阳西下，鸡群都进笼了，放牧的羊牛都回家了，可是远征的丈夫还没有回来。妻子思念征人，感情之深切，千百年来感人肺腑。

2. 诗境想象

（1）日之夕矣。

诗中所描写的黄昏是一个怎样的画面？

（2）如之何勿思！

等待丈夫的妻子是怎样盼望丈夫归来的？有着什么样的表情？心里有可能想着什么？

3. 身临其境

如果苦等丈夫的妻子就在你面前，你会向她投去怎样的目光？

【新拓展】

望江南·梳洗罢

［唐］温庭筠

梳洗罢，独倚望江楼。过尽千帆皆不是，斜晖脉脉水悠悠。肠断白蘋洲。

【下水文】

夕阳下的等待

一轮夕阳挂在天边，仿佛一枚金色的勋章佩戴在战士胸前。依山而筑的村庄沐浴在柔和的夕晖中，一缕缕淡淡的炊烟袅袅升起，融入浅浅的晚霞中。

好温馨的乡村啊！这是世外桃源吧？

一位满脸忧郁的少妇依着柴扉，凝望着蜿蜒而去向山外伸展的古道，眼睛里分明噙着泪花。

“日之夕矣，羊牛下来。”鸟儿归巢了，牧童骑着黄牛回家了，羊倌赶着羊儿像赶着一群白云一样从山坡上飘来。“君子于役”，可是我的丈夫呢？他何时归来啊？

还记得那个太阳初升的清早，她的新婚丈夫应征戍边，胸前佩戴着大红花。将军说只要王军一到，就能平定边疆的叛乱，她的丈夫就能佩戴着军功章凯旋。

不知花儿开了几次，又谢了几回，不知候鸟飞来又飞去了几回。“君子于役，不知其期”，远在千里之外的征人啊，你的归期为什么遥遥无期？等你的人心似莲花，她不奢望富贵豪门，不奢望出人头地，只希望你平安归来，夫妻相守，粗茶淡饭更甜；只希望与你日出而作，日落而息，过平平淡淡的生活。“君子于役，如之何勿思！”她望穿双眼，望不见丈夫归来，怎不叫她相思愁断肠啊！

夕阳坠落山崖，夜幕降临。鸡群都进窝栖息了，山村灯火点点，隐隐约约，一片静谧安详。少妇又挨过了一天，等待她的又是一个漫长的思念之夜。

君子于役，归期不知何年何月。征人久久不归，这日子还怎么过呀？多少次烽烟散尽，多少回繁华落幕，可是“君子于役，不日不月”！这辈子还能相见吗？狠心的人啊，你为什么就是不回来呢？你冷了吗？渴了吗？饿了吗？不知你今夜在何处栖身？是在回家的路上马不停蹄地赶路，是在千里奔袭马背行军，是在雪地执戟放哨，还是在狼烟四起的战场上挥戈搏斗？……

“唉——”少妇一声长叹，一滴冰凉的眼泪悄然落下，化作天边一弯冷月……

一骑黄尘，千古女儿

鄘风·载驰

载驰载驱，归唁卫侯。驱马悠悠，言至于漕。大夫跋涉，我心则忧。

既不我嘉，不能旋反。视尔不臧，我思不远。既不我嘉，不能旋济。视尔不臧，我思不閟（bì）。

陟彼阿丘，言采其蝱（méng）。女子善怀，亦各有行。许人尤之，众稚且狂。

我行其野，芃（péng）芃其麦。控于大邦，谁因谁极？

大夫君子，无我有尤。百尔所思，不如我所之。

【微指导】

1. 诗歌大意

《鄘风·载驰》是一首悲愤动人的爱国主义诗歌。诗人驱马返回卫国悼念卫侯，途中遭到许国大夫的无端阻拦，她悲愤交织。

2. 诗境想象

(1) 载驰载驱，归唁卫侯。

古道上红尘滚滚，一辆马车飞奔而来，诗人如何心急如焚?

(2) 大夫跋涉，我心则忧。

许国大夫追上来了，是怎样劝阻诗人的？诗人又是怎样回答的？

(3) 百尔所思，不如我所之。

诗人会怎样向大国求助?

3. 身临其境

对这位一心救国的女诗人，你会向她投去怎样的目光?

【新拓展】

满江红

秋　瑾

小住京华，早又是、中秋佳节。为篱下、黄花开遍，秋容如拭。四面歌残终破楚，八年风味徒思浙。苦将侬、强派作蛾眉，殊未屑！

身不得，男儿列；心却比，男儿烈。算平生肝胆，因人常热。俗子胸襟谁识我？英雄末路当磨折。莽红尘、何处觅知音？青衫湿！

【下水文】

一骑黄尘，千古女儿

“载驰载驱”，古道上，黄尘滚滚。

一辆马车飞驰而来。驾车的是一位美丽的年轻女子，她一身戎装，英姿飒爽。她身体前倾，不时直立起身子，恨不得一鞭就要奔回卫国。

“驾——”女子不断催促马儿跑快些，再快些！她一脸焦急，一定遇上了什么大事。

她，许国第一夫人——许穆夫人，几年前从卫国嫁到了弱小的许国，她虽身在许国，却日夜思念着自己的祖国。许穆夫人是一位难得有远见的巾帼英雄，她还是姑娘的时候，曾想嫁到齐国，希望强盛的齐国能保护弱小的卫国。昨日卫国使者来报，夷狄十万大军兵临卫国城下，卫侯战死沙场，卫国危在旦夕！国家兴亡，匹夫有责，弱小的许国无力救助卫国，但刚烈的许穆夫人挺身而出，毅然只身前往卫国，想要救国家于危亡之中。

“啪——”快马加鞭，马儿如离弦之箭，树木、村庄、山冈一闪而退……

“驱马悠悠，言至于漕。”波光粼粼的漕河拦在马儿前面，许穆夫人重整马缰，正要涉水过河，身后几骑车马绝尘追来。

风尘仆仆追来的许国大夫把许穆夫人团团围住。

“夫人，您千万不能回卫国!”

“您这是自投罗网呀!”

“卫国有那么多的文臣武将都抵挡不住夷狄的大兵，您一介女流，又怎能力挽狂澜呢?”

大夫们有的好言相劝，有的死命拽住许穆夫人的马络头，非要把她拦下不可。

“不要再说了!”许穆夫人怒吼一声，“既不我嘉，不能旋济。视尔不臧，我思不閟。卫国是我的父母之邦，我心痛呀，你们口口声声说我行动鲁莽，可是你们出手相助了吗？你们了解一个亡国女子的心吗？哪怕你们都不赞同，我也不能返回许国！我明确地告诉你们，我一定要回卫国！你们说得再好听，都不如我亲自走一趟!”许穆夫人怒发冲冠，柳眉倒竖，长鞭一甩，马儿突围而出，跃入漕河，踏浪而去，身后溅起了一排晶莹的水花……

夕阳西下，人困马乏。

许穆夫人缓辔行进在一座起伏的山冈上，跃入眼帘的是这儿一簇、那儿一簇的贝母草，开着紫色的、黄色的花儿。许穆夫人不由得想起了母亲，想起了多灾多难的卫国。你这晚风里摇曳的贝母草呀，能解除我的百转愁肠吗？无情无义的许人呀，人各有志，怎能理解我的心思？隔岸观火的许人呀，你们对我的无端指责，实在是如儿童一样幼稚，又如强盗一般猖狂！

走下山冈，许穆夫人拖着疲倦的身子，行走于一望无际的麦田中。麦苗青青，而许穆夫人的心却蒙着一层挥之不去的阴影，虽有一腔报国的热情，可是拿什么去拯救卫国？

“对，向齐国求救，向齐国诉说我的心痛!”许穆夫人心头一亮，眉头舒展了许多，可是这儿离齐国有千里之遥，齐国能出手相救吗？援兵又何时能赶到呢？一缕愁云又笼罩在心头。

“百尔所思，不如我所之。不，我要用行动回击许人的担忧，千思百虑不如亲自到齐国走一趟!”许穆夫人咬紧牙关，跃上马车。

“啪！驾——”又是一声脆响，又是一声吆喝，一辆马车疯狂地驰骋而去，渐渐消失在残阳夕照里……

出征，为了王的神圣国土

小雅·出车

我出我车，于彼牧矣。自天子所，谓我来矣。召彼仆夫，谓之载矣。王事多难，维其棘矣。

我出我车，于彼郊矣。设此旐矣，建彼旄矣。彼旟旐斯，胡不旆旆？忧心悄悄，仆夫况瘁。

王命南仲，往城于方。出车彭彭，旂旐央央。天子命我，城彼朔方。赫赫南仲，玁狁于襄。

昔我往矣，黍稷方华。今我来思，雨雪载涂。王事多难，不遑启居。岂不怀归？畏此简书。

喓喓草虫，趯趯阜螽。未见君子，忧心忡忡。既见君子，我心则降。赫赫南仲，薄伐西戎。

春日迟迟，卉木萋萋。仓庚喈喈，采蘩祁祁。执讯获丑，薄言还归。赫赫南仲，玁狁于夷。

【微指导】

1. 诗歌大意

《小雅·出车》是一首记叙讨伐玁狁的军旅诗。诗歌抓住战前出征和得胜归来两个典型场景，高度概括了一场历时一年的战争，满腔热情地颂扬了统帅南仲的赫赫战功。

2. 诗境想象

（1）我出我车，于彼牧矣。

战士出征是怎样的场面？战士们有什么表现？

（2）忧心悄悄，仆夫况瘁。

战士们为什么忧心？又为什么神情疲惫？

（3）赫赫南仲，玁狁于襄。

南仲扫除叛乱，战士们有什么表现？

3. 身临其境

假如你也参加了讨伐玁狁的战斗，可能会经历哪些事？

【新拓展】

从军行（其五）

［唐］王昌龄

大漠风尘日色昏，红旗半卷出辕门。
前军夜战洮河北，已报生擒吐谷浑。

【下水文】

出征，为了王的神圣国土

出征，出征！边关战事告急，君王一声令下，战士们义愤填膺，义无反顾，迅速集结。

“我出我车，于彼牧矣。”都城郊外，灿烂的阳光下，战车千乘，四牡骙骙。战士们军容整齐，斗志昂扬，齐刷刷的钢盔、铁甲、长矛、大刀，映着春晖，闪着银光。

率领这支队伍的是南仲将军，这是一位得到君王嘉奖的职业军人，军功赫赫。他身材孔武，络腮胡子，双目炯炯，像青松一般站在战车上，长剑一指：“出车——”这一声长吼，如同雷霆万钧。

“出车彭彭，旂旐央央”，扬起滚滚黄尘。旌旗蔽空，军威浩荡！那一面面飘扬的旌旗上，绣着灵龟，绣着飞蛇，绣着鹰隼，昭示着这是一支长胜之师、威武之师、和平之师。

这支队伍千里行军，风餐露宿，一路向北疾驰。

虽说战士们同仇敌忾，但出兵打仗毕竟不是旅行踏青，不少新兵“忧心悄悄”，想家、思家、念家。然而，国家正值多事之秋，保家卫国是每一个公民的义务，每每这样想着，战士们的心中又澎湃起昂扬的斗志。南仲将军身先士卒，战士们奋不顾身，军队势如破竹，扫荡了玁狁，平定了西戎，完成了君王交付的使命。

凯旋路上，大雪纷飞。将士们归心似箭，往事又浮现于脑海，离家出征时正是“黍稷方华”、稻花飘香的时节，一派丰收在望的景象，而现在风雪交加，道路泥泞，苦不堪言啊！但毕竟胜利了，即将与家人团聚，结束了父母为征夫提心吊胆的日子，结束了妻子望月等待征夫凯旋的渴望。

冬天来了，春天一定不会远了。战士们望着飞雪，遥望着家园，憧憬着来年的春天。“春日迟迟，卉木萋萋”，春光明媚，百花盛开，黄鹂在树上卖弄婉转的歌喉，蝈蝈、蚱蜢在草丛中快乐地跳跃。一群穿着花裙的姑娘挎着篮子，走在满是鲜花的小路上，她们采茶去，她们采桑去，她们采蘩去……

风雨夜行军

小雅·渐渐之石

渐（chán）渐之石，维其高矣。山川悠远，维其劳矣。武人东征，不皇朝矣。

渐渐之石，维其卒矣。山川悠远，曷其没矣。武人东征，不皇出矣。

有豕白蹢（dí），烝涉波矣。月离于毕，俾滂沱矣。武人东征，不皇他矣。

【微指导】

1. 诗歌大意

《小雅·渐渐之石》是一首军旅诗。行军路上山高路远，军情紧急，又碰上了风雨之夜。诗歌表达了从军劳苦的慨叹。

2. 诗境想象

（1）渐渐之石，维其高矣。

行军路上，出现在战士们眼前的是怎样的环境？

（2）武人东征，不皇朝矣。

这是一天中的什么时间？战士们望着没有尽头的路，有什么表情？

（3）月离于毕，俾滂沱矣。

在滂沱大雨中夜行军，战士们有什么样的表现？

3. 身临其境

假如你也是雨中夜行军的一名战士，你的心情如何？

【新拓展】

过雪山草地

肖　华

雪皑皑，野茫茫。高原寒，炊断粮。
红军都是钢铁汉，千锤百炼不怕难。
雪山低头迎远客，草毯泥毡扎营盘。
风雨侵衣骨更硬，野菜充饥志越坚。
官兵一致同甘苦，革命理想高于天。

【下水文】

风雨夜行军

残阳如血。

一场战斗刚刚结束，征衣血迹未干，我们又要奔赴新的战场。

“王事靡盬，不遑启处。”我们继续东征。

我们的军队在蜿蜒盘旋的山路上艰难前进。金戈、银枪映着斜阳，闪着寒光，画着鹰隼或绣着龙蛇的旗帜在微微的晚风中无力地摆动。“渐渐之石，维其高矣。”好高的山呀，抬头望不到山顶；好陡峭的悬崖峭壁呀，看一眼不寒而栗。这林木阴森的山路，不知什么地方是尽头，不知什么时间才能走到下一个战场。

我们实在太累了，还没等将军下令休息，战士们便横七竖八地席地而卧。“山川悠远，曷其没矣。”他们有的抱怨着战事遥遥无期，有的怨恨生不逢时，有的默默想家，黯然落泪。那位白发老兵，一定身经百战，望着即将坠落山谷的夕阳，双眉紧锁。这没完没了的战争，何时才能结束？那位少年褴褛的衣裳上血迹斑斑，他怀抱长枪疲惫得沉沉入睡。他会做怎样的梦呢？离别爹娘时的一幕？胜利归来的情景？还是魂断沙场的恐惧？只有战马伫立于苍茫的暮色中，依然昂首望向远方……

不知什么时候，一弯冷月挂在天边。

四野刮起了寒风。

“起来，起来！兵贵神速，我们必须在天亮前到达新战场！”军令如山。

溶溶的月色下，四野静悄悄，一支疲惫的军队偃旗息鼓，衔枚裹蹄继续东进。

忽然间，月色消失，天空乌云密布。啊，要变天了！黑云越压越低，大地仿佛笼罩在一口无边无际的大黑锅里。好恐怖呀，战士们不由得加快了步子。

“噼——”一道闪电划破了天幕，大雨滂沱而下，战士们瞬间征衣尽湿。

风萧萧，雨萧萧，马萧萧，路泥泞。

“武人东征，不皇他矣。”为了君王的疆域更广阔些，这支战无不胜的军队早已将生死置之度外，在风雨黑夜里，依然全速前进……

春水流不尽思乡情

王风·扬之水

扬之水，不流束薪。彼其之子，不与我戍申。怀哉怀哉！曷月予还归哉？

扬之水，不流束楚。彼其之子，不与我戍甫。怀哉怀哉！曷月予还归哉？
扬之水，不流束蒲。彼其之子，不与我戍许。怀哉怀哉！曷月予还归哉？

【微指导】

1. 诗歌大意

《王风·扬之水》是一首描写戍卒思归的情诗。诗人伫立于江边，望着江中一捆捆漂浮不定的柴草，想起了家中的妻子，表达了不堪征战、戍边之苦的战士对妻子的刻骨相思。

2. 诗境想象

（1）扬之水。

缓缓流去的江水，诗人看到了什么？想到了什么？

（2）彼其之子。

诗人心中思念的妻子是个怎样的形象？

（3）怀哉怀哉！

诗人怀念什么？又为何如此深切地怀念？

3. 身临其境

你会向久久伫立于江畔的诗人投去怎样的目光？

【新拓展】

别

吴奔星

你走了，没有留下地址，
只留下一串笑容在夕阳里；

你走了，没有和谁说起，
只留下一双眼睛在露珠里；

你走了，没有说去哪里，
只留下一排影子在小河里。

你走了，
笑容融化在夕阳里，
双眼动荡在露珠里，
影子摇晃在河水里。

哪里都有夕阳，
哪里都有露珠，
哪里都有河水，
你走了，留下了整个的你！

【下水文】

春水流不尽思乡情

清晨，一江春水。

老兵一身戎装，伫立江畔，凝望春水向东流去。

“扬之水，不流束薪。”忽然，一束随波漂荡的薪草跃入老兵的视线。那是熟悉的薪草啊，他曾经砍伐过，他曾经从山上挑到家送到妻子的灶膛。妻子就是用这样的薪草烧火做饭、熬汤做羹的呀。

滔滔江水带不走对妻子的思念。妻子的形象又一次跃入老兵的脑海：布衣荆裙，长发及腰，虽不漂亮，但再苦再累，脸上总挂着微笑。如果不是为了完成君王交付的使命，为这小小申国守土戍边，此刻，老兵一定与糠糟之妻相依相伴，看儿女们嬉戏于春花烂漫的江水之畔，享受着天伦之乐……君王啊，为什么不让我亲爱的妻儿随我而来，我们风雨相依，患难与共……

“怀哉怀哉！”问这奔腾而去的一江春水呀，何时才能回到我心爱的家乡？

黄昏，一江秋水。

老兵伫立江边，他神情沮丧，脸上布满了惆怅。

一场战斗刚刚结束。王的军队赢了，可是老兵一点儿也没有胜利的喜悦，血染疆场，多少无辜的生命成了荒野的冤魂。他们都是母亲的儿子，都是妻子的丈夫，都是儿女的父亲呀！老兵不忍见到那凄惨的一幕，偷偷跑到江边倾诉他心中的悲愤……

“扬之水，不流束楚。”一束柴薪漂荡而来，那是老兵熟悉的柴薪呀。他的妻子就是用这样的柴薪烧火做饭、熬汤煎药的。妻子此刻在哪儿？也在江畔思念我吗？老兵的家在江之上游，潺潺的江水流过家门前。老兵俯身掬一捧来自家乡的江水一饮而尽，清凉的江水呀，有妻子的盼望，有妻子的泪光，有妻子的温度……老兵情难自已，双唇嗫嚅着，似在对滔滔江水说：“我至高无上的王啊，为什么不让我的妻儿随军而来，我们一起为王守卫这弱小的甫国和许国？

“怀哉怀哉！”老兵黯然伤神，思念比江水还长，比江水还多……

老兵低头看澎湃的江水，何时才能回到心爱的家乡？江水呜咽。他抬头望向长空，落霞无边，一行归雁往南飞……

江苏凤凰教育出版社
《行知工程》系列丛书目录

系列	序号	书名	作者	定价
创新教学探索系列	1	《我家住在〈诗经〉里》	李日芳	40.00
	2	《〈红楼梦〉里的语文课》	李日芳	30.00
	3	《品世界名画，学精彩作文 ——特级教师的“名画”作文教学法》	李日芳	36.00
	4	《学生数学整体思维培养 ——小学数学结构化教学的探索与实施》	颜春红	45.00
	5	《基于核心素养的体育与健康校本课程建设》	赵卫新	35.00
	6	《把古文教活——激活文言文课堂的教学策略》	刘小华	35.00
	7	《做童年面前最合适的人——我和孩子们的“童化语文”》	曹丽秋	30.00
	8	《玩出精彩作文——张化万活动作文教学经典策略》	张化万	35.00
	9	《让学生把母语用精彩——“语用课堂”的探索与实践》	佘小红	30.00
	10	《“备”出课堂精彩——备学式教学的课堂实践与思考》	张旭兰	30.00
	11	《神奇的阅读教室——带学生踏上美妙的阅读之旅》	李祖文	30.00
	12	《打造有生命力的课堂 ——“两步八环节”教学模式探索与实践》	查联智	30.00
	13	《最能培养学生探究能力的课堂 ——小学科学与信息技术单元整体课程实施与评价》	李怀源	30.00
	14	《最能激发学生运动天赋的课堂 ——小学体育单元整体课程实施与评价》	李怀源	30.00
	15	《最能提升学生艺术素养的课堂 ——小学艺术单元整体课程实施与评价》	李怀源	30.00
	16	《“生命语文”探索——焕发语文生命力的思考与实践》	王自成	30.00
	17	《粘连作文教学：让习作成为有个性的自我建构》	黄瑞夷	30.00
	18	《备学式教学——在体验中建构数学思维》	单广红　范雪梅	30.00
	19	《向着自主进发——自主教育的创新实施智慧》	朱亚红	30.00
	20	《写中学——让学习更有效的学科写作教学》	钟传祎	30.00
	21	《小学科学实验总动员——大科学课堂有效提升学生创新力》	江美华	30.00
	22	《小学语文单元整体课程实施与评价》	李怀源	30.00
	23	《小学英语单元整体课程实施与评价》	李怀源	30.00
	24	《小学数学单元整体课程实施与评价》	李怀源	30.00
	25	《让教学更能激发智慧——“思维碰撞”课堂的建构与实施》	程和方	30.00
	26	《构建语文综合课新模式——家庭、社区、学校协同教学》	黄瑞夷	40.00
	27	《自主创新让教学成为有效引领》	蔡　隽	30.00

系列	序号	书　　　名	作者	定价
教育思想者系列	28	《父母要成为子女的精神导师——五个孩子走向卓越的奥秘》	陶继新	43.00
	29	《治校之道——中学名校长的办学智慧(1)》	陶继新	40.00
	30	《品鉴教育文化盛宴——陶继新序跋屯集》	陶继新	45.00
	31	《为什么而出发——一位研究者对教育本质的沉思》	齐　健	35.00
	32	《高效教学的道与术——陶继新教育讲演录》	陶继新	30.00
	33	《铸造一流教育品质——陶继新区域教育巡礼》	陶继新	35.00
	34	《名校之道——陶继新对话名校长（1）》	陶继新	30.00
	35	《名校之道——陶继新对话名校长（2）》	陶继新	35.00
	36	《教育，一切从孩子出发》	黄　俭	30.00
新父母教程	37	《一年级的孩子》	陈文芳	28.00
	38	《二年级的孩子 》	陈文芳	28.00
	39	《三年级的孩子》	钱静霞	28.00
	40	《四年级的孩子》	谢　云	28.00
	41	《五年级的孩子 》	陈　春	28.00
	42	《六年级的孩子》	袁卫星	28.00
	43	《七年级的孩子》	焦晓骏	28.00
	44	《八年级的孩子》	钟　杰	28.00
	45	《九年级的孩子》	凌宗伟	28.00
教育求索系列	46	《让经典滋养人生——名著导读教学策略（中学）》	郑建忠	35.00
	47	《关注每一位儿童的发展 ——语文小班化教学的探索和实践》	何慧玲	40.00
	48	《让生命诗意地栖居——诗意教育的理念建构与实践探索》	钱丽美	40.00
	49	《怎样上好语文课——时鹏寿解析精彩课例》	时鹏寿	45.00
	50	《让书香浸润生命——时鹏寿伴你品读经典》	时鹏寿	35.00
	51	《开在手心里的花——一位优秀教师的教育情怀》	詹雪莲	40.00
	52	《学科建设与教师发展——中学数学》	杨志文	30.00
	53	《欣说教育那“一亩三分地” ——一位一线教师的教育微思考》	王庆欣	30.00
	54	《爱的守望——一位一线教师对教育的坚守》	林卫红	30.00
	55	《思政教学的人文力量》	戴晓华	30.00
	56	《师道新说——给教育者的30条箴言》	徐　卫	30.00
	57	《快乐数学——初中数学教学方式探索》	孙国芹	36.00
国际教育系列	58	《美国教育面面观——一位特级教师眼中的美国教育》	邵淑红	35.00

系列	序号	书　　名	作者	定价
教师软实力系列	59	《教师人际沟通力》	黄爱华　夏丽娟	38.00
	60	《班主任教导力》	黄爱华　戴诗银	38.00
	61	《教师执业道德力》	黄爱华　夏丽娟	38.00
精彩课堂系列	62	《基于核心素养的数学教学》	赵红婷	35.00
	63	《中学生核心写作能力培养》	陶　波	36.00
	64	《给孩子更好的数学课堂》	易增加	30.00
	65	《小学生阅读素养的提升策略》	邵巧治	35.00
	66	《从语文素养走向生命成长——小学语文读写课堂教学密码》	曾海玲	30.00
	67	《真实的品德课》	朱淑秀	30.00
	68	《英语课堂学习共同体——新型的师生交互学习场》	杨延从	30.00
	69	《指导自主学习——初中数学学与教的研究与实践》	刘其武	30.00
	70	《玩出精彩的课堂——小学低年级教与学方式转变研究》	陶红松	30.00
	71	《让生命之花自主绽放——语文个性化教学建构策略》	商德远	30.00
	72	《让学生亲历知识——主体参与下体验式学习的实施策略》	何世祥	30.00
名校系列	73	《从校本课程走向学校课程——锡山高中课程探索之路》	唐江澎等	35.00
	74	《让每个孩子都成志——清华附小主题阅读课程的实施探索》	窦桂梅	30.00
	75	《让每个孩子都成志——清华附小主题实践课程的实施探索》	窦桂梅	35.00
	76	《向着朝阳走去——清华附小合作办学实践探索》	窦桂梅	30.00
名师成长系列	77	《情怀·智慧·境界——教育名家演讲录（1）》	钟惠河　李韫琬	30.00
校长领导力系列	78	《学校细节管理的执行力》	林文明　王林发	30.00
	79	《校长智慧统筹的领导力》	谢耀丰　蔡丽姗　王林发	30.00
	80	《学校持续发展的研究力》	林文智　宋佳敏　王林发	30.00
	81	《学校和谐融洽的协作力》	陈一平　郭雪莹　王林发	30.00
	82	《学校教育提升的引领力》	谢文东　关敏华　王林发	30.00
	83	《学校团队成长的学习力》	黄纪　蔡美静　王林发	30.00
	84	《学校高效管理的创新力》	张旭	30.00
	85	《学校成功管理的决策力》	邱黎明	30.00
	86	《高品质学校生长要素》	王益民	30.00
	87	《校长高效教学领导力提升策略》	徐世贵　郭文智	30.00

系列	序号	书名	作者	定价
新思维系列	88	《让后进生学习有后劲之36计》	严育洪	30.00
	89	《教育中的“不一定”——打破教育的19种思维惯式》	严育洪	30.00
教师修炼系列	90	《如何炼就课堂好声音——教师美嗓保健实用宝典》	薛建洲	30.00
	91	《与学生一起成长——90后教师的心路反思》	王　晗	30.00
	92	《教育，爱与宽容——教师心灵礼仪修炼》	许力争	30.00
教育家核心思想系列	93	《叶圣陶论写作》	叶圣陶 著 李怀源 选编	30.00
	94	《叶圣陶谈阅读》	叶圣陶 著 李怀源 选编	30.00
	95	《多元智能理论的本土化应用》	刘治富	30.00
	96	《大教育家最具施教力的教学思想》	白刚勋	30.00
学生心理解码系列	97	《在人生的春天播种 ——十四岁，写给青春的一封信》	白宏宽	30.00
	98	《孩子问题行为一点通 ——只有好老师才知道的学生心理谜底》	严育洪	30.00
校本研修系列	99	《徜徉语文教研》	肖俊宇	35.00
	100	《校本研修资源的开发与利用》	陈朝林	30.00
	101	《校本研修与教师专业成长》	吴积军	30.00
	102	《卓越教师经典研修成长策略》	刘天宝等	30.00
	103	《特色校本课程开发范例解读》	刘永平　李秀伟 张雪梅	30.00
	104	《高效校本研修模型构建艺术》	刘素雁	30.00
	105	《走向实践的教研——中小学教育科研引领与应用》	江　敏	30.00
教育管理力系列	106	《缔造唯美教育——延奎小学素质教育实施策略》	易增加	30.00
	107	《让普通学校崛起的20个细节 ——“生命为本”教育团队成长密码》	李其玉	30.00
	108	《“走”出教育的精彩：走动式学校管理文化构建》	罗　军	30.00
	109	《校长兵法：学校管理四十六计》	皮大鹏	30.00
班级文化系列	110	《活力班级的文化建设》	胡　珏	30.00
	111	《做幸福的班主任》	吕　丽	26.00
高效能教学系列	112	《高效能教师的10个好习惯（中学卷）》	张　瑾	30.00
	113	《让作文落地生根——提高写作实效的教学策略》	黄桂林	30.00
	114	《高效能作文教学5项修炼》	陈步华	30.00
	115	《高效能校长的10个好习惯》	张　勤	30.00
	116	《高效能教师的10个好习惯（小学卷）》	谢　英	30.00
	117	《高效能语文教学5项修炼》	王其华	30.00

系列	序号	书名	作者	定价
新课程探索系列	118	《语文新课程的批判与重建》	葛桂斌	30.00
美国名师教学译丛	119	《美国名师游戏教学本土化应用：幼儿园》	（美）玛西娅 L. 泰特 著 胡珍 瞿菁 编译	30.00
	120	《美国名师游戏教学本土化应用：小学英语》	（美）玛西娅 L. 泰特 著 杨永华 张心影 编译	30.00
	121	《美国名师游戏教学本土化应用：小学数学》	（美）玛西娅 L. 泰特 著 谢艳红 编译	30.00
	122	《美国名师游戏教学本土化应用：小学科学》	（美）玛西娅 L. 泰特 著 刘丽萍 编译	30.00
	123	《美国名师游戏教学本土化应用：小学社会》	（美）玛西娅 L. 泰特 著 姜梅芳 编译	30.00
	124	《美国名师游戏教学本土化应用：小学音体美》	（美）玛西娅 L. 泰特 著 尹立志 编译	30.00
鲁派名师名校·教育探索者系列	125	《悦读立人——校园阅读文化体系构建策略》	杨世臣	30.00
	126	《教育智慧何处来——一位特级教师的思考手记》	付立金	30.00
	127	《和雅文化——校本课程的创新构建》	汤善香	30.00
	128	《让个性绽放精彩——学校课程体系整合与创生》	谢建伟 徐淑萍	30.00
	129	《让每个学生都幸福——最能润泽生命的学校文化建设》	谢建伟 张新喜	30.00
生态化校园系列	130	《文化管理——构建生态和谐校园的必由之路》	付全新	30.00
	131	《点燃学习的激情——构建校园生态化学习型组织》	杨树岳	30.00
	132	《课改突围——构建学校生态化教学体系》	杨树岳	30.00
教育新思考系列	133	《语文教育向何处去》	王丛	26.00
	134	《教育，就是做好普通的事》	孙志毅	27.00
	135	《走出语文的偏见——让学生体悟文本的原义》	丛智芳	30.00
	136	《让语文教学更高效——批注式阅读教学探索》	韩中凌	30.00
	137	《读写互促——探寻学以致用的语文教学》	曹龙	30.00
	138	《跳出数学教数学——用文化融通数学教学》	马建秀	27.00
名师感悟系列	139	《让心灵伴着歌声成长——22 位音乐名师的教育智慧》	陈璞	30.00
	140	《超越自我的教师——32 位名师的成长感悟》	李卫东 李秀伟	35.00
	141	《心灵的守护者——19 位名班主任的教育智慧》	王晓松 曲文弘	30.00
	142	《名师感悟班主任有效工作艺术 90 例》	符礼科	30.00
	143	《名师感悟有效教学 90 例》	林高明 徐玉烟	30.00

系列	序号	书　　名	作者	定价
信息化教学系列	144	《巧用白板教语文——信息技术与语文教学操作指南》	蒋丽清	30.00
	145	《跨越式实现高效课堂——信息技术与课程整合高效教学方案评析》	陈　玲　刘　禹	30.00
教师必读系列	146	《教师必学的 16 堂修养课》	武宏伟	30.00
	147	《教师不可不知的教学心理效应》	叶勇军	30.00
	148	《班主任不可不知的管理效应》	奚一琴	30.00
	149	《教师不可不知的教育心理效应》	孙　媛	30.00
	150	《校长不可不知的管理效应》	谢申刚　张金豹	30.00
	151	《成为好教师的 7 项修炼》	王福强　李维华	30.00
	152	《如何让学生会学习》	龙　冰	30.00
	153	《如何让学生爱学习》	周震宇　许小燕	30.00
核心教学主张系列	154	《新生代语文名师核心教学主张》	许友兰	30.00
行思讲坛系列	155	《灵动而朴素地教语文——潘文彬的微格教育生活》	潘文彬	30.00
	156	《师爱无疆——润泽学生心灵的教育故事》	侯忠彦	30.00
	157	《怎样反思更有效——促进教师专业发展的反思策略》	诸贝贝	30.00
	158	《成为高度自觉的教育者——写给后课标时代的数学教师》	许卫兵	30.00
	159	《哲思数学课》	刘全祥	30.00
	160	《智慧数学课——黄爱华教学思维的实践策略》	黄爱华	30.00
	161	《童趣数学课》	徐　芳	30.00
	162	《把学生教聪明》	严育洪	30.00
	163	《教师最应该规避的教育误区》	杨坤道	30.00
	164	《用语文的方式教语文——潘文彬教学主张与实践智慧》	潘文彬	30.00
	165	《怎样让阅读教学更有效——提升教学能力的十种读诵模式》	汪秀梅	28.00
	166	《让生命在润泽中起舞——当代小学生最需要的主题班会》	吴联星　罗　琳　冯卫东	30.00
	167	《让生命欢快拔节——当代中学生最需要的主题班会》	冯卫东　吴联星	30.00
	168	《课堂因生成而精彩——高效教学的生成智慧》	张文质	30.00
	169	《回到每一个人的生命化教育——张文质二甲中学教育行动录》	张文质	30.00
	170	《中小学生如何学会合作》	张玉彬　刘昕昱	40.00

系列	序号	书　　　名	作者	定价
中国教育变革之路丛书	171	《百年树人师何为 ——教师队伍建设困顿与出路》	将丽珠　李玉向	30.00
	172	《入园何时不再难 ——学前教育困惑与抉择》	曾晓东 范　昕　周　慧	30.00
	173	《三尺书桌何处寻 ——流动人口子女教育困难与破解》	范先佐	30.00
	174	《苦旅何以得纾解 ——高考改革困境与突破》	郑若玲	30.00
	175	《择校纠结何时了 ——择校问题困局与治理》	曾晓东　周文海 曾娅琴	30.00
创新教学思想系列	176	《“大问题”教学的形与神》	黄爱华　张文质	30.00
教育漫笔系列	177	《课堂，诗意地栖居》	吴书华	30.00
教学提升系列	178	《有思想地教阅读 ——让学生学会品读文字真意》	王学东	30.00
教育艺术提升系列	179	《藏在师生体态语言里的教学智慧》	张　宇　廖生波	30.00
教学全手册系列	180	《小学习作教学全手册》	郭家海	30.00
	181	《中学写作教学全手册》	郭家海	30.00
	182	《情境教学操作全手册》	冯卫东	35.00
	183	《合作教学操作全手册》	李春华	35.00
	184	《探究教学操作全手册》	周新桂	35.00
	185	《自主教学操作全手册》	诸葛彪	35.00
	186	《创新教学操作全手册》	王　玮	35.00
	187	《班主任工作全手册》	刘沛华	35.00
	188	《新教师工作全手册》	周震宇	35.00
	189	《学生心理健康教育全手册》	刘海莉　刘春杰	35.00
	190	《高效教学操作全手册》	马友平	35.00

系列	序号	书　　名	作者	定价
创新人才培养系列	191	《创新人才培养校园科普精品课程开发与指导——人大附中创新人才培养》	罗　滨	30.00
	192	《创新人才培养特色校本课程开发与创新人才培养——清华附中“国际安全下的科学技术”课程构建与实施》	王殿军　方　研　赵宏雁	30.00
	193	《创新人才培养：学校实验室建设与管理》	刘克文　杨发丽　杨　平	30.00
	194	《创新人才培养：数学探究活动开发与指导》	马云朋　韩继伟	30.00
	195	《创新人才培养：化学研究活动开发与指导》	王　磊	30.00
	196	《创新人才培养：物理探究活动开发与指导》	廖伯琴	30.00
	197	《创新人才培养：地理探究活动开发与指导》	张建珍　陈　澄	30.00
	198	《创新人才培养：生物探究活动开发与指导》	张迎春	30.00
	199	《创新人才培养：理念探索与思维突破》	王晶莹	30.00
新生代通派名师系列	200	《简约数学教学》	许卫兵	30.00
	201	《语文教学的本真——情意课堂展现母语之美》	吴建英	30.00
	202	《语文课堂的理想追求——欢快达成三维目标》	董一红	30.00
	203	《阅读教学的真髓——意象构建读出文学的真美》	祝　禧	30.00
新生代通派名师系列	204	《美术教育的真谛——审美人生教育让生命绚丽成长》	陈铁梅	30.00
	205	《语文教学的理想境界——无痕教学润泽生命》	李　凤	30.00
	206	《儿童作文的本义——嬉乐作文让儿童乐并成长着》	王笑梅	30.00
	207	《名师是怎样炼成的》	王建明　王笑君	35.00
幼师成长系列	208	《幼儿行为背后——教师如何读懂幼儿的心思》	吴亚英	30.00
	209	《最具教育力的22种幼儿教育思想》	杨　达	30.00
	210	《幼儿教师必知的安全应急措施》	杨　达	30.00
	211	《幼儿教师必备的教育技能》	李　玲	30.00
	212	《卓越园长21条幼儿园管理策略》	周　丹　江东秋	30.00